世界经典动物小说精粹

名家·名编·名作 强强联合

动物小说大王
沈石溪
主编

牙

[美] 杰克·伦敦 著
吴 刚 译

二十一世纪出版社集团
21st Century Publishing Group

图书在版编目（CIP）数据

白牙 / （美）杰克·伦敦著 ； 吴刚译 ； 沈石溪主编
. 一 南昌 :二十一世纪出版社集团, 2023.2（2023.6重印）
（世界经典动物小说精粹）
ISBN 978-7-5568-6001-2

Ⅰ. ①白… Ⅱ. ①杰… ②吴… ③沈… Ⅲ. ①长篇小说－美国－近代 Ⅳ. ①I712.44

中国版本图书馆CIP数据核字（2022）第033253号

白牙
BAIYA　[美]杰克·伦敦/著　吴　刚/译　沈石溪/主编

出版人　刘凯军
策　划　吴童文化
执行策划　童海青
责任编辑　朱　莹
美术编辑　王　桥
插　图　张亚宁
出版发行　二十一世纪出版社集团
（江西省南昌市子安路75号　330025）
网　址　www.21cccc.com
经　销　新华书店
印　刷　江西千叶彩印有限公司
开　本　889 mm × 1300 mm　1/32
印　张　9
字　数　177千字
版　次　2023年2月第1版
印　次　2023年6月第2次印刷
书　号　ISBN 978-7-5568-6001-2
定　价　25.00元

金子般的心肠

——为“世界经典动物小说精粹”丛书作序

沈石溪

全世界所有的少年儿童都喜欢动物，都对动物感兴趣。孩子通过和猫、狗、鸡、燕子、蟋蟀等走兽飞禽昆虫打交道，才从感性上逐步认清人类的价值和人类在地球上的位置。正由于少年儿童和动物这种天然的友谊，描写动物的作品才经久不衰，备受青睐。

动物小说不同于传统的动物童话、动物故事和动物传记文学。比起动物童话来，动物小说受物种自然属性的严格限制，不能随意违反常规改变描写对象的行为特征，而要讲究科学性和真实感。比起动物故事来，动物小说的笔触由动物的行为层面进入心理层面，形象由类型化上升到个性化，并注入哲理意蕴。

比起动物传记文学来，动物小说注重艺术构思，作品充满想象力和浪漫色彩。

动物小说破译野生动物的行为密码，揭示不同物种间的行为差异，具有知识性和趣味性，能满足青少年读者强烈的求知欲。动物小说的主人公是动物，动物受弱肉强食的自然法则支配，生活惊险曲折，命运跌宕起伏，特别适合青少年读者的阅读口味。动物小说所描写的对象不受人类法律、道德和社会习俗的钳制和束缚，善恶美丑浑然一体，更接近生命的真实。动物小说折射出人生的复杂与严峻，让读者从中感知到人世间种种悲剧与问题的原始起因，窥探到生物层面上的终极答案。由此，动物小说经得起时间的淘洗，具有久远的生命力，理所当然受到青少年读者的钟情和迷恋。

这次，由二十一世纪出版社集团和上海吴童文化工作室联袂推出的“世界经典动物小说精粹”丛书，可以说是世界动物小说的精品荟萃和艺术盛宴。世界动物文学形成已有一百多年历史，作品汗牛充栋、卷帙浩繁。而这套书中的作品，每本都是精中选精，优中择优，包括《黑骏马》《莱茜回家》《忠犬波比》《野性的呼唤》《白牙》《西顿野生动物故事精选》六部国外作品。可以说，每一部作品都是某个时期动物小说创作隆起的一道山脉，都是世界动物文学王冠上的一颗明珠，都是人类文化宝库中的精品和不朽之作。

这六部作品涉及五位作家。请允许我对这五位作家一一做个简要评述。

加拿大的欧内斯特·西顿是享有国际声誉的作家，是动物小说这一文学体裁的开创者。西顿出生在英国的南希尔兹，六岁时和家人一起去加拿大。他学过自然科学，后来又到法国学过写生画，既是作家，又是博物学家和画家。他天生喜爱动物，年轻时就开始悉心观察、研究大自然的飞禽走兽；后来又在加拿大的草原开办农场，亲自饲养各种动物；曾在巴黎举办个人画展，展出他的动物画。1898 年，他的《我所知道的野生动物》出版。他为八种不同的动物写“传记”，从它们幼时写到衰老或由于人类的暴虐无道而夭亡。这本书获得极大成功，奠定了他不可撼动的“动物文学之父”的崇高地位，也使得他在经济上获得了独立，并赢得了美国总统西奥多·罗斯福的友谊。一个多世纪以来，西顿的作品一直是热爱动物者的必读经典，广受世界各国青少年的喜爱。

阅读西顿的动物小说，能强烈感受到他热爱大自然、热爱野生动物的伟大情怀。西顿因为热爱野生动物，所以对肆无忌惮猎杀和迫害野生动物的人予以强烈的谴责。西顿曾公开说过：“自由的野生动物有着高贵的自尊和伟大的情感，它们也是我一生中见过的最富有人情味的生命。我们人类才是一群靠着发达的头脑肆意毁灭自然、践踏生命的野兽。”西顿毫不隐讳地表达了这样一个理念：在人与动物的关系中，动物常常是无辜的受害者，卑鄙下流、不讲信义的反而是人。惊世骇俗，振聋发聩，直逼人心！这样的观点，在今天看来，也许算不了什么，但在一个多世纪前，环保意识远不如今天这般深入人心，以动物的纯真来反衬人类的卑鄙，以动物的善良来对照人类的贪婪，以动物的美丽来反观人类的丑陋，是需要极大勇气的。西顿可以说是全世界首位野生动物代言人和保护者。不仅他的动物小说给几代读者带来美的享受，他敬畏生命、尊重野生动物的理念，也深刻影响了后来的动物小说作家，成为动物小说创作永恒的价值追求。

杰克·伦敦是世界文学史上享有崇高声誉的作家，也是动物小说的开山鼻祖。他一生的经历非常复杂。他是私生子，当过报童，做过工人，当过盗贼，蹲过监狱，做过水手，上过捕鲸船，做过淘金者，做过记者，甚至当过拳击手。他只活到四十岁，因对生活绝望而自杀。杰克·伦敦的写作时间也很短，他 1899 年发表第一篇文章，1916 年自杀身亡，创作时间仅十八个年头，却留下了五十多部作品，也算是一位高产作家。他最著名的作品是长篇小说《热爱生命》，该作品讲述的是一个淘金者被同伴抛弃，迷路于荒野，与一只病狼争夺活下去的机会，最后杀死病狼，靠吃狼肉走出了迷途的故事。

杰克·伦敦还创作了“野性三部曲”：《野性的呼唤》《海狼》《白牙》。这几部描写动物和野性的小说，用黄钟大吕为动物放声唱出一支狂野的歌，被誉为动物小说的经典之作。“世界经典动物小说精粹”丛书收录了杰克·伦敦两部最重要的动物小说——《野性的呼唤》和《白牙》。

《野性的呼唤》写一条名叫巴克的狗目睹人世间的冷酷无情，最后在荒野狼群的呼唤下逃入了森林，变成了狼的故事。《白牙》描写的是一只有四分之一狗的血统的混血狼。它从小失去父母，在弱肉强食的丛林里受尽残酷生活的折磨，被迫去做“斗犬”。人在狗身上押注赌钱，让猛犬自相残杀，人在一旁观赏取乐。经过一系列变故，白牙九死一生，身上伤痕累累，心灵也遭受严重创伤。它仇恨同类，仇恨人类，仇恨一切，变成一只暴戾、残忍、变态的狼。这个时候，它遇到了新主人斯科特先生。斯科特先生代表了人类的理性、正义和宽容。更重要的是，斯科特先生有一颗包容残缺生灵的爱心。在斯科特先生的悉心调教下，白牙感受到了生命的温情，因爱而对主人忠心耿耿，变成一条忠勇的狗，最后与入室作恶的歹徒搏斗，拼死护卫主人的家庭。

杰克·伦敦虽然写的是动物，但他身为现实主义作家，笔锋所指就是那个时代混乱不堪的美国社会，批判把人异化成兽的恶劣生存环境。

这两部经典动物小说揭示了这样一个跨越时空的主题：饥饿与贫穷会把人变成兽，把狗变成狼；互相仇恨无助于改变苦难的生活，只会让生活变得越来越糟糕；只有爱和信任，才能从根本上让大家消除偏见，过上祥和幸福的生活。

从艺术角度看，这两部作品结构精美完整，把“野性—堕落—叛逆—转变”的过程写得环环相扣，天衣无缝，合情合理，顺理成章，令人信服；语言鲜活优美，极具表达力，无论是描写狗，还是刻画人，都能写出其特征和个性，将其活灵活现地展现在读者面前。

这套丛书中另一部堪称经典的动物小说是《黑骏马》。这是19世纪中叶一位英国女作家的作品。有意思的是，这是一位仅有一部作品的作家。安娜·休厄尔十四岁时意外摔伤膝盖，落下残疾，从此终生离不开拐杖。她对动物充满仁爱之心，尤其是对马，视之为生活中最好的伙伴。她驾车从来不用鞭子，而是通过缰绳的变化和自己的话语来指引马。出于对人类虐待动物的强烈不满，她花六年时间创作了《黑骏马》。她希望通过黑骏马苦难而又辉煌的一生唤醒人们的善心和同情心，“要仁慈地对待动物”。虽然安娜·休厄尔一生只写了一本书，但这本书却为她赢得很大声誉，自出版之后就轰动欧洲文坛，被译成多国文字，畅销不衰，广泛流传，还多次被搬上大银幕。这部书的问世，还影响了动物文学的发展趋势。这是第一部以马作为主人公的小说。以马的视角来看世界，这在以前的动物文学里是从来没有过的。因此，《黑骏马》被誉为“第一部真正的动物小说”。

收进这套“世界经典动物小说精粹”的还有英国作家埃里克·奈特写的《莱茜回家》。这是一部写狗的小说，主角是一条名叫莱茜的狗，它忠诚、勇敢、执着、善良、坚韧……与主人结下了终生不渝的友情。这部小说以当时一只苏格兰柯利犬的真实故事为蓝本写的小说，带有明显的纪实文学风格，用最真实、最细腻、最感人、最温情的笔触描摹出动物丰富深邃的内心和情感世界，抒写了生命的尊严和自由的梦想。世界上写狗的作品有很多，但唯有《莱茜回家》被公认是“关于狗的全球性经典小说”。这部小说一出版便荣登畅销榜，不仅成为美国每月读书会特别推荐图书，而且出版三年后被世界著名电影公司米高梅公司搬上银幕。影片大获成功，也一举捧红了当年的童星伊丽莎白·泰勒。此后的半个多世纪里，莱茜的故事又被英国、加拿大、日本等多个国家改编成七部电影、一部广播剧和一部电视连续剧。莱茜也因此成为长盛不衰的明星狗。

从书里最后一部外国小说是美国作家埃莉诺·阿特金森写的《忠犬波比》。这部小说也是写人与狗之间生死相依的高贵情感。作者是长期从事新闻工作的记者。据说这部小说的素材来源于真实发生的事件。小说的情节并不复杂，写的是一只名叫波比的小狗与老主人相依为命的故事。老主人病逝后葬于教堂墓地，波比忠诚不渝地守护在老主人墓旁，至死也没改变。波比的忠贞受到人们的广泛尊重，波比死后得到了一座属于它自己的纪念碑。这个题材与人心冷漠、世态炎凉的西方社会无疑形成了鲜明的对照，通过描写狗的行为来反观人类自身的行为，具有很强的针对性和特殊的现实意义。

毫无疑问，这套“世界经典动物小说精粹”的出版，是动物小说一次辉煌的展览，一次威武雄壮的检阅。

值得一提的是，这六部作品都是请既精通外文，又具有很高文学素养的翻译家重新做的翻译。新译本既保留了经典的高品质，在文字表达上，又恰当地融入了中国元素和时尚元素，增强了文学魅力，可以说是一种文化的提炼和艺术的雕琢，使得作品焕然一新，更适合中国读者阅读。

这套书也精选了我的一些动物小说代表作，放在《沈石溪动物小说精选（一）》和《沈石溪动物小说精选（二）》两本书里。

最后，我要为这篇序做一个破题：为什么要用“金子般的心肠”来做这篇序的题目呢？首先要介绍这句话的出处。这句话出自波兰著名作家扬·格拉鲍夫斯基之口。扬·格拉鲍夫斯基也是一位优秀的动物小说作家，曾写过《乌鸦天使》。我借用扬·格拉鲍夫斯基这句名言，想表达三层意思。第一层意思，与扬·格拉鲍夫斯基相同，在与动物的长期交往中，我也深有感触，那些可爱的动物有“金子般的心肠”；第二层意思，那些用心血来描写动物灵性的作家也具有“金子般的心肠”；第三层意思，喜欢阅读动物小说的青少年读者都是热爱大自然、关爱生命的人，善良仁慈，也有“金子般的心肠”。

人人都有“金子般的心肠”，世界就会变得越来越美好。

是为序。

于上海梅陇书房

目录

第一章　追踪猎物

结冻的河道两侧，云杉林肃然而立。被刚过的一阵风吹落了身上的白霜，这些树看上去像是相互倚靠着，在渐暗的天光中，黑黢黢的有点瘆人。无边的寂静笼罩着大地。大地本身一派荒凉，没有生命，没有动静，孤寂清冷得甚至连悲伤都无从感受。它隐隐让人感觉到是在大笑，但这样的大笑比任何悲伤都可怕——那笑如同斯芬克斯[①]的微笑一样不带任何的欢乐，和冰霜一样寒冷，又带着点“以万物为刍狗”的严酷。在笑的是高高在上、无可言传的永恒智慧，它笑的是生命的徒劳和求生的徒劳。这就是荒野，野蛮难驯、从心里被冻住的北地荒野。

但这里有生命，遍布于大地之上，不屈不挠。此刻，在那冻结的河道上，一群狼狗正在艰难地行进着。他们那粗硬的毛上挂着冰霜，他们呼出的气一离开嘴巴就在空气中凝结，变成水汽的细沫向前喷出，沾在身体的皮毛上，变成了霜晶。他们的身上套

① 狮身人面的女怪，让过路人猜谜，猜不出即将人杀害。——译注（如无特别说明，本书脚注均为译注）

着皮挽具，挽具上的缰绳与他们身后拖着的雪橇相连。雪橇没有滑板，是用结实的桦树皮做成的，整个底面都贴在雪地上。雪橇的前端像纸卷似的向上翻起，为的是能碾压过前方如波浪一般起伏的软雪顺畅滑行。雪橇上牢牢地绑着一个细长的箱子，虽然除了箱子雪橇上还有别的东西——毯子、一把斧子、一把咖啡壶和一口煎锅,但占去最多空间、最引人注目的,还是那个细长的箱子。

在狗队的前方，一个穿着宽大雪地靴的男人在雪中艰难地行走着，而在雪橇后边也有一个男人在勉力前行。在雪橇上的那个细长箱子里躺着第三个男人，他的苦役已经结束了，他被荒野征服、打败，再也不能运动和挣扎了。荒野是不喜欢运动的。生命对荒野来说意味着冒犯，因为生命是运动，荒野的目标一直是要摧毁运动。它把水冻住，不让它流向大海；它把汁液从树干中挤出，直到树木连强大的内心都被冻住；而荒野所做的最凶残、最可怕的事就是运用种种手段让人类屈服——人类是所有生灵中最不安分的，即便所有的运动终将停止已是人尽皆知的道理，人类却依然要对此做出抗争。

但走在雪橇一前一后的这两个男人还没死呢，他们虽然步履维艰，却透露出一种无所畏惧、难以战胜的劲头。他们身上穿着毛皮制成的厚衣服，睫毛、脸颊和嘴唇上布满了因呼气冻结而形成的冰晶，使得他们面目难辨。这让他们仿佛戴上了幽灵面具，像两个在幽灵世界中承办鬼魂葬礼的。但在这样的面具之下他们其实是活生生的人，穿行在荒凉、寂静、充满嘲讽的土地上，两个渺小的冒险者，却执着地进行着惊天大冒险，以他们微不足道的身躯对抗着身边这个像太空深处一般荒僻、孤绝、毫无生气的世界的威力。

他们一路行来没有说话，为的是节省力气。四周全都是寂静，以一种触手可及的存在压迫着他们，这种寂静之于他们的心灵就像深水中的气压之于潜水员的身体。它碾压在他们身上的分量既漫无边际，又不容分说，它把他们碾压进了他们心灵中最幽深的角落，又像榨葡萄汁那样把人类灵魂中所有虚伪的热情、欢悦和过高的自我估价都给挤了出去，直到他们认识到自己卑微而渺小，不过是斑点与尘埃，在对一切视若不见的巨大自然力和各种力量的交互作用下，以他们孱弱的狡诈和少得可怜的智慧勉力运动着。

一小时过去了，又一小时过去了。短暂而没有太阳的白日里，那惨淡的光线开始渐渐褪去，这时，一声来自远方的微弱的嗥叫陡然在宁静的空气中升起。那一声嗥叫迅捷地向上蹿去，蹿到音调最高处后逗留了一会儿，令人紧张地颤抖着，随后才慢慢地消失。若不是那声音中带着一点儿凄厉的凶猛和饥饿的热切，也许会被当作亡魂的哀鸣。走在前面的男人抬起头来，直到目光与后面那人的目光相遇。随后，隔着那个细长的箱子，两人互相点了点头。

第二声嗥叫响起，带着针一般的尖锐刺破了宁静。两个人辨认着声音的方位。声音来自后方，在他们刚刚穿越过的雪野中的某处。随即，作为应答的第三声嗥叫也响起了，同样来自后方，位于第二声嗥叫的左侧。

“他们在追着我们，比尔。”前面的那个男人开口说道。

他的声音嘶哑，给人不真实的感觉，说话明显有点费劲。

“肉太少了。”他的同伴回答道，“好几天连只兔子的影子都没见。”

此后他们便不说话了，不过耳朵还是保持灵敏，听着身后继续响起的狩猎的嗥叫声。

夜幕降临的时候，他们把狗队赶进河道旁的一片云杉树林里宿营。棺材，也就是那个细长的箱子被他们放在火堆边，既用来坐，也用来当桌子。那些狼狗聚集在离火堆稍远的一边，吠叫着，相互争吵着，但没有哪只狗露出任何一点想要离开大队跑入黑暗中去的意思。

“我觉得吧，亨利，他们离营地非常近。”比尔说。

亨利蹲在火边，正在往咖啡壶里塞一块冰，听了这话点了点头。直到他在棺材上坐下，开始吃起东西来，这才开口说话。

“他们知道待在哪儿能保住身上的皮。”他说，“他们愿意吃蛆而不想自己变成蛆。真挺聪明的，这些狗。”

比尔摇了摇脑袋，“哦，我可不这么想。”

他的同伴好奇地望着他：“这可是我头一回听你说他们不

聪明。”

比尔一边嚼着嘴里的豆子，一边思忖着，“亨利，你有没有注意到，在我喂他们的时候，他们抬起身子的样子？”

“他们的确没平时那么高兴了。”亨利认可道。

“我们还剩下几条狗了，亨利？”

“六条。”

“那，亨利……”比尔停了一会儿，好让自己的话显得更重要，“我也是这么想的，亨利，我们有六条狗。我从包里拿了六条鱼出来，给了每条狗一条鱼，可结果，亨利，我发现少了一条鱼。”

“你数错了。”

比尔淡定地重复了一遍：“我们有六条狗，我拿了六条鱼出来。独耳没有吃到鱼，我随后又到袋子里给他拿的。”

“我们只有六条狗啊。”亨利不解地说道。

“亨利，我可没说这就是全部的狗了，其实有七条狗得到了鱼。”比尔说。

亨利停住了咀嚼，眼睛掠过火堆，点了狗的数量。

“可现在只有六条啊。”

“我看见有一条穿过雪地跑走了。”比尔以冷静而肯定的语气说道，“我看见了七条。”

他的同伴怜悯地看着他，说道：“等这趟旅程跑完的时候，我会高兴得不得了的。”

“你这话是什么意思？”比尔不解地问道。

“我的意思是，我们的压力太大，你的神经有点不正常了，你都开始产生幻觉了。”

“我考虑到了这点。”比尔很认真地回答道，“于是，我看到她从雪地上跑掉，特意去看了一下雪，上面有她的脚印。然后我又数了一下狗，剩下的还有六条。那脚印现在还在雪上呢，你想去看看吗？我来指给你看。”

亨利没有答话，默默地咀嚼着，直到把饭吃完，临了喝了最后一杯咖啡。他用手背擦了擦嘴，开口说道：

“那么你觉得那是——”

一声长长的悲嗥打断了他的话，那声嗥叫来自黑暗中的某处，悲伤得令人心头为之一紧。亨利停下来谛听，然后他朝着叫声摆了摆手，接着把话说完：“——他们之中的一只？”

比尔点了点头。“我一下子就想到这点了。你自己也注意到那些狗排队时的样子了吧？”

嗥叫一声接着一声，随后又是与之应和的嗥叫，将沉寂变成了一片喧闹。嗥叫声从四面八方响起，群狗露出了惧怕的迹象，他们紧紧地聚在一起，离火堆那么近，连毛都燎到了。比尔往火堆里添了点柴，随后就着火点燃了烟斗。

“我觉得你情绪有点不振哪！”亨利说。

“亨利……”比尔叼着烟斗沉思了一会儿，这才又接着说下

去，“亨利，我在想，他比你我都要幸运得多。”

他大拇指朝下指了指他们屁股底下的那口棺材，那里躺着的就是他话里提到的“他”。

“你和我，亨利，等我们俩死后，要是能有石头盖住我们的尸体不让狗啃，就算走了大运了。”

“可我们又不像他那样有人有钱，啥都有。”亨利附和道，“走这么长的路去办葬礼，我们可出不起这个钱。”

“亨利，气人的是，像这么一个家伙，他在自己的国家里是个老爷之类的人物，从来都不用为食物或毛毯操心，他为什么要跑到这么一片连上帝都放弃的荒郊野岭来呢？真不明白。”

“要是他老实待在家里的话，准能得享高寿。”亨利对此表示赞同。

比尔张开嘴想要说话，却又改了主意。他指了指那如墙一般从四面八方向他们压迫而来的黑暗。从伸手不见五指的黑暗中看不出任何一点形状来，只能看到一双眼睛像燃着的炭块般放着光。亨利动了动下巴，又指出了第二和第三双眼睛。一圈闪亮的眼睛已经凑拢到了他们的营地周围。时不时地，会有一双眼睛动起来，或是暂时消失，片刻后重新出现。

群狗的不安在加剧着。随着突然袭来的一阵恐惧，他们一起挤到了火堆近主人的一边，畏缩着在两人的腿边打转。混乱中有一条狗跌倒在了火堆边，待空气中传来皮毛被燎着的焦煳味时，他又是痛又是怕地叫了起来。这阵骚乱令周围那圈眼睛不停地移动了一会儿，甚至向后退了一点儿，但随着群狗归于平静，这圈眼睛又安定了下来。

“亨利，弹药用完了，真够倒霉的。”

比尔已经抽完了烟斗，正在帮同伴在云杉树枝上用皮毛和毯子铺床，那些树枝是他吃晚饭前就铺在雪地上的。亨利咕哝了一声，开始解鹿皮鞋的鞋带。

“你刚才说你还剩下多少子弹？”他问。

“三发，我真希望是三百发，那我就能给他们点颜色看看了，这帮混蛋！”

他朝着那些发亮的眼睛愤怒地挥了挥拳头，然后小心地把自己的鹿皮鞋搁到火堆跟前。

“真希望寒冷快点结束。”他接着说道，“已经整整两个礼拜都是零下五十摄氏度了。真希望这趟我没来啊，亨利。一点儿都不喜欢，总感觉哪儿不对劲。要说盼点啥的话，我真希望旅行已经结束了，你和我这会儿正坐在麦克加里堡的火堆边，舒舒服服地玩着纸牌——这就是我所盼望的。”

亨利咕哝了一句便爬上了床铺。他刚有点昏昏欲睡，就被同伴的声音给弄醒了。

“我说，亨利，你说的那条混进来骗走一条鱼的狗，为什么咱们的狗不攻击她呢？这可叫我有点烦心。”

“你烦心的事太多了，比尔。”亨利睡意浓浓地答道，“你以前可不是这样的。别说了，快睡吧，明儿一早就啥事都没有了。你的胃在泛酸，这就是你烦心的原因。”

两个男人睡下了，挨在一起，盖着一床毯子，呼吸粗重。营火渐渐暗下去，围着营地的那一圈发光的眼睛又靠近了一些。群狗恐惧地聚集在一起，不时对某双靠近过来的眼睛发出一阵威胁的吠叫。有一次，他们叫得太响了一些，把比尔给吵醒了。他轻手轻脚地从床铺上起身，免得吵醒同伴。他往火里扔了点木柴，火苗又蹿了起来，那圈眼睛朝后退了一点儿。他朝挤在一起的群狗随意看了一眼，接着，他使劲揉了揉眼睛，又用力朝他们看去。随后他爬回毯子下面。

“亨利，喂，亨利。”他轻喊道。

亨利咕哝了一声，从睡梦中醒来，问他：“怎么啦？”

“没什么，只是狗又有七条了，我刚数过的。”

亨利又咕哝了一声，表示他听到了，然后再次睡去，发出了鼾声。

第二天早上，亨利先醒了过来，把同伴弄下了床铺。尽管已经六点钟了，天却还有三个小时才会亮。亨利摸着黑走来走去准备早饭，比尔则卷起毯子，收拾雪橇，为动身做准备。

“我说，亨利，”他突然开口问道，“你说过我们有几条狗？”

“六条。”

“错。”比尔得意扬扬地宣布道。

“又变成七条了？”亨利疑惑道。

“不，是五条，有一条不见了。”

“见鬼！”亨利气呼呼地喊道，随即扔下做了一半的饭跑去数狗。

“你说的没错，比尔。”他得出结论道，“肥肥不见了。”

“他一跑起来就像上了油的闪电那么快，连屁股后边的烟都休想看到。”

“没机会的。”亨利认定道，“他们照样能把他给活吞了。我敢打赌，他在被他们吞进喉咙的时候肯定还在叫呢，这帮该死的混蛋！”

“可是没有哪条笨狗会笨到像这样跑出去自杀啊。”他若有所思地朝着狗队剩下的狗望去，一眼就把每条狗身上的特点看了个清清楚楚，“我敢打赌其余的狗不会做出这样的事来。”

“就算用棒子也休想把他们从火堆边赶走。”比尔对他的话表示了赞同，“不过我一直都觉得肥肥有点不对劲。”

这便是北地雪道上一条死去的狗所得到的墓志铭了——和许多其他的狗，乃至和许多人相比，这都已经不算少了。

第二章　母狼

吃罢早饭，又把寥寥几件宿营装备捆上雪橇后，两人转身离开了火苗欢跃的营火，动身投入了黑暗。凄厉的狼嗥马上又响了起来，叫声穿越黑暗与寒冷来到彼此耳中，引来应和连连。两人不再说话了。天在九点钟亮了，到中午的时候南边的天空因天气变暖而露出了玫瑰红，标示出那片地区正处于正午太阳与北地严寒的对峙当中。但那片玫瑰红很快就褪去了，剩下灰蒙蒙的天色一直持续到下午三点，随后，它也褪去了，北极的夜幕降临到了孤独而又寂静的大地之上。

夜色渐浓，逐猎的嗥叫声自左、右和后边响起，且越来越近，近得令那些忙于赶路的狗不止一次陷入短暂的惶恐。

当一次这样的惶恐过去，比尔和亨利重新用缰绳拢住了狗队后，比尔说："我希望他们能到别的地方追逐猎物去，别再来缠着我们了。"

"他们真是让人神经紧张。"亨利深有同感。

接下来他们没有再说话，一门心思开始搭建营地。

亨利正弯着腰，往咕嘟咕嘟煮着豆子的锅里加冰，就在这时，他听到一记殴打的声音，接着是比尔的惊呼，随后狗队里传出一声尖利的、带着痛苦的低吼，这让他吃了一惊。他直起身子，正好看到一个朦胧的影子越过雪野，遁入了夜色中。接着他看到比尔站在群狗中，既有点得意，又有点沮丧，一只手里攥着一根粗大的棒子，另一只手里攥着一条晒干的三文鱼的下半截。

“她抢走了半条。”比尔说，“但我也给它结结实实地来了一下。听到她的尖叫了吧！”

“她长什么样儿？”亨利问。

“没看清。不过她有四条腿、一张嘴、浑身毛，跟所有的狗一样。”

“肯定是条驯养过的狼，我觉得。”

“不管她是什么，肯定是驯养过的，不然不会在喂食的时候跑来领她那份鱼。”

那天晚上，吃罢晚饭，他们坐在那口棺材上抽着烟斗时，那圈发亮的眼睛又出现了，而且比以前靠得更近了。

“我希望他们能突然遇到一群驼鹿什么的，然后就撇下我们不管了。”比尔说。

亨利咕哝了一声，从音调听来，他对比尔的话不尽赞同。在接下来的一刻钟里，他们就默默地坐着。亨利亮眼盯着火堆，比尔则盯着那圈眼睛，在火光的映照下那圈眼睛像是在黑暗中燃烧。

“真希望我们这会儿就快要到麦克加里了。”比尔又开口说了起来。

“闭嘴吧，别再希望这希望那的了。”亨利突然气冲冲地喊道，“你泛胃酸了，你是因为这个才难受的。去喝一勺苏打水吧，这样你脾气就会好些，不会那么惹人厌了。”

第二天早上，亨利被比尔嘴里冒出来的激动的咒骂吵醒了。亨利用一个胳膊肘支起身子，只见自己的同伴正站在群狗当中，紧挨着旁边添过柴的火堆，挥舞着双臂，脸因为激动而变得扭曲。

“喂！”亨利对他喊道，“怎么啦？”

“青蛙不见了。”青蛙是另一条狗的名字。

“不会吧。”

“可这是真的。”

亨利从毯子里跳了出来，来到狗队跟前。他非常仔细地点了一遍，然后就跟自己的伙伴一起骂了起来，骂那又夺去了他们一条狗的荒野的势力。

“青蛙是这队狗里边最强壮的一条。”比尔最终止住咒骂后说道。

“而且他不笨。”亨利补充说。这是两天里对狗盖棺论定的第二条墓志铭了。

早饭吃得很是郁闷，吃完之后剩下的四条狗跟雪橇套到了一起。这天跟以前逝去的许多天相比只是在重复。两个男人在冰天雪地的世界里默默无语地赶着路，只有尾随者们的叫声会打破宁静，他们不在视野之内，却始终吊在他们的后面。下午才过去一半，夜晚就开始来到了，嗥叫声听上去更近了，尾随者们照例缩小了包围圈。群狗变得躁动、惶恐，又因为慌乱而把缰绳缠到了一起，这就令两个人更沮丧了。

“好啦，总算把你们这些笨家伙都给收拾停当了。”比尔那天晚上忙完自己的活儿之后，直起身子来带着得意这样说。

亨利撇下自己手里正在做的饭跑过来看。他的同伴把狗绑了起来，而且是按照印第安人的方法绑的，用上了树枝。在每条狗的脖子上系了一条皮带。在皮带上很靠近脖子而狗用牙又咬不到的地方，他系上了一根粗粗的、长度有四到五英尺[①]的树枝。树枝的另一头用皮带系紧在一根打在地里的桩子上。在树枝靠近自己的这头，狗咬不到皮带；而对于系在树枝另一头的皮带，则由于树枝的存在而同样咬不到。

亨利对此赞许地点了点头。

“只有这玩意儿能管住独耳。”他说，“他咬起皮带来就跟刀割一样干净，只是没那么快而已。明天早上他们都会好好待在这里的。”

“放心吧，一准都在。”比尔附和道，“要是有哪条不见了，

①1 英尺约为 0.3 米。

我明天就不喝咖啡。”

“他们知道我们没子弹了，不能朝他们开火。”亨利在临睡前指着包围着他们的那圈发亮的眼睛说道，“要是能朝他们开上个两三枪，他们就会对我们多点尊重了。现在他们每天晚上都靠得更近一点。你别看火光了，先适应一会儿，然后仔细看——那儿！看见那只了吗？”

接下来的一段时间，他们便以观察火光边缘那些移动的模糊影子来解闷。只要朝着黑暗中某双燃烧着的眼睛仔细看上一会儿，动物的形体慢慢就看出来了。他们甚至能看到这些形体不时在移动。

这时，来自狗群中的一个声响吸引了两人的注意。那是独耳正在发出急切的哀鸣，边叫边把整根树枝朝着黑暗里刺去。他时不时地会停下来，拼命地用牙去咬树枝。

“看哪，比尔。”亨利轻声说道。

有一个东西已经完全进入火光之中，她偷偷摸摸地做着横向移动，脚步十分柔滑。那是一个很像狗的动物，移动的样子既有犹疑又表现出大胆。她小心地观察着两人，主要的注意力却集中在群狗身上。独耳全力操控着树枝朝入侵者刺去，一边发着急切的哀鸣。

“独耳那条傻狗似乎不是很害怕。”比尔压低了声音说道。

“那是一头母狼。”亨利同样低声回答他，“这就能解释肥肥和青蛙的事了。她是狼群放出来的诱饵，由她把狗引出去，然后其他的狼一拥而上，把狗给吃了。”

火堆发出啪的一记声响，一截原木裂了开来，引发一串响亮的噼啪声。听到这个声响，那陌生的动物跳回到了黑暗中。

“亨利，我在想啊。”比尔开口道。

“想什么？”

“我在想那应该就是我用棒子打过的那个。”

“这还有什么好怀疑的。”亨利答道。

“我现在想说的是，”比尔接着说道，“那家伙对营火那么熟悉，这事大有可疑，这里面说不定有什么不道德的事呢。”

“她知道的显然比一条有自尊的狼应该知道的要多。”亨利认可道，“一头狼，她知道在喂食的时候跟狗一起来领吃的，那她肯定是有过这种经历的。”

“奥尔维兰曾经有过一条狗跟狼跑了。”比尔把自己脑袋里正在思考的东西大声说了出来，“我应该知道的。后来我在小斯蒂克的驼鹿牧场把他从狼群中给一枪打死了。奥尔维兰当时哭得跟个孩子似的，他说他有三年没见到过那狗了，看来那狗一直都跟狼群在一起。”

“我猜这回让你给说着了，比尔。那头狼其实是条狗，她从人的手里吃过很多次鱼的。”

“要是让我有机会逮到她的话，就把那条当过狗的狼给吃了。”比尔宣布道，“我们不能再损失动物了。”

“可你只有三发子弹了。”亨利对此表示不以为然。

“我会等到有绝对把握再开枪的。”比尔回答。

第二天早上，亨利在自己同伴鼾声的陪伴下，往火里添了柴，然后开始做早饭。

“你睡得也太舒服太沉了，”亨利一边推醒他吃早饭一边说道，“让我都不忍心叫醒你。”

比尔睡眼惺忪地开始吃起饭来。他发现自己的杯子是空的，便伸手去拿咖啡壶，但咖啡壶在亨利的身边，他够不到。

“我说，亨利，”他非常客气地责怪道，“你是不是忘记什么事了？”

亨利很认真地四下看了看，然后摇了摇头。比尔举起了手中的空杯子。

“你没咖啡喝。”亨利对他说。

“咖啡没了吗？”比尔急切地问道。

“不是。”

“是怕喝咖啡会影响我消化吗？”

“不是。”

比尔的脸上顿时因为生气而涨得通红。

“那我倒是很想听听你怎么来解释。”他说。

“飞毛腿不见了。”亨利答道。

比尔不急不缓地，带着一派屈从于不幸命运的神态转过头去，从他坐的地方数起狗来。

“怎么发生的？”他漠然地问道。

亨利耸了耸肩说：“不知道，除非是独耳帮他把皮带咬掉的。他自己做不到，这是肯定的。”

“该死的家伙。”比尔神情严肃、语速缓慢地说道，让人一点儿看不出怒火正在他心中熊熊燃烧，“就因为他没法把自己的皮带给咬断，所以他把飞毛腿的皮带给咬断了。”

“不过，飞毛腿的麻烦算是结束了。我猜到这会儿他已经被消化得差不多了，正装在二十头狼的肚子里在这周围的土地上跳跃呢。”这便是亨利给予刚刚失去的这条狗的墓志铭，“喝点咖啡吧，比尔。”

可比尔摇了摇头。

“喝吧。”亨利一边劝，一边举起了咖啡壶。

比尔猛地把杯子推到一边。“我要是喝了我就是混蛋。我说过，如果再有狗不见的话就不喝咖啡了，我说到做到。”

“这可是不错的咖啡啊。”亨利用诱惑的口吻说道。

但比尔很执拗，吃了一顿干巴巴的早餐，帮助他下咽的是嘴里嘟嘟囔囔的对独耳的咒骂，骂他玩了这么损的一招。

“今晚我要把他绑在够不到其他狗的地方。”上路的时候比尔这样说。

他们刚刚走出一百码[①]多一点，走在前面的亨利就发现自己的雪地鞋碰到了什么东西。他弯下身子，把踢到的东西捡了起来。天色很暗，他看不清楚，但手上的触觉让他认出了这样东西。他把它朝后一扔，这东西撞到雪橇上又朝后弹去，最终落到了比尔的雪地鞋边。

“这玩意儿你将来会用得着。”亨利说。

比尔发出了一声惊叫。这是飞毛腿最后剩下的东西了——那根他曾经被绑在上面的树枝。

“他们把他连皮都给吃了。”比尔宣布道，“树枝干干净净，他们把两头的皮带都吃掉了。他们是饿狠了，亨利，估计在这趟旅程完结前，他们会把我们俩也吃了。”

亨利心有不服地笑着说道：“我以前从来没有被狼这样一路跟过，可比这更糟糕的事情我也经历过不少，最后也安然无恙。总还得要有个五六趟凶险才能遂了你的愿，比尔伙计。”

“说不准，说不准啊。”比尔带着不祥的预感嗫嚅道。

“哼，等我们到了麦克加里你就知道没事了。”

“我对此并不抱太大希望。”比尔依旧坚持己见。

“你精神不好，这就是你的问题所在。”亨利断言道，“你需要的是奎宁，等我们到了麦克加里，我给你一用药，你马上就

①1 码合 0.9144 米。

会好的。”

比尔嘟囔了一声，表示了对这一诊断的不满，随即便不作声了。这一天就像每一天一样，九点钟的时候天亮，十二点钟的时候南方的地平线被看不见的太阳烤得温暖起来，然后又冷又灰的下午开始，再过三小时，下午就和夜晚融合到一处去了。

就在太阳开始徒劳地想要露脸之后，比尔把猎枪从雪橇的行李下面抽了出来，对着亨利说道：“你继续前进，亨利，我去看看能发现点什么。”

“你最好还是别离开雪橇。”他的同伴阻止道，“你只有三发子弹，会发生点什么可是很难预料的。”

“现在是谁在说丧气话了？”比尔得意扬扬地反问道。

亨利没有回答，一个人继续迈着沉重的脚步前行，尽管还忧心忡忡地不时回望，看着自己的伙伴消失在了灰色的荒野中。一小时后，借助于对雪橇最远能到达距离的判断，比尔赶了上来。

“他们散开了，散布的面很宽。”他说，“一边跟着我们，一边也在寻找别的猎物。知道吧，他们算是吃定我们了，只不过他们知道还得等待上一阵。在这段时间里，如果有什么别的能吃的跑到他们嘴边，他们也不会拒绝。”

“你是说他们以为能吃定我们吧。”亨利顶了他一句。

但比尔没有理睬他。“我见到了他们中的几只，身子相当瘦。我估计，除了肥肥、青蛙和飞毛腿，他们有好几个礼拜没有吃过别的东西了。不过他们数量很多，所以这点东西也不能让他们撑上多久。他们瘦得很明显，肋骨就像搓衣板，饿得前胸都贴了后背。告诉你吧，他们已经相当绝望了，很有可能会铤而走险，所以得小心啊。”

几分钟后，走在雪橇后面的亨利发出了一声低低的、示警的口哨。比尔转过身来看了看，便轻声叫停了狗。后方，在他们刚刚经过的雪道上，从最后一个弯角过来，清晰呈现在他们眼前的，是一个毛茸茸的、鬼鬼祟祟小跑着的影子。只见她用鼻子嗅着雪道，用一种奇特的、毫不费力的滑步小跑着。他们一停，她也停了下来，抬起头定定地望着他们，鼻孔翕动着，在嗅闻并分析着他们的味道。

“是那头母狼。”比尔小声说道。

群狗在雪地上躺了下来，比尔走过他们身边，和自己雪橇边的同伴靠在一起。他们一起看着这头奇怪的动物，正是她一连几天都追着他们，并且毁掉了他们狗队中半数的狗。

在经过一番详细的探察后，母狼又向前小跑了几步。如此的举动她重复了好几次，直到她与他们的距离只剩了短短不到一百码。这时她停了下来，抬起头，在靠近一丛云杉树的地方，用看和闻的方式研究那两个看着她的男人的装备。她用一种奇怪的、带着渴望的眼光望着他们，那样子就像是一条狗。但她的渴望之中却没有一点儿属于狗的情感。这是一种由饥饿孕育出来的渴望，残忍得就像她的尖牙，无情得有如严寒。

对狼来说她的个头算是大的，虽说骨瘦如柴，但光从骨架子就能看出她在同类中是最大的。

“站着的时候有近两英尺半高。”亨利点评道，“我敢打赌她的体长不会比五英尺短多少。”

“这毛色对狼来说可是有点奇怪。”这是比尔对她的评论，“我以前从来没见到过红色的狼，我瞧着都快接近肉桂的颜色了。”

这头动物当然不是肉桂那种黄棕的颜色。她的皮是真正的狼皮，最主要的颜色是灰色，然而灰里带着一点淡淡的红——这色彩令人有些难解，它时而出现，时而又消失，倒像是一种幻觉，让人时而觉得它是灰的，确凿无疑的灰，时而又隐约现出模糊的红色，而且这种红色很难按照普通生活中某样东西的颜色来归类。

“怎么看都像是一条拉雪橇的哈士奇啊。”比尔说，“我要是看见她摇尾巴绝对不会感到吃惊的。”

“你好，哈士奇！”他叫道，“过来吧，不管你叫什么名字。”

“她一点儿都不怕你。”亨利在一旁笑道。

比尔朝着她威胁地挥了挥手，对着她大声喊话，可那个动物一点儿也没有露出惧怕的样子。他们俩唯一能注意到的变化就是她增加了一点儿警惕。她仍然以那种由饥饿催生出来的无情的渴望眼神瞪着他们。他们是肉，而她饿了；如果她胆子再大点的话就会跑过来吃掉他们了。

“听我说啊，亨利，”比尔说这话时，因为他脑中所想的东西而不知不觉地放低了声音，成了轻轻的耳语，“我们有三发子弹，但这枪必须命中，不能错过。她夺走了我们三条狗的命还安然无恙，我们不能让这样的事再发生了。你说呢？”

亨利点头表示同意。比尔小心翼翼地把枪从雪橇的行李下抽了出来。他想要把枪顶到肩上，但这个动作完成不了了。因为就在那个瞬间，母狼朝旁边一跳，从雪道上跳进了那一丛云杉树中，再也不见了踪影。

两个人面面相觑，亨利长长地吹了一声口哨表示理解。

“我应该想到的。”比尔一边把枪放回原处一边大声自责道，“一头狼如果知道会跟狗一起在喂食时间来领食，那他当然就知道枪是怎么回事。告诉你吧，亨利，那家伙就是我们所有麻烦的源头。要不是她的话，我们这会儿应该有六条狗的，而不是三条。告诉你吧，亨利，我一定要逮到她。她太聪明了，没法在开阔地里打到它。但我要给她设埋伏。我一定要在丛林里伏击她，不然我就不叫比尔。”

“你也不用为了设埋伏而跑得太远。”他的同伴劝诫道，“如果那群狼开始朝你扑过来的话，你那三发子弹充其量不过是在地狱里喊上三声罢了。那些动物可是饿狠了，一旦他们发动了，肯定会吃了你的，比尔。”

他们那天晚上很早就宿了营。三条狗比不了六条狗，既不能把雪橇拉得那么快，也拉不了那么久，而且他们已经明确无误地呈现出了精疲力竭的迹象。两个人早早上了床，睡前比尔检查了一下，确保三条狗都系好了，互相咬不到。

但是群狼变得越来越大胆了，两人因此不止一次从睡梦中被惊起。群狼靠得非常近，乃至三条狗吓得都快要发狂了，因此他们必须时不时地向火堆里添柴，以把这些大胆的掠食者赶到更加安全的距离之外。

“我以前听水手们说过鲨鱼跟在船后面的事。”比尔在往火堆里添了一次柴后爬回毯子下面时说，“那些狼就是陆地上的鲨鱼。他们干自己的营生可比我们干得要好，他们这么一路追着我们可绝不是为了健身。他们是要吃了我们的，他们肯定会吃了我们的，亨利。”

“你要是再说那种话，他们就已经吃掉你一半了。”亨利不客气地反驳道，“说要败就已经败了一半。凭你现在这个样子，你就已经被吃掉一半了。”

“比你我更厉害的人都被他们吃掉过呢。”比尔回嘴道。

“哦，给我闭嘴吧，受不了你了。”

亨利气呼呼地转过身去，却有点意外地发现比尔并没有做出相似的表示发脾气的举动。这可不是比尔的做派，因为他是很容易被重话惹出脾气来的。亨利在睡着之前想了很久，在他眼皮耷拉下来即将沉沉睡去之前，他脑子里想的是：“绝错不了，比尔肯定心灰意冷，看来我明天早上得给他打打气了。”

第三章　饥饿的呼喊

新的一天开始时兆头不错。一晚上他们没有丢狗，当他们出发踏上雪道，踏进沉寂、黑暗与寒冷之时，他们的心情还是相当不错的。比尔似乎已经忘记了前一天晚上的不祥预感，甚至唠唠叨叨地跟群狗开起了玩笑。到了中午的时候，雪橇在一个路况糟糕的路段翻倒了。

真是好一摊混乱。雪橇底朝天翻了过来，还卡在了一棵树和一块巨石之间，他们只好把狗的缰绳给解了，这样才能把缠作一团的缰绳理顺。两个人正弯着腰要把雪橇给正过来，这时亨利发现独耳正在悄悄溜走。

“嘿，独耳，回来！”他一边叫，一边直起身子，朝着那条狗转了过来。

但独耳索性撒腿在雪地上跑了起来，身后还拖着缰绳。而在他们后面的雪道上，赫然等着他的便是那头母狼。靠近母狼时，独耳突然变得谨慎起来。他放慢了速度，脚步变得警惕而又犹疑，然后停了下来。他小心而又略带怀疑地望着母狼，然而眼神中又充满着欲望。母狼似乎是在向他微笑，以一种巴结而不是威胁的神态露出了自己的牙齿。她朝独耳走近了几步，略带挑逗的意味，然后停了下来。独耳继续向她靠近，依然警惕而又谨慎，尾巴和耳朵都竖着，脑袋高高扬起。

她想要跟母狼互相嗅嗅鼻子，但母狼朝后退去，神情是带着挑逗的羞涩。独耳向前进一点，她就相应地朝后退一点。就这样，她一步步地把独耳引到了其人类伙伴能给予保护的范围之外。有一次，就好像有一个警告的声音隐约掠过了独耳的脑海，他掉过头来，朝后看了看翻倒的雪橇，看了看他的队友们，也看了看那两个正在召唤他的男人。

但不管独耳脑子里有什么样的想法正在成形，都被母狼驱散了。她走到独耳跟前，飞快地跟他嗅了嗅鼻子，然后继续带着羞怯向后退去，引得独耳又跟她去了。

这时，比尔想起了他的猎枪，但枪被卡在了翻倒的雪橇下面。等到亨利帮着他把雪橇扶正，独耳已经和母狼靠得太近，而他们和狼的距离也远到无法冒险开枪了。

这时，独耳意识到了自己的错误，然而已经太晚了。还没等他们弄清楚缘由，就见独耳掉过头来，拼命向着他们跑来。接着，他们看到了，十几头瘦骨嶙峋的灰狼沿着与雪道垂直的方向奔了过来，截断了独耳的退路。一眨眼的工夫，母狼那带着挑逗的羞怯神态就不见了。她嗥叫一声，朝独耳扑来。独耳用肩膀把她撞到了一边。虽然退路已经被截断，但独耳仍一心想着要回到雪橇边上，于是他改变路线，想要迂回绕过去。每一刻都有更多的狼出现并加入追逐中来。母狼跟在独耳身后一跃的距离紧追不舍。

“你要上哪儿去？”亨利突然抓住同伴的手臂问道。

比尔把他的手甩开。“我受不了了。”他说，“我得出手，他们休想再吃掉我们一条狗！”

他提枪在手，钻进了雪道边的灌木丛，他的意图非常明显。独耳此刻正在以雪橇为圆心跑出一道圆弧，比尔的计划就是在这圆弧的某一点上截击住后面追击的群狼。有手中的枪，再加上又是光天化日，他觉得应该有可能吓住群狼，把狗给救下来。

“听我说，比尔，”亨利在身后叫道，“小心！不要冒险！”

亨利在雪橇上坐下来观望,除此之外他也没别的事情好做了。比尔已经从他的视线中消失了，但时不时地能从灌木丛和零星的云杉树之间看到独耳闪现的身影。亨利觉得独耳这回是没有希望了。那狗对自己所处的危险是非常清楚的，但他跑的是外圈，而狼群跑的则是路线较短的内圈。他的跑动距离超过自己的追击者，若在这样的前提下还指望他能抄近路回到雪橇边，这只能是一种奢望了。

不同的路线很快汇集到了一点。亨利知道，在远处的雪地中，某个被树木和灌木丛遮住了视线的地方，狼群、独耳和比尔汇集到一处了。太快了，快得超出了他的预料，事情发生了。他听到一声枪响，接着又是间隔很短的两声，他知道比尔的子弹打完了。接着他听到一阵长长短短的大声叫喊。他从中分辨出了独耳带着痛苦与恐惧的尖叫，又听到了一头狼发出被击中的惨叫。接下来就什么都没有了，各种吼叫与咆哮都停了下来，短促的尖叫也渐渐褪去了，寂静重新笼罩了孤独的大地。

他在雪橇上坐了好一会儿，没有必要跑去看发生了什么，他清楚得就像这些事情发生在他眼前一样。他曾一度猛然站起身，焦急地从捆扎好的行李下面抽出斧子。但过了片刻，他重新坐下来，陷入了沉思。剩下的两条狗趴在他脚下，浑身抖个不停。

最后，仿佛所有的活力都已经离开了他的身体似的，他疲惫已极地站起身来，开始把狗套到雪橇上。他把一根挽绳搭在肩上，和两条狗一起拉起了雪橇。他并没有走多远。天刚有点要黑的时候，他就赶紧宿营了，捡了绝对够用的柴火。他喂了狗，自己做了饭，吃了饭，在火边铺了床。

但他是注定享受不了那个床铺了。还没等他的眼睛闭上，群狼便已经逼近到了安全距离之内。现在，已经不用费力就能看见他们了。他们全都围在他和火堆旁边，形成一个窄窄的圈子。借着火光他可以清楚地看到他们，他们有的趴，有的坐，有的肚子贴地朝前匍匐而行，有的在悄悄地走来走去。他们甚至睡起大觉来。他看见雪地上一头头狼这儿那儿地像狗一样蜷着，享受着他现在已经无福享受的睡眠。

他让火堆一直熊熊地燃烧，因为他知道只有火堆才能把他的肉体和那些饥饿的利齿阻隔开。他的两条狗待在他身边，一边一条，靠在他身上以求得保护。他们哭泣着，呜咽着，而当有哪一头狼靠得比往常更近时，也会不时发出绝望的吠叫。这时，他的两条狗大声吠叫，整个一圈狼都被惊动。那些狼都站起身来，带着试探向前逼近，他的身边响起一片嗥叫声与急切的尖叫。接着，一圈狼会重新躺下，这儿那儿的一头头狼会继续他们被打断的睡眠。

但这个圈子有不断向他逼近的趋势。逼近是一点点进行的，每次只有一英寸，一会儿这里一头狼向前匍匐一点，一会儿那里一头狼向前匍匐一点，整个圈子渐渐收缩，直到这群野兽已经几乎来到了一扑可至的距离。这时，他就会从火堆里抓起燃烧着的木头，朝着狼群扔过去。狼群总是会急忙后退，如果瞄得准，还能听到某个太过大胆的家伙被木头打到或被火燎到后，发出愤怒的尖叫和恐惧的长嗥。

等到了第二天早上，男人已经筋疲力尽、形容枯槁了，两眼由于缺觉而呆呆地大睁着。他在黑暗中做了早饭，然后到九点钟的时候，随着天光的到来，狼群后退，他开始动手干起了自己在漫漫长夜中计划好了的事情。他砍倒了几棵小树，把它们做成横木，高高地绑在现成的树干上，搭成了一个棚。然后他用雪橇上的绑绳做了一个向上拉升东西的绳套，在两条狗的帮助下，把那口棺材提起，放到了棚子顶上。

“他们吃了比尔，也许也会吃了我，但他们永远也休想把你给吃了，年轻人。”他对着躺在这座树墓之中的尸体致辞。

然后他上路了，变轻了的雪橇在劲头十足的两条狗身后一路蹦跳着。两条狗之所以有劲头，是因为他们也知道，要想得到安全，只有尽快赶到麦克加里堡。狼群对他们的追击已经更加明目张胆了，跟在后面镇定自如地跑着，散布在雪橇的两侧，红红的舌头耷拉着，干瘦至极的体侧随着每一个动作而把波浪般的肋骨显露无遗。他们真的是瘦骨嶙峋，只是在骨头架子外面套了一层皮而已，肌肉缩成了绳子般细窄的几条——亨利不禁在心中称奇，他们都瘦成那个样子了，居然还能让脚坚持跑动，而没有一头栽倒在雪地里。

他不敢一直赶路到天黑。中午的时候，太阳不仅温暖着南方的地平线，甚至还把它淡金色的上缘露出在了地平线之上。他接收到了这个信号：白天开始变长，太阳开始从赤道向北回归线折返了。但没等他进入营地多久，那点令人愉快的阳光便离开了。还有几个小时灰色的天光和暗淡的黄昏，他便利用这段时间砍了许多许多木柴。

夜幕降临时，恐怖也随之而至。不仅那些饥饿的狼变得越来越大胆，缺乏睡眠的后果也在亨利身上逐渐显现。他不由自主地打起瞌睡来，人蹲在火堆边，毯子搭在肩膀上，斧子放在双膝之间，左右两侧各有一条狗紧紧地靠着他。他醒来过一次，看见前方离他只有十几英尺远的地方有一头灰色的狼，是整个狼群中个头最大的那只。即便被他盯着，那家伙也故意摊开四肢，像一条懒狗那样，打着大大的哈欠，看他的眼光俨然是在看一样属于自己的东西，仿佛他只是一顿延迟的大餐，马上就要被吃掉了。

整个狼群都显示出这种想当然的自信。他能数得到的狼有二十多条，有的用饥饿的眼神瞪着他，有的则平静地睡在雪地里。看着这些狼，他想象到一群孩子聚在菜肴摆开的餐桌前，单等一声令下就准备大快朵颐，而他正是他们准备要吃的食物！他心中在想：这顿大餐究竟何时开始，又会以怎样的方式开始呢？

在他往火堆里添柴的时候，他发现自己竟然对自己的身体产生了一种欣赏之情，这是他以前从来不曾感到过的。他看着自己正在动的肌肉，对自己手指的灵活自如不禁生出兴趣来。借着火光他慢慢地弯曲着手指，弯曲又伸直，伸直又弯曲，有时只弯曲一个，有时则是全部，还把手指尽力揸开或是快速握紧。他研究指甲的构造，并且戳着指尖，时而戳得重，时而戳得轻，测算神经产生感觉的时间。这令他着迷，他突然喜欢上了自己这奇妙的肉体，它的运作是如此美丽、如此顺畅、如此精妙。然后他朝带着期待向他靠近的狼圈投去了惊恐的一瞥，突然间意识到，这美妙的身体，这活生生的肉体，也只不过是一堆肉，一堆饿极的动物想要抢夺的肉，将被他们那满怀饥饿的利齿撕裂，成为他们的口中食，就像驼鹿和兔子一样。

他从一场半是噩梦的瞌睡中醒来，看见那条带有一抹红色的母狼站在自己前方。她离他的距离最多只有五六英尺，正坐在雪地中，满含渴望地盯着他。那两条狗在他脚下呜咽、狂吠，但母狼对他们根本没有在意。她盯着看的是亨利，而在一段时间里亨利也盯着她看。她并不让他感觉到威胁。她看他的眼神中只有深深的渴望，但亨利知道，只有深深的饥饿才能带来这种深深的渴望。他是食物，看着他能给她带来味觉上的刺激。她的嘴张开了，口水淌了下来，她带着一种期待的喜悦舔了舔嘴的周边。

一阵恐惧突然掠过他的全身。他急忙抓起一根燃着的木头要朝她扔过去。但就在他刚一伸手，手指还没够到木头时，母狼便已经向后跳回到了安全的地方。他知道她对有东西朝自己扔过来已经习以为常了。母狼一边跑开，一边嗥叫，亮出了自己白色的利齿，一直亮到牙根，所有的渴望全部消失了，代之以食肉动物的狠毒，令他不寒而栗。他朝拿着木头的手看去，注意到攥着木头的手指是何等灵巧，它们随着木头表面的不平而自我调节，弯曲着团团箍住粗糙的木头，一根小指因为太靠近木头燃着的部分，非常敏感地自动从灼热边退缩，来到一个更凉快些的可供抓握的位置。也在同一瞬间，他似乎看见还是那些敏感而又灵巧的手指正在被母狼的白牙咬断、撕裂。他从来没有像现在这样钟爱自己的身体，而偏偏在此时，他这个身体已经岌岌可危了。

整个晚上，靠着燃烧着的木头，他打退了饥饿的狼群。在他实在忍不住而打起瞌睡时，两条狗的呜咽与吠叫会把他唤醒。早晨来了，但晨光第一次没有能够把狼群驱散。亨利等着他们离去，却一直未能如愿。他们依然围成圈待在他身边。他的火堆虽由他点燃，属他所有，此时却仿佛显现出了属于它自己的傲慢，令他那随着天光而生出的勇气大受动摇。

他铤而走险，想要重上雪道，但刚一离开火堆的保护，最大胆的一头狼就向着他扑来，只是差了一点儿，没有扑到。他急忙朝后跳了回去才逃过一劫，咬合的狼吻离他的大腿只有区区六英寸。狼群中其余的狼此时全都起身朝他涌了过来，他左左右右地扔了几根燃烧的木柴，这才把他们逼回到一段能体现出足够尊重的距离之外。

即便是在大白天里，他也不敢离开火堆去砍新的木柴。二十英尺远的地方就矗立着一棵枯死的高大的云杉树。他花了半天的时间把营火向着大树的方向延伸，手边随时有六七根燃烧的木头准备朝他的敌人掷去。等到了大树后，他认真研究了一下周边的树林，为的是能朝着柴火最多的方向一路砍去。

这天晚上是头天晚上的重复，除了想睡觉的渴望变得越来越难以抵挡了。狗的吠叫已经失去了功效。而且他们一直都在叫，而他昏昏欲睡、感觉迟钝，已经不再能注意到其中音高和强度的变化。有一次他惊醒过来，母狼离他只有不到一码的距离。这么短的距离不可能再让她跑掉了，他机械地把一根燃着的木柴戳进了她吼叫着张开的嘴里。母狼跳开了，发出了痛苦的叫唤，他则欣喜地闻着皮毛和肉烧焦的气味，看她在二十英尺远的地方一边摇着脑袋，一边发出愤怒的嗥叫。

但这次，趁着自己还没再次沉入瞌睡，他在右手上系了一块燃烧的松节。眼睛闭上后没几分钟，火就烧到了他的肉，把他给弄醒了。在几个小时里，他一直重复着这样的程序。每次这样醒来后他都飞掷燃烧的木头来赶退狼群，往火堆里添柴，然后重新安排好手上的松节。一切都运行得很顺利，但有一次他没有把松节系结实，于是在他闭上眼睛之后，松节从他手里掉了下来。

他做梦了。他觉得自己置身在麦克加里堡。那里温暖而又舒适，他正在跟代理商一起玩着扑克。他似乎觉得要塞也被狼群包围了，他们在城堡的门前嗥叫着。有时，他和代理商会停下手中的游戏，听一听狼群的叫声，嘲笑他们想要冲进要塞的徒劳。正在这时，这梦可真是奇怪，突然传来一声撞击的巨响，门嘭的一声就被撞开了。他看见狼群如洪水一般涌进了要塞的大客厅，径直地向他和代理商扑来。随着门被撞开，嗥叫的声音骤然变响了许多倍。这嗥叫声现在令他感到不安了。他的梦汇入了某样别的东西中去——至于是什么他说不上来，但在整个过程中，嗥叫声一直在追着他。

这时他醒了过来，发现嗥叫声原来是真的。周围有一大片长长短短的狼叫声，群狼正向他急速冲来。他们把他团团围住后朝他扑来，其中一头狼的牙齿已经咬住了他的手臂。他本能地跳进了火里，而就在他跳的时候，他感到腿上传来一阵刺痛，有牙齿咬到了肉里。接下来开始了一场火战。他那结实的手套暂时保护住了双手，让他得以掬起烧得红红的木炭向四面八方掷去，直到营火变得像了一座火山。

但这并没有能持续多久。他的脸被烫起了水泡，眉毛和睫毛都被燎掉了，脚底的高温令他双脚无法承受。他只好左右手各拿了一根燃着火苗的木头跳到了火堆的边缘。狼群被赶退了。在他身边的每一侧，只要有燃着的木炭掉落，都会在雪中激出一阵滋滋的声响。每过一小会儿，如果有哪条后退的狼猛地跳了起来，发出了哼哼和嗥叫，就表明他踩到炭块上了。

在把手中的木头朝最近的敌人扔出去后，亨利把冒着烟的手套插进了雪里，然后又四下里跺着脚降温。他的两条狗不见了，他很清楚地知道，他们已经成为大餐中的一道菜，这顿拖延了许久的大餐自好几天前就从肥肥开始了，而大餐的最后一道菜很有可能就是几天以后的自己。

“你们还没把我吃到嘴里呢！”他一边叫，一边朝这些饥饿的野兽凶狠地挥舞着拳头。听到他发出声音，整个一圈狼都有点受惊，四下里响起了一片嗥叫声。母狼穿过雪地来到他身边，带着饥饿的渴望盯着他。

他开始动手实施一个新想法。他把原先的火堆延展成一个大大的火圈。他蜷在了这个圈子里，那套睡具搁在身下，隔开了融化的雪。待他这样消失在火焰的庇护中，整个狼群怀着好奇来到火堆边缘，想看看他到底怎么了。在此之前，他们一直都是无法接近火堆的，然而现在他们围成小圈子在火堆前留了下来，像很多狗一样，在尚不习惯的温暖中眨着眼睛，打着哈欠，伸展着他们瘦骨嶙峋的身体。这时，母狼坐了下来，仰头对着天上的一颗星星，开始嗥叫了起来。群狼一头接一头地加入进来，直到整个狼群全都蹲伏在地上，仰头朝天，用嗥叫来发出饥饿的呼喊。

黎明降临，随后天光大亮。火苗渐渐微弱下去。柴火已经用尽，也没必要再去多弄了。亨利试图踏出火圈，但群狼马上拥了过来。燃烧的木头让他们跳到一边，但他们已经不再后退了。他努力想要把他们向后赶，但根本没用。就在他放弃了尝试，蹒跚着退进火圈时，一头狼朝他扑了过来，没有扑到，四脚落地踏在了炭火里。那头狼先是发出一声恐怖的尖叫，同时嗥叫起来，连滚带爬地朝后退去，到雪地里给他的爪子降温。

亨利蜷缩着身子坐在了毯子上，上半身前倾。他的肩膀松垮垮地耷拉着，头伏在了膝盖上，仿佛是在宣告他已经放弃挣扎了。偶尔他会抬起头来留意一下渐渐熄灭的营火。那一圈炭火已经断成了一截截，中间出现了缺口，缺口越来越大，一截截炭火越来越小。

“我想，你们现在可以随时来吃我了。”他嘟囔道，“不管了，我要睡觉了。”

他醒来过一次，在火圈的一处缺口，他的正前方，他看到母狼正在盯着他。

他后来又醒来过一次，尽管他觉得当中隔了有好几个小时。此时，一个神秘的变化已经发生了——神秘到把他彻底惊醒了。有点什么事情发生了。刚开始他还没弄明白，但接下来他就发现了——狼群不见了，只剩下被践踏过的雪，表明他们曾经逼得他有多紧。浓浓的睡意又向他袭来，把他抓住，他的脑袋渐渐耷拉到了膝盖上。就在这时，他突然被惊醒了。

周围是人的呼喊、雪橇搅动雪地的声响、挽具发出的吱吱嘎嘎的声音和被牵着的狗发出的急切的呜咽声。四部雪橇从河道上过来，停在了这个树林间的营地。五六个男人走过来围着亨利，亨利蜷伏在一圈即将熄灭的火堆中央。他们摇晃着他，拍打着他，要把他弄醒。他像一个喝醉了酒的人一样望着他们，用奇怪的、睡意蒙眬的声音唠唠叨叨地说了起来：“红色的母狼……跟狗一起在喂食的时候过来……刚开始的时候吃狗粮……然后她吃狗……然后她吃了比尔……”

“艾尔弗雷德少爷到哪儿去了？”其中一个男人粗暴地摇着他，在他耳朵边吼道。

他慢慢地摇了摇头：“不，她没有吃他……他待在前一个营地的一棵树上。”

“死了？”那个男人高声喊道。

“待在一口箱子里。”亨利愤愤地把肩膀从盘问者的手掌中挣脱出来，“我说，你们别烦我啦……我简直就快要累死了……大家晚安。”

他的眼皮跳了几下，然后眼睛就闭上了，下巴朝前垂落到胸口。大家刚把他平放到毯子上，他的鼾声就响起在寒冷的空气中。

但周围还存在着另外一个声音，那声音遥远而又微弱，在很长一段距离之外。那是饥饿狼群的呼喊，他们刚刚错过了一个男人，但又盯上了新的猎物。

第四章　利齿间的战斗

最早听到人的声音和雪橇狗吠叫的是那头母狼，最早从躺在将熄的火圈中被逼入绝境的亨利身边跑开的也是她。狼群对于追了一路即将到口的猎物不情愿放弃，故而多逗留了几分钟，以确定声音是否属实。随后，他们也跟着母狼的足迹跑去了。

跑在狼群最前面的是一头灰色的狼——那是狼群的几位首领之一，指引着狼群沿母狼的踪迹而去的就是他，对着狼群中年幼些的成员发出警告咆哮的是他，在年轻狼群雄心勃勃地试图超越他时用利齿在他们身上留下伤口的是他，当看到母狼在前方的雪地上小步慢跑时加快步伐追上去的也是他。

母狼走过来与灰狼并肩而行，仿佛那就是自己的指定位置，脚步也调整到与狼群一样的速度。当母狼有几步碰巧走到了他前面时，灰狼并没有朝母狼咆哮，也没有亮出他的牙齿。相反，他似乎对她颇有意思——小心翼翼地迎合着她，因为他总是有意无意地跑到她身边去，而在他靠得太近的时候，反倒是她发出咆哮、亮出牙齿。有时，她甚至也会狠狠地朝他的肩膀咬上一口。这时，他一点儿也没有露出生气的迹象，只是跳到一边，然后动作僵硬地跑到前面，尴尬地猛跑上几大步，在仪态和举止上活像一个突然感到羞愧的乡村情郎。

这是他随着狼群奔跑时的唯一烦恼，而她却还有着其他的烦恼。在她右边跑着的是一头骨瘦如柴的老狼，毛色灰白，上面有着许多次战斗留下来的伤疤。他总是跑在她的右侧，这可能是因为他只剩了一只眼睛，那就是他的左眼。他同样也很喜欢跟她挨在一起，总是跑着跑着就跟她越来越近，直到他那带伤疤的吻部接触到她的身体，或肩膀，或脖颈。和对付跑在她左面的那个伙伴一样，她用牙齿来击退这些过分的殷勤。但要是两边同时向她献起殷勤来，把她挤在了当中，那她出于无奈，只好朝两边快速地咬上几口，把两个追求者赶开，同时还要保持和狼群一起向前的脚步，要看清前方的路。每当这些时候，跑在她两侧的两个伙伴都会迅速地亮出牙齿，朝着对方发出威胁的低吼。他们也许打过架，但即便是求爱以及由此引起的争斗都必须让位于填饱肚子这一对狼群来说更为迫切的需求。

每次当老狼被自己牙齿尖利的追求对象给突兀地赶开，他都会用肩膀狠狠地撞向跑在他瞎眼一侧的一头三岁的年轻狼。这头年轻狼已经长足了身量，而且考虑到整个狼群都是饥饿羸弱的，他的活力已经算是超出平均值了。不过尽管如此，他在跑的时候还是只敢把头和独眼老狼的肩膀保持齐平。当他贸然与比他年长的狼齐头并进时（这样的时候并不多），一声吼叫和一记撕咬会让他退回去。不过有时候，他会慢慢地、小心翼翼地落到后面，然后插到前方的老狼和母狼中间。这为他引来了双重的，甚至是三重的怨恨。在母狼以低吼来表达不快后，老狼会冲过来对付他。有时候她也会掉过头来一起对付他。还有些时候，左侧那位年轻的首领也会加入进来一起收拾他。

每逢这样的时刻，年轻狼要同时面对三副凶狠的牙齿，他就猛地停下脚步，蹲坐在地上，前腿僵直，嘴巴里发出威胁的声音，脖颈上的鬃毛奓了起来。这场发生在移动的狼群前部的混乱，也总会导致后面产生混乱。后面的狼撞到年轻狼的身上，并且会通过在他后腿和体侧狠狠咬上几口来表达他们的不满。他这是在给自己积累麻烦，因为没东西吃的时候总是更容易上火。但由于对年轻有着无限的信心，他仍然每隔一会儿就要重复一下这套把戏，尽管除了难堪之外他什么也没有得到过。

如果有了食物的话，求爱与争斗也会随之而来，狼群的构成就将瓦解。但目前狼群的处境是绝望的，长期的饥饿令整个狼群都很瘦弱，跑起来的速度已经没有平常那么快了。在狼群末尾挣扎而行的是那些虚弱的成员，小的小，老的老。走在前面的则是最强壮的，然而也全都更像骷髅，而不像膘肥体壮的狼。不过，除了瘸了腿的，这些动物的动作还是不费力的，他们不觉得累。他们那多筋的肌肉似乎蕴含着无穷无尽的能量。肌肉每一下钢铁般收缩的后面，都有另一下钢铁般的收缩，然后是另一下，又一下，似乎没有终止。

他们那天跑了许多英里[①]，整个晚上都在跑。第二天白天他们依然在跑，跑在一个冻结的、没有生机的世界的表面。没有生命受到他们的惊扰，只有他们穿行在浩瀚的荒凉之中。只有他们是活的，而他们正在对别的活物孜孜以求，为的是吃掉他们，继续活下去。

在跨过了一些不高的山岭，又经过了一片低洼乡间的十几条小溪流后，他们的追寻才得到了回报。这时他们遇到了驼鹿。他们首先发现的是一头大雄鹿。这可是能救命的肉啊，而且旁边没有神秘的火守护着，也没有燃烧着的木柴朝着他们飞来。脚趾张开的鹿蹄和掌状的鹿角是他们认得的，于是他们把惯有的耐心和谨慎一下就给抛进了风里。这是一场简短而又激烈的战斗。大雄鹿被四面包围。他用大蹄子巧妙地撕开他们的肚子或敲开他们的脑袋；他用自己的大角压住并捅破他们的身体；他与他们缠斗在一起，把他们碾压到自己身下的雪地里。但他在劫难逃，母狼残忍地撕破了他的喉咙，他终于倒下，随后许多利齿咬上了他身体的各处，还不等他停止最后的挣扎，他就被这群狼活吃了。

这下可够吃了。这头雄鹿体重超过八百磅[②]——对于狼群里

①1 英里约为 1609.3 米。

②1 磅约合 0.45 千克。

总共四十多头狼来说，每头足足可以摊到二十磅。他们能展现惊人的耐饥力，自然也能在吃的时候展现惊人的战斗力。于是，几小时前还在面对狼群的一头活生生的庞然大物，没过多久就只剩下地上一些零星的骨头了。

现在，狼群大多都在休息和睡觉了。肚子饱了之后，在年轻公狼之间的各种争吵和冲突开始冒了出来，随后的几天里争执一直在继续，直到狼群最终散伙。饥荒已经结束了，群狼现在身处猎物丰富的乡野，尽管他们依旧结群狩猎，但打起猎来已经小心了许多，碰到小的驼鹿群时，一般都是把体重较大的雌鹿或年老腿残的雄鹿分隔出来予以捕杀。

在这片食物丰足的土地上，狼群分成两股各奔前程的一天终于来到了。母狼左边的那头年轻首领狼和母狼右边那头独眼老狼，领着他们的一半狼群朝南奔向麦肯齐河，然后折向了东面的湖区。每天，这股剩余的狼群都在减员。两只两只，一公一母，不断开着小差。偶尔还会有一头单身的公狼被他的对手们用尖利的牙齿给赶出去。到最后，狼群只剩下了四头：母狼、年轻的首领、独眼老狼和野心勃勃的三岁年轻狼。

到这时，母狼的性情已经变得凶残了。她的三位追求者身上都留下了她的咬痕。然而他们从来没有以牙还牙，也从来没有在她咬的时候进行防御。他们转过肩膀来承受她最凶猛的进攻，还摇动尾巴，踱起碎步，竭力平息她的怒气。但如果说他们在她面前是尽显温柔的话，那么他们相互之间则是尽显凶狠的。三岁狼的野心已经从其凶残中暴露无遗了。他从独眼老狼瞎了的那一侧发起攻击，把他的耳朵撕得一条一条的。虽说灰色的老家伙只能看到一侧，但他用多年历练所获得的智慧来抵抗对方的年轻和锐气。从他失去的眼睛和伤痕满布的毛皮就能看出，他曾有过怎样的经历。他从太多激战中全身而退，因此绝不可能会有片刻的不知所措。

战斗开始的时候是公平的，但并没有以公平的方式收场。事先没有谁预料到结局，因为第三头狼加入老狼一边，和老狼联手向野心勃勃的三岁狼发起进攻。年轻狼从两面受到自己同伴的利齿的夹攻。往昔的岁月被忘记了，他们曾一起狩猎，一起把猎物扑倒在地，一起忍受饥饿。那些事都已经成为过去，眼下的事是争夺爱情——那是比争夺食物更加严峻、更加残酷的事情。

而在这时候，作为这一切之起因的母狼则心满意足地蹲坐在一旁看着，她甚至颇有些得意。这是她最风光的时候——这种时候可不是常有的——鬃毛竖着，尖牙撞击着利齿或是撕扯着柔软的肉体，所有这一切都只是为了要得到她。

在争夺爱情这件事上，三岁的年轻狼把这场战斗定为自己的第一次冒险，结果这第一次冒险就让他送了性命。在他的尸体两边，站着他的两个对手。他们的眼睛都盯着母狼，母狼正笑眯眯地坐在雪地上。但老狼很有智慧，非常非常有智慧，在求爱和作战上都是如此。年轻首领转过头去舔肩膀上的一道伤口，把自己脖颈的弧线转到了他的对手这边。老狼用独眼看到了这千载难逢的良机。他蹲下身子冲了过去，用尖利的牙齿把对手的脖子死死咬住。这是长长的一记撕咬，而且咬得很深。随着咬合的牙齿朝外一扯，对手喉咙口的大血管被咬破了。老狼随即跃开了。

年轻的首领发出了可怕的咆哮，但咆哮在来到一半的时候变成了呼噜呼噜的咳嗽。他不停地流着血，咳嗽着，已然受到重创。他朝着老狼扑过去，与老狼厮打，但生命正在一点点离他而去，其躯干下面的四条腿越来越虚弱，眼眸中的亮光越来越黯淡，他的击打与纵跃正变得越来越力不从心。

在这整个过程中，母狼都蹲坐在旁边微笑。这场战斗令她隐隐有些高兴，因为这是荒野的求爱方式，是自然世界中的性的悲剧，说悲剧其实也只是对那些死者而言的。而对那些幸存下来的则不是悲剧，只意味着爱欲的实现。

年轻首领躺倒在雪中，再也不能动了。独眼老狼迈着大步悄悄地走到母狼边。他的这种仪态既显示了胜利的喜悦，又带着一贯的谨慎。很明显，他是做好了被断然拒绝的心理准备的，因此当母狼没有愤怒地朝他亮出牙齿时，他同样明显地感到了意外。她第一次以和善的态度对待了他，和他嗅了嗅鼻子，甚至还放下身段在他身边蹦蹦跳跳，以一种小狗般的姿态与他玩耍。而他，虽然已经到了毛色变灰的年龄，有着睿智的经验，却也表现得像条小狗一样，甚至比小狗都更蠢一点。

那些被击败了的对手和用血写在雪地上的爱情故事已经被忘记了。忘记前，只有一次，独眼老狼停下来舔舐已经变硬的伤口。这时他的嘴唇略微有些扭曲后发出一声低吼，然后脖颈与肩膀上的毛不自觉地奓了起来，身子也半蹲了下来准备蹿跃，爪子痉挛般地抠进雪里，想要更紧地抓住地面。但接下来，当母狼在前面略显羞涩地引领着他，他跳跃着跟在她身后，追着她跑进森林中去时，这段故事便彻底被忘记了。

从那以后他们便并肩而行，像两个好朋友尽释前嫌、重归于好一样。日子一天天过去，他们一直待在一起，追寻猎物，杀死猎物，吃掉猎物，都在一起。过了一段时间之后，母狼开始变得焦躁不安起来，似乎是寻找某样东西而不可得的样子。在倾倒的大树下面形成的空洞似乎对她很有吸引力，她还花了不少时间在那些稍微大些的、堆了积雪的岩石缝隙上，或是在河岸岩洞的缝隙周围嗅来嗅去。独眼老狼对此毫无兴趣，但他非常和善地一路跟在后面陪她寻找。在她对某些地方的调查非常耗时的时候，他会躺下来等待，直到她动身离开为止。

他们没有逗留在一处，而是走遍了整个乡野，直到重新来到了麦肯齐河边，然后慢慢沿河而下。他们常常会离开麦肯齐河，沿着某条汇入其中的小溪而行去打猎，但又总会回到大河边来。有时候他们也会偶遇别的狼，通常是成双成对的，但双方都没有友好或想交际的表示，既没有相聚的快乐，也没有重组狼群的欲望。有几次，他们遇到一些落了单的狼，他们无一例外都是公狼，都恳切地想要加入独眼老狼和他的伴侣。独眼老狼对此极为反感，而等母狼跟他并肩而立，毛发奓起，亮出牙齿时，那些不知天高地厚的独行狼就会退却，摇摇尾巴，继续踏上他们孤独的旅程。

在一个洒满月光的晚上，他们在寂静的森林中行路，独眼老狼突然停了下来。他的口吻部现出紧张的表情，尾巴变得僵硬，鼻孔张大，用力嗅闻着空气，一只脚也像狗那样举了起来。他对感知到的讯息并不确定，因此继续嗅闻着空气，努力想要弄明白这些讯息的意味。然而他的伴侣只漫不经心地嗅了一下就确定了，她小跑着重新上路，以此来让他安心。他虽然跟了上去，心中却还有疑虑，依然忍不住偶尔停下来更仔细地研究一下那些警示的讯息。

母狼小心翼翼地来到了一片林间大空地的边缘。她独自在那儿站了一会儿，随后独眼老狼才与她会合。只见他蹑手蹑脚，全身戒备，每一根毛发都发散着怀疑的气息。他们并肩而立，察看着，谛听着，嗅闻着。

一群狗相互争吵、扭打的声音进入他们耳中，还有男人用喉音发出的叫喊，更尖些的是女人责骂的声音，还有一个孩子发出了一记刺耳而又悲哀的尖叫。除了兽皮帐篷的巨大轮廓外，几乎看不到什么东西，只能见到火苗跃动，跑来跑去的人影有时把他们遮挡，烟在平静的空气中慢慢升起。但渐渐地，他们的鼻孔闻到了属于一个印第安营地的各种味道，这些味道所讲述的故事是独眼老狼很大程度上无法理解的，然而母狼知道其中的每一个细节。

她很奇怪地变得兴奋起来，不停嗅闻着，显得越来越高兴。但独眼老狼却疑虑重重，并且把忧虑表露了出来，想要离开。母狼转过身来，用嘴碰了碰他的脖子以示安慰，然后目光重新投向了营地。她的脸上泛起了一种新的渴望，但这不是那种饥饿的渴望。一种欲望令她感到兴奋，驱使着她要朝前走去，要离那火更近一点，要加入群狗的争吵中去，在男人们那跌跌撞撞的腿脚间躲闪避让。

独眼老狼在她身边不耐烦地走来走去。她的那种不安又回来了，她重新知道了自己的迫切需要，并且要去找到她在寻求的东西。她掉转了身，向着树林小步跑了回去，这让独眼大大松了一口气，小步跑在了她前面一点点的地方，直到他们完全进入了树林的庇护。

月光之下他们迅捷而又悄声地跑着，如影子般无声无息。就在这时，他们遇到了一条河道。两只鼻子全都俯了下去，嗅闻着雪地上的足迹，这些足迹是没多久前留下的。独眼老狼小心地跑到前面，他的伴侣跟在脚后。他们那宽阔的脚掌伸展得很开，像丝绒一般接触在雪面上。独眼老狼在前面的一片白色中看到一点模糊的正在动的白影。他此前的迅捷脚步给人的只是错觉，和他现在跑起来的速度相比根本就不算什么了。在他前方，他刚才发现的那一团微弱白色正在跳动着。

他们奔跑在一条窄窄的小径上，两边都长着一茬云杉树苗。透过这些树苗可以看到小径的尽头，通向一片月光下的草地。独眼老狼正在迅速地赶上那个在前面逃逸的白影。每一次纵跃都在缩短两者间的距离，现在他眼看着就要追到了，只要再有一个纵跃他的牙齿就能咬入他的身体。然而这一跃却始终没有得逞。只见那团白影直直地、高高地跃入了空中，那是一只挣扎逃生的雪兔，他在老狼头顶的空中展现了一种不可思议的舞蹈，跃起后再也没有回到地面上。

独眼老狼受此一惊不由得朝后一跳，喷出一声响鼻，落到雪地上之后趴了下来，对着这令他无法理解的可怕东西发出威胁的狂叫。但母狼很淡定地从他身边掠过。只见她略略稳住身形，便跃起扑向了那跳舞的兔子。她同样跃得很高，但没有她的猎物那么高，于是她的利齿那带着金属般威势的一咬咔嗒一声落了空。她又跃了一次，接着又是一次。

她的伴侣在雪地上趴了一会儿后已经慢慢放松了下来，此刻正紧盯着她。他现在对她的一次次失败已经表露出了不悦，于是自己来了一次向上的猛蹿。他的牙齿咬住了兔子，把兔子拽回了地面。但就在这时，他旁边传来咔嚓一声，有什么东西很可疑地动了，接着他那充满惊诧的独眼看见一棵小云杉树朝他弯了下来，就快要打到他了。他双颚一松，朝后一跃，以躲过这突发的危险。只见他嘴唇咧开，喉咙里发出低吼，每根毛发都因为愤怒和恐惧而奓起。就在那一刻，细细的小树重新恢复直立，兔子再次高高跃起，在空中舞蹈。

母狼很是愤怒，她把牙齿咬进伴侣的肩膀以示责备。独眼老狼吓了一跳，一时没反应过来这次新的攻击是怎么回事，于是做出了凶狠的反攻，把母狼口吻部的侧面给咬下一块来，结果咬完之后反倒令自己吓了一大跳。对于自己的责备竟招致他如此的怨恨，母狼也是始料未及，于是她狂怒地咆哮着朝他扑了上去。这时他发现了自己的错误，试图来安抚她，但她不依不饶地要对他狠加惩罚，直到他放弃了所有安抚的尝试，在地上转着圈，脑袋避开她，用肩膀来承受她利齿的惩罚。

他们打得热闹的时候，那只雪兔在他们头顶的空中跳着舞蹈。母狼在雪地上坐了下来。独眼老狼此时对自己伴侣的害怕已经超过了对那棵神秘的小云杉树的害怕。他重新朝着兔子跃去。在他用牙齿叼着雪兔落回地上时，他的眼睛不忘盯着小树。跟之前一样，那棵小树跟着他朝地面回落。他伏倒在地，等待着即将到来的一击，他的毛发奓起，但这次他的牙齿紧紧咬着兔子没有松口。但那一击并没有落下。小树依旧弯曲着，悬在他的头顶。他动了动，树也跟着动，于是他从紧闭的双颚缝隙间朝小树低吼了几声。而在他没动的时候，小树也没有动，于是他断定保持不动相对更安全些。然而他口中那只兔子的温热的鲜血实在是太可口了。

他发现自己陷入了左右为难的窘境，最后还是母狼把他从窘境中解脱了出来。她从他口中把兔子接了过去，现在小树变作威胁在她头顶的摆动，但她很是冷静，把兔子的头给咬了下来。马上，原先卡住兔子脖子的小树弹了回去，自那以后再也没有带来任何麻烦，亭亭玉立地逗留在大自然原本安排它生长的地方。接下来，母狼和独眼享用了那棵神秘的小树替他们捕获的猎物。

除了这里之外，还有别的河道与小径，那里也有兔子被树枝卡住后挂在空中的，这一公一母两只狼对它们都进行了勘查，母狼在前引路，独眼老狼跟在后面瞭望，学习着从陷阱中夺食的方法——这种技能注定将在未来替他们省下不少的力气。

第五章　狼窝

整整两天，母狼和独眼老狼都在印第安营地附近转悠。独眼老狼忧心忡忡，担心不已，然而那营地在呼唤引诱着他的伴侣，让她不愿离去。但当一天早晨，空气被附近响起的枪声撕裂，接着一颗子弹砸在了离独眼老狼的脑袋只有几英尺远的树干上，他们再也没有犹豫，马上迈着欢快的大步上了路，迅速地离开了危险。

他们并没有走得太远——只走了两三天。母狼一直想要找到某样东西，这种需要现在已经变得难以遏制了。她的身子已经很重了，只能慢跑。有一次，她在追一只兔子，若在平时这对她来说是很容易得手的，但这次她最终放弃了，躺倒在地上休息起来。独眼老狼来到她身边，但当他用嘴去碰她脖子的时候，她又快又狠地朝他咬去，弄得他慌乱地朝后退去，为了躲过她的牙齿不得不摆出了一个很狼狈的姿势。她现在的脾气比以前急了，但他变得比以前更加耐心，对她也更加关心了。

这时，她找到了自己一直想要得到的东西。那是在沿一条夏天时会流入麦肯齐河的小溪逆流而上几英里的地方，不过现在小溪是冻住的，一直冻到岩石的山脚下——是一条从源头到入河口全都冻成白冰的死溪。母狼正在小步慢跑着，她的伴侣跑在很前面的地方，就在这时她遇到了一道高高的、突出的土堤。她改变方向朝着上堤跑去。春日的暴雨和融化的雪水反复冲刷着这道土堤，已经在一道窄窄的裂缝里弄出了一个小小的洞穴。

她在洞穴口停下了脚步，朝外壁仔细看了看。然后，从一边到另一边，她沿着外壁的底部跑了一圈，一直走到它那陡峭的主体与周围线条更为柔和的风景融为一处的地方。回到洞穴之后，她顺着窄窄的洞口走了进去。有短短三英尺的距离，她不得不匍匐而行，然后洞壁变宽，洞顶也高了一点，成了一个直径约有六英尺的小圆室。洞顶只比她的头高出了一点，不过整个洞是干燥而舒适的。她极其认真地检查着这个洞穴，而已经返回的独眼老狼则站在入口的地方耐心地看着她。她低下脑袋，鼻子挨着地，朝向靠近她紧紧并住脚的地方，围着这个点画了几下圆圈。接下来，随着一声疲惫的叹息，几乎就像是一声咕哝，她把身子蜷成一团，四肢放松，耷拉着，脑袋对着入口。独眼老狼竖起耳朵，笑眯眯地看着她。从他那被白色天光映衬出来的剪影，她可以看见他的尾巴充满善意地摆动着。随着一个很舒服的动作，她自己耳朵的尖端朝后耷拉下来，暂时贴到了脑袋上。她的嘴巴张开着，舌头平静地耷拉在外面，她以这种方式表明自己很高兴、很满意。

独眼老狼饿了。尽管他趴在入口的地方睡觉，但睡得很不踏实。洞外明亮的世界令他常常惊醒而竖起耳朵来，因为四月的太阳照在雪上很是晃眼。在他打盹儿的时候，耳朵能不经意地听到看不见的涓涓细流发出的淙淙之声，他会清醒过来谛听。太阳已经回归了，整个被唤醒的北地世界都在向他发出呼唤。生命正在复苏。春天的气息飘荡在空中，生命生长的感觉涌动在雪下，汁液重新回到树中，花蕾挣脱了严寒的枷锁。

他有点着急地看了看自己的伴侣，但她好像没有要起身的意思。他朝外面望去，有五六只雪鸟啪啪扇动着翅膀从他的视野中掠过。他开始站起身来，然后又看了看自己的伴侣，重新趴下来打瞌睡。一个尖细的嗡嗡声进入了他的耳朵。一阵，又是一阵，他睡眼惺忪地用爪子揉了揉鼻子。随后，他醒来了。唉，在他鼻尖上嗡嗡作响的，是一只孤零零的蚊子。这是一只发育完全的蚊子，整个冬天它都被冻在一截干的圆木中，现在被太阳一晒，竟活了过来。独眼老狼再也无法抵挡世界的呼唤了，而且，他还很饿。

他匍匐着来到伴侣面前，想要劝说她起身，但她只是冲着他低吼。他独自走了出去，来到了明媚的阳光下，发现脚底下的雪面已经变软，在雪上行走已经有点困难了。他踏上冻结的溪床，这里的雪由于有树荫遮蔽，依然坚硬而又晶莹。他走开了八个小时，当穿过暮色回来的时候，觉得比离开的时候更饿了。他发现了猎物，但没能抓到。他弄破了融化中的雪壳，掉了下去，而雪兔则在雪壳上掠过，轻盈一如既往。

他来到了洞口，一丝怀疑突然袭上心头，他停住了脚步。洞里面传出微弱的、陌生的声响。那些声响不是他的伴侣发出的，然而听着却隐隐有些熟悉。他小心翼翼地匍匐而入，却听到母狼向他发出一声警告的低吼。这吼声在他听了并没有感到什么不安，不过他还是遵从了母狼的意思，没有再往里进；但他还是对另外那些声响颇感兴趣——那是微弱的、含混的呜咽和流口水的声音。

他的伴侣生气地把他往外赶，于是他蜷起身子睡在了洞口。第二天早上，当一缕微光弥漫进洞穴，他重新开始寻找起那隐隐有些熟悉的声响的源头。在他伴侣那表示警告的低吼中有了一个新的音调，那是一个表示嫉妒的音调，于是他非常小心地保持礼貌的距离。然而，他还是分辨出，在她的身体下面，前后腿之间保护着的，是五团陌生的小生命，他们非常虚弱、非常无助，发出细小的呜咽之声，眼睛还不能对着光线睁开。他感到很意外。在他漫长而又成功的一生中，这种事情已经不是第一次发生了，它发生过许多次，然而每次对他来说都是那么新鲜、意外。

他的伴侣不安地望着他。每隔一小会儿她会发出一声低吼，而每当她觉得独眼老狼靠得太近的时候，低吼便会从喉咙中冲出来成为一声大吼。在她的经验中没有关于正在发生之事的记忆，但她的本能，也就是全体狼族母亲的经验，潜伏着父亲吃掉他们刚刚出生的无助后裔的记忆。这种记忆以她发自内心的恐惧而展现出来，使她不让独眼老狼凑得更近来察看属于自己的小狼崽。

但其实危险并不存在。独眼老狼正感受到的是一种迫切的冲动，这同样是从狼族父亲那里传承下来的一种本能。他没有对此产生过怀疑，也没有感到过迷惑。它与生俱来，存在于他的天性之中。对他来说，服从这项本能是世界上最自然不过的事情，其做法就是掉头离开他新生的后代，跑出去进行他赖以生存的狩猎。

离狼窝五六英里远的地方，溪水分了岔，两股溪流像夹成直角的叉子分头在山间流淌。在这里，他顺着左边那股岔流，遇到了一道新鲜的痕迹。他闻了闻，发现痕迹很新，于是迅捷地蹲下身子，朝着痕迹消失的方向望去。在经过深思熟虑之后，他选择了右边那股岔流，因为那脚印比他自己的脚印要大得多，他很清楚，顺着这样的足迹追下去，是不会有什么肉在等着他的。

顺着右岔走了半英里后，他的尖耳朵听到了牙齿咬东西的声音。他朝着猎物追踪而去，发现那是一头豪猪，此刻那豪猪正直直地站在树跟前，用树皮考验着自己的牙齿。独眼老狼小心翼翼地靠近，不过心里并不抱什么希望。他了解这个物种，尽管他此前从来没有在如此偏北的地方遇到过豪猪，而且在他漫长的生命中，豪猪从来没有成为他的美餐；但他很早以前就知道了有一种东西叫机会，或可遇不可求，于是他继续向豪猪靠近。谁也说不准会发生什么样的事，因为当面对的是活物时，发生的事情总是会和预计的有所不同。

豪猪把自己卷成了一个球，长长的尖刺朝向四面八方来抵御进攻。在他年轻的时候，曾碰到过一只与此相似的、由刺猬卷成的球。那球乍一看一动不动，等他凑上去闻的时候，刺猬猛地把尾巴伸到了他脸上。他用嘴把一只刺猬给带走了，结果他一蜷就蜷了几个星期，像一团令人感到可恨的火焰，直到最后才松开。于是他趴了下来，摆了一个让自己感到舒服的姿势，鼻子离了豪猪有一英尺远，不在尾巴攻击的范围之内。他就这样等待着，保持着绝对的安静。事情是很难预料的，或许会有什么事情发生，豪猪说不定会把身子打开，这样他也许就有机会以灵活而又巧妙的一击，把爪子插到豪猪那柔软的、没有防护的肚子里去。

但半个小时以后他站了起来，对着那只一动不动的球愤怒地嘟囔了一声，小跑着离开了。他以往有过很多次等待豪猪打开身子却空等一场的经历，因此不想再浪费更多时间了。他继续沿着右岔走去。白天一点点过去，他的狩猎没有得到任何回报。

独眼老狼身上那被唤醒的父亲本能此刻变得越来越强烈。他一定要找到肉。下午的时候他误打误撞地碰到了一只松鸡。他从一丛灌木中走出，发现自己正面对着这样一只笨鸟。他正坐在一截原木上，松鸡离他的鼻子还不到一英尺远。他们互相看到了对方。松鸡吃惊地想要飞起，他用爪子一拍，把松鸡砸到了地上，然后扑了过去。在雪上踏出一串碎步想要再次升空之时，松鸡被他用嘴咬住了。牙齿一嚼到嫩嫩的松鸡肉和脆弱的骨头，他便很自然地吃了起来。这时他忽然想到了小狼崽，于是赶紧掉头，用嘴叼着松鸡，开始循着原路回家。

到了溪流分岔处又往上一英里的地方，独眼老狼正按着自己的习惯，以丝绒般轻柔的步履行进着，有如一道滑动的幻影小心察看着小径一路上的远景。这时，他发现在他早上发现过足迹的地方又添加了一些后来的痕迹。他顺着痕迹一路跟去，随时准备在溪流的哪个拐弯处见到这些痕迹的制造者。

在溪流一个非常大的弯角开始的地方，他把脑袋从岩石的一角迅捷而又悄声地探出，匆匆一瞥之下依稀看到有东西，独眼老狼马上把身子趴伏了下来。这就是那个痕迹的制造者，一只个头很大的母猞猁。她就像他之前有一天所做的那样趴伏着，在她面前是一只紧紧蜷成球的豪猪。如果说他之前像一道静悄悄滑动的影子，那么现在他更是成了这道影子的幽灵。只见他蹑手蹑脚，迂回来到了那对无声无息、一动不动对峙着的家伙的下风头。

他在雪地中卧倒，把松鸡放在身边，透过一棵低矮的云杉的针叶，看着眼前的这幕活剧——猞猁在等待，豪猪也在等待。两个都对生充满着专注，这才是这个游戏奇妙的地方，一个要吃掉对方才能活，而另一个只有不被吃掉才能活。而作为一头老狼的独眼趴在隐蔽之处，也在这场游戏中扮演着他的角色，那就是等待机会之神，说不定那不合常规的行事能帮他得到他一直在追踪的肉，而这是他的求活之道。

半个小时过去了，一个小时过去了，什么事情也没有发生。

刺儿球尽管动过，但他也许成了一块石头；猞猁也许被冻成了大理石；独眼老狼也许死了。但其实三只动物都调整到了一种生存的紧张状态，这种状态几乎可以说是痛苦的。尽管他们表面上看起来石化了，但其实他们从来没有像此刻那样明明白白地活着。

独眼老狼轻微地移动了一下，更急切地透过针叶盯着前方。突然有事情发生了。豪猪最终判定他的敌人已经离开了。慢慢地、小心翼翼地，他舒展开他那坚不可摧的蜷成球的铠甲，没有预感到丝毫危险。慢慢地、慢慢地，布满尖刺的球伸直、拉长了。看着这一切的独眼老狼忽然感到嘴巴里泛起湿润的感觉，口水不由自主地流了出来，活的肉在他面前铺展开，有如一道宴席，令他莫名兴奋。

还不等豪猪完全打开身体，他就发现了敌人。就在这一瞬间，猞猁出手了。这一击快如闪电。她那爪子上长着坚硬角质，如鹰爪般弯曲，一下子就落到了豪猪柔软的肚子上，扯了一把后便往回缩去。豪猪的身子若是完全打开，又或者他不是在那一击袭来之前的一刹那发现了自己的敌人，猞猁的爪子便能安然无恙地逃脱了。但现在豪猪把尾巴侧向一击，那些尖刺便在爪子缩回的时候扎了进去。

一切几乎都在瞬间发生，攻击，反击，豪猪发出痛苦的尖叫，猞猁因突然吃痛和受惊而发出号啕。独眼老狼兴奋得半抬起身子，耳朵竖着，尾巴伸了出来，在身后微微颤动着。猞猁的坏脾气发作了，她凶狠地朝着伤害她的东西扑了过去。豪猪虽然大声叫着，发出咕噜咕噜的声音，身体也已经残破了，却依然虚弱地想要蜷起身子，形成球形防御。他再一次把尾巴甩了出去，大猫再次因吃痛和受惊而大叫了一声。接着她跌跌撞撞向后退却，还打起了喷嚏，她的鼻子上竖着好几根豪猪刺，像一个丑陋的针垫。她用爪子挠向鼻子，想要把这些火辣辣的飞镖给弄掉。她把鼻子插进雪里，又挨到树枝上去蹭，还不停地跳来跳去，朝前跳，朝旁边跳，上下跳，陷入了痛苦与恐惧的迷狂。

她一个接一个地打着喷嚏，尾巴迅速、剧烈地抽搐着，算是在向四周抽打。然后她放弃了这些把戏，安静了有整整一分钟。独眼老狼一直在旁边看着。这时，只见她在毫无征兆的情况下突然腾身跃起，直直地蹿向空中，与此同时迸发出一声长长的、可怕至极的尖叫，连独眼都吓了一跳，脖子上的毛不由自主地爹了起来。猞猁接着踏上小径，朝着远处跑去了，每跑一步口中都在叫唤着。

一直等她闹出的动静渐远渐轻，最终听不见了，独眼老狼才敢朝前走去。他走得非常仔细、当心，就好像所有的雪上都铺着豪猪的刺，根根直竖，随时会刺透他柔软的脚掌。看到他向自己靠近，豪猪凶狠地朝他叫了一声，还把长长的牙齿碰出咔嗒的声音。他终于重新蜷成了一个球，但这已经不是原来那个密不透风的球了，他的肌肉撕裂得太厉害，已经无法做到这点了。他几乎被撕成了两半，而且依然在大量地流着血。

独眼老狼用嘴满满地吞了几口被血泡过的雪，嚼了嚼，品尝了一番，然后咽了下去。这便好像是开胃菜，让他的饥饿感陡然增加了。但他在这个世界上待得太久了，任何时候都不会忘了小心。他等待着。他趴下身子等待着，豪猪在磨着牙齿，发出哼哼声、呜咽声，不时还夹杂着轻声的尖叫。过了一会儿之后，独眼老狼注意到，豪猪身上的刺开始耷拉下来了，接着出现了一阵剧烈的痉挛。抖动突然停止了，豪猪最后挑衅地把长牙上下一碰，然后所有的刺都垂了下来，身体变得松弛，再也不动了。

独眼老狼伸出紧张而又畏缩的爪子把豪猪摊开，然后仰面朝天翻了过来。什么事也没有，豪猪已经确定无疑地死了。他认真地对着豪猪研究了一会儿，然后小心翼翼地用嘴叼住开始沿溪流向下走去。对这只可怜的豪猪他半是拎半是拖，还把头扭向一边，以避免踩到那堆乱蓬蓬的刺。忽然，他想起了什么，于是把豪猪放下，小跑回到他放松鸡的地方。他一刻也没有犹豫，很清楚地知道自己该干什么，那就是马上吃起松鸡来。吃完后他才回去重新把豪猪给叼上。

等独眼老狼拖着一天狩猎的成果回到洞穴，母狼检查了一下猎物，然后把口吻部对着他，轻轻地舔了舔他的脖子。但接下来她就以一声低吼警告他离狼崽远一点，这声低吼没有寻常那么严厉，其中包含的歉意多过威胁。她对狼崽父亲本能的害怕在慢慢减弱。他的表现就像一个狼爸爸该有的那样，并没有显现出任何邪恶的、想要吃掉他的伴侣带到这个世界上来的这些年幼生命的欲望。

第六章　灰色狼崽

他和自己的兄弟姐妹都不一样。他们的皮毛已经显示出了从他们的母亲——母狼——那里遗传来的那抹红色，而只有他在这一点上，像的是他父亲。他是这窝小狼里唯一一只灰色的。他的血统忠实于狼族——事实上，他在形体和外表上完全跟独眼老狼一模一样，只有一个地方例外，那就是他有两只眼睛，而他父亲只有一只。

灰色小狼崽的眼睛还没有睁开多久，但他已经能看清了。而在他眼睛还闭着的时候，他就已经有触觉、味觉和嗅觉了。他很清楚自己有两个兄弟和两个姐妹。他已经开始用一种弱弱的、笨拙的方式和他们嬉戏了，在情绪激动的时候他甚至还会争吵，用他那小小的喉咙震动出一种奇怪的、刺耳的声音（这就是低吼的前身）。在他的眼睛睁开之前很久，他就已经学会通过触觉、味觉和嗅觉来了解自己的母亲了——那是温暖、流食和温柔的源泉。母亲的舌头温柔而又充满爱意，当她的舌头舔过他软软的小身体，会给他带来抚慰，让他不由得依偎在母亲的身上昏昏入睡。

在他生命第一个月的大部分时间里，他都是在沉睡里度过的。但现在他的视力已经相当好了，每天醒着的时候也比过去更长了，他对这个世界的了解也进展得相当顺利。他的世界是昏暗的，但他并不知道这一点，因为他不知道有别的世界。这个世界光线很暗，所以他的眼睛还从来没有必要调整自己以适应别的光线。他的世界非常小，它的边界就是狼窝的四壁，由于他根本不知道外面的广阔世界，所以他从来没有因为这狭小的生存空间而感到压抑过。

但他从挺早的时候起就发现，在他的世界中，有一面墙壁是和其他墙壁不同的，这就是洞穴的入口和光源。早在他产生任何有关他自己的观念、任何有意识的想法之前，他就已经发现这面墙有别于其他的墙了。在他张开眼睛盯着它看之前，那已经对他构成了难以抗拒的吸引。从那里来的光落到他闭着的眼睑上，眼睛和感光的神经随着那小小的、火星般的闪动而有规律地跳动。啊！那温暖的颜色带来多么奇异的快感！他身体中的生命，他身体每一条纤维中的生命，那构成他身体物质的生命，以及在他身体生命之外的生命，全都渴望着这光，全都刺激着他的身体去趋向这光，就像奇妙的化学作用刺激着植物去趋向光。

刚开始的时候，那时他有意识的生命尚未迎来曙光，他便总是会朝着洞穴口爬去。在这一点上，他的兄弟姐妹也都和他一样。在那一阶段，他们之中从来没有哪一个会朝着洞穴后部的阴暗角落里爬的。光吸引着他们，他们就像是植物一样。构成他们生命的化学作用把光视作生存所必需，他们那小狗般的身体盲目地、出自化学作用地向着光爬去，一如藤蔓上的卷须。后来，等他们每一个都有了个性，渐渐感受到了各自的冲动和欲望后，光对他们的吸引就更强烈了。他们总是朝着有光的地方爬呀爬，然后被他们的母亲赶回来。

灰狼崽正是以这种方式知道了他母亲除了软软的令他感到抚慰的舌头，还有着别的特性。在他坚持不懈地向光爬行的过程中，他发现母亲有个鼻子，她用鼻子用力一顶来阻止他；后来他又发现母亲有个爪子，她用爪子把他按倒，或用力道拿捏得正好的快推让他在地上滚来滚去。他就是这样知道了什么叫痛。接着他又学会了怎么可以避免痛：首先，不要去引发会带来痛的风险；其次，在已经引发了这种风险之后，要躲闪和退却。这些都是有意识的举动，是他对世界所进行的最初归纳的结果。在那之前，他已经会自动地遇痛退缩了，就像他会自动地向着光亮爬去一样。而在那之后，他对痛的畏缩是因为他知道了什么是痛。

他是一只凶狠的小狼崽，他的兄弟姐妹也都是，这是预料之中的事。他是一头食肉动物，有着猎肉吃肉的血统。他的父亲和母亲纯粹以食肉为生。他生命伊始所吮吸到的乳汁是直接从肉食转化而来的，现在，在他已经一个月大，而眼睛张开只有短短一周的时候，他要开始自己吃肉了——这肉是经过母狼咀嚼后再吐给他们吃的，对这五只成长中的小狼崽来说，她的乳房已经无法满足要求了。

但他更是这一窝凶狠小狼崽中最凶狠的一只。他能发出比兄弟姐妹们更响的刺耳低吼，他发起小脾气来比他们要可怕得多。他最先学会用爪子狡猾地一推，把小伙伴推得打滚儿的把戏；他第一个用紧紧咬合的双颚叼住别的小狼崽的耳朵，对他们又是拉，又是拽，又是吼的。母亲在阻止小狼崽们朝洞口爬这件事上费了不少心，这其中当然也是他给母亲造成的麻烦最多。

对光的迷恋在灰狼崽的身上与日俱增。他一次次朝着洞穴入口发起一米长的探险，也一次次地被赶了回来。只不过他并不知道那里是个入口。对于入口这种从一个地方进入另一个地方的通道他是一无所知的。他不知道任何别的地方，更不用说通往别的地方的路了。因此对他来说，洞穴的入口是一面墙——一面由光构成的墙。就像太阳之于住在外面的人，这面墙对他来说就是他的世界里的太阳。墙对于他的吸引有如蜡烛之于一只飞蛾，他总是想方设法地要得到它。在他体内飞速扩张着的生命，不断驱策着他向那道墙而去。他体内的生命知道，这是唯一的出路，是他命中注定要踏上的道路。但他自己却并不知道这一点，因为他还根本不知道有什么外面。

关于这道光之墙有一点让灰狼崽觉得奇怪。他的父亲——他已经意识到了他的父亲是另一头住在这世界上的狼，是一个像他母亲那样的生物，他睡在靠近光的地方，他会带来肉——有办法直直地走进远处那道白色的墙里去，然后从那里消失。灰狼崽对此不能理解。尽管母亲从来都不允许他靠近那道墙，但他靠近过其他的墙，他那柔软的鼻子碰到过硬硬的阻挡，好痛。在几次这样的探险之后，他不去碰墙了。他没有对这件怪事多加考虑，认为能消失到墙中去就是他父亲的一个特质，就像奶水和咀嚼过的肉是他母亲的特质一样。

事实上，灰狼崽并没有思考的癖好——至少不是像人类所习惯的那样去思考。他的大脑的运作方式是朦朦胧胧的，然而他所得到的结论却和人类得到的一样清晰、明确。他自有其接受事物的方式，根本不问为什么。事实上，这是一种分类行为。他从来不操心某事为什么会发生，知道事情是怎么发生的对他来说已经足够了。因此，在他数次把鼻子撞上洞穴的后墙以后，他接受了自己无法消失到墙中去的事实。同样地，他也接受了父亲能够消失到墙中去的事实。但他一点儿都不想要去弄明白父亲和他自己之间为什么会有不同。逻辑和物理并不是他心智构造的一部分。

像大多数荒野中的生物一样，灰狼崽早早地就体验到了饥饿的滋味。有一段时间，不仅肉食的供应停止了，就连母亲的乳房中也不再有奶了。刚开始的时候，小狼崽们呜咽、哭喊，但更多的是在睡觉。没过多久，他们就陷入了饥饿导致的昏迷。口角与争吵不再有了，小小的脾气和低吼的尝试也不再有了，前往远处那道白色的墙的探险完全停止了。小狼崽们睡着了，他们体内的生命之火摇曳着，渐渐暗弱下去。

独眼老狼感到了绝望。他狩猎的范围已经既远且广了，每天在洞穴外睡觉的时间只有一点点。狼窝现在已经变得毫无生气，一片愁云惨雾。母狼离开了小狼，出去搜寻猎物。在小狼崽们刚出世的那些日子里，独眼老狼曾经有几次回到印第安人的营地，偷取中了陷阱的兔子。但随着冰雪融化，溪流解冻，印第安营地迁走了，这样一处肉食的来源也就没有了。

待到灰狼崽重新醒过来，再一次对远处那道白墙产生兴趣的时候，他发现自己世界中的同伴数量已经减少了。身边只剩下了一个姐妹，其余的都不见了。待他变得更结实了一点儿之后，他发现自己只能独自玩耍了，因为那个姐妹再也抬不起头来，也无法走动了。靠着现在吃到的肉，灰狼崽小小的身体变圆了。但这食物对他的姐妹来说却到得太晚了。她一直不停地睡，成了一个用皮裹着的、随便放在一边的骨头架子，生命的火焰在她体内跳动得越来越微弱，最终完全熄灭了。

终于到了这样的一天，自那天以后，灰狼崽再也没有看到他父亲从墙里出现，或消失到墙里，也没有看到他躺在入口的地方睡觉。这事发生在另一次不那么严重的饥荒结束的时候。母狼知道独眼老狼为什么再也不回来了，但她没有办法把她看到的东西告诉灰狼崽。她自己也出门打猎，沿着溪流的左汊而上，也就是那只猞猁住的地方。她追踪到了一天前独眼老狼留下的踪迹，顺着这踪迹走下去，她找到了独眼老狼，或者说他剩下的部分。有许多痕迹可以看出当时是怎样一场大战，可以看出猞猁在赢得胜利后撤回了她的巢穴。在离去之前，母狼找到了这个巢穴，迹象表明猞猁就在里面，但她不敢贸然而入。

自那以后，母狼在打猎时就绕着左汊了，因为她知道在猞猁的巢穴中有一窝小猞猁，她知道猞猁是一种凶猛的、脾气暴躁的动物，打斗起来很是可怕。如果是五六只狼的话，把一只吐着唾沫，浑身毛发直竖的猞猁给赶到树上去是完全没有问题的；但孤零零一头狼去面对一只猞猁那就完全是两码事了，尤其是在已经知道这只猞猁的背后还有一窝嗷嗷待哺的小猞猁的时候。

但荒野就是荒野，母亲的责任就是母亲的责任，无论是在荒野还是在荒野之外的地方，母亲为了保护孩子总是可以变得凶狠无比的。这样的一天终会到来，母狼为了她的灰色小狼崽，会甘冒风险去向溪流的左汊，去向那岩石中的猞猁巢穴，去挑战猞猁的愤怒。

第七章　通向世界的墙

等到母亲开始离开洞穴去打猎的时候，小狼崽已经完全服从了禁止靠近入口的法则。这不仅是因为他母亲许多次用鼻子和爪子强有力地加深了他对这条法则的印象，还因为在他身上已经渐渐形成了害怕的本能。在他短暂的洞穴生活中，他还从来没碰到过任何值得害怕的东西。然而他身上就是有着恐惧，这是从遥远的祖先那里历经了千万代而传到他身上的，是他直接从独眼老狼和母狼那里继承来的。但是对于他们来说，这同样是从狼族之前的一代代那里传递下来的。恐惧——这份荒野的遗产——既是任何动物都无法摆脱的，也是对他们来说拿肉汤也不肯交换的宝物。

小灰狼就这样知道了恐惧，尽管他不知道恐惧是由什么东西构成的。很有可能他是把它当作生命的约束之一接受下来的。饥饿他已经知道了。当他无法平息腹中的饥饿时，他感受到了约束。洞穴墙壁那坚硬的阻挡，母亲鼻子那尖锐的推动，她爪子的重重一击，几次饥荒时那难以平息的饥饿感觉，让他记住了世界上并不尽是自由，生命中有限制和约束。这些限制和约束是法则，只有遵从这些法则才能逃脱痛苦，走向幸福。

他并不像人那样想追根究底，搞懂原因。他只是把会造成伤害的事物和不会造成伤害的事物分门别类。这样分类后他就尽力避开会带来伤害的事物、各种约束与限制，这样就能享受到生命中的满足与报偿了。

因此，正是因为要遵守母亲定下的法则，遵守恐惧这种未知而且无以名之的东西定下的法则，他乖乖地不去靠近洞口。那里对他来说依然是一道白色的墙。母亲不在的时候，他大半时间都用来睡觉，而在当中几次醒来的时候，他也一声不吭，尽力压抑着喉头痒痒欲出的呜咽之声。

有一次，小灰狼醒着躺在那里，听到白色的墙里传来一个陌生的声音。他不知道那是一只狼獾正站在外面，被自己的大胆弄得紧张兮兮，小心翼翼地想要闻出洞里有些什么。小灰狼只知道这种气味是陌生的，没有归过类，因此是未知的、可怕的——因为未知是构成恐惧的主要元素之一。

小灰狼背上的毛奓了起来，但只是静静地奓着。他是怎么知道这个正在嗅闻的东西是个需要他把毛奓起来的东西的呢？这并不是来自他的任何认知，而是他心中对看得见的恐惧的表达。在他的生命中，这是解释不清的东西。但伴随着恐惧而来的还有另一样本能——躲藏的本能。小灰狼被一阵恐惧给攫住了，他躺在那里一动不动，也没有发出任何声音，像被冻住了似的，吓瘫了，完全是一副死了的样子。他母亲回家的时候闻到了狼獾的痕迹，连忙发出低吼，然后用舌头舔他，用鼻子蹭他，表现出了不同寻常的热烈情感。小灰狼感觉自己算是躲过了一场伤害。

但在小灰狼身上还有别的力量在起作用,最突出的便是成长。本能与法则要求他服从，但成长要求的则是违逆。母亲和恐惧驱使他远离白色的墙。成长是生命，生命永远都是注定要向着光明的。因此,想要抵挡住他体内涌起的生命潮流是根本不可能的——那潮流随着他咽下的每一口食物而涌起，随着他吸进胸膛的每一口气而涌起。到了最后，某一天，恐惧与服从被奔腾的生命荡涤一空，他摇摇摆摆地朝着入口爬去了。

与他有过经验的其他墙不一样，这道墙似乎在他靠近的时候向后退去。没有坚硬的表面与他那小心翼翼突出在前的软软的小鼻子相碰。构成那墙的物质似乎和光一样柔软、可渗透。在他眼里，状态几乎是可以等同于实际构造的，所以他进入了过去眼中的墙，沉浸在了构成它的物质之中。

这让小灰狼很是迷惑。他正摇摇摆摆地穿行在“固体”之中，而且光还变得更亮了。恐惧催促他往回走，但成长推着他向前进。突然，他发现自己置身在洞口。那墙——他原本以为自己身处其中——突然向后跃出了一段难以计量的距离。光亮得刺眼，他为之目眩。同样，他也因空间突如其来的巨大拓展而目眩。他的双眼经过自动调节适应了光明，变换了焦距后适应了更远距离外的物体。刚开始的时候，那道墙跳出了他的视域之外。现在他又看到它了，但它已经呈现出了一种壮观的遥远感觉。而且，它的外观也发生了变化。现在它是一道斑驳的墙，构成它的有缀在河沿的树，对面那远高于树的山，还有那比山更高的天空。

小灰狼起了一阵大恐惧，可怕的未知变得更多了。他趴倒在洞穴边沿，凝视着外面的世界。他很害怕，因为这世界是未知的，是对他带着敌意的。因此他背上毛发直竖，嘴唇弱弱地噘起，准备要发出一声凶猛而又充满威胁的低吼。出于自己的弱小和惊恐，他挑战并威胁着整个广阔的世界。

什么事也没有发生。他继续凝视着，由于专注此事，他忘记了吼叫。同样，他也忘记了害怕。在当时，恐惧已经被成长赶走了，而成长披着的是好奇的外衣。他开始注意起离得近的东西来——太阳下淙淙奔淌的溪流，矗立在斜坡底部的枯萎的松树，以及斜坡本身。这道斜坡向上直来到他身边，其尽头就在他趴着的洞穴边沿下面两英尺的地方。

小灰狼一直以来都是生活在同一个平面上。他从来没有掉落受伤的经历，不知道从高处跌落是怎么回事。于是他大胆地向前走到了半空中。他的后腿依然搭在洞穴的边沿，于是他头朝下向前掉了下去。地面重重地打在他的鼻子上，让他发出一声尖叫。然后他开始顺着斜坡滚了下去，一圈又一圈。他陷入恐慌。未知的东西终于抓住他了。它凶狠地攥住了他，要给他造成一些可怕的伤害。成长现在被恐惧给赶走了，他像任何一只吓坏了的小狗一般嗷嗷地叫着。

未知对他造成了他也不知道是什么的可怕伤害，于是他不停地尖叫、哭喊着。这是另一种情形，跟他趴在那里吓得一动不敢动，而未知潜伏在他身边的情形不同。现在未知已经把他紧紧攥在手心里了。不出声并不会给他带来什么好处。此外，令他感到震撼的已经不是内心的恐惧，而是实实在在的恐怖了。

但斜坡慢慢变得平缓了，而且底部铺满了青草。小灰狼滚到这里时失去了势能。待到最终完全停住的时候，他发出了最后一声痛苦的尖叫，然后是一声长长的、带哭腔的哀鸣。而且，仿佛是天经地义一般，好像他已经盥洗过一千次那样，他开始把自己身上粘到的干泥巴给舔掉。

干完之后，他坐起身来往四下里看了看，就像第一个登陆火星的地球人会做的那样。小狼已经冲破了通向世界的墙，未知已经松开了对他的掌控，在这里他并没有受到伤害。但第一个来到火星的人也不会遭遇像他那么多的陌生感。没有任何先前的知识，没有任何关于会有何物存在的警告，他发现自己成了一名探险者，置身于一个全新的世界里。

因为可怕的未知已经放过了他，他便也忘记未知有过怎样的可怕了。他现在只在意身边新奇的事物了。他细看了身下的绿草、稍远些的蔓越莓，以及矗立在林间空地边缘的那棵枯松的树干。

一只松鼠正围着树干底部打转转，陡然和他打了照面，把他给吓了一大跳。他朝后一缩，随即发出一声大叫，孰料小松鼠同样吓得不轻，迅捷地跑上树去，待来到安全的地点后，才吱吱地予以凶狠反击。

这使得小狼生出了勇气，尽管接下来遇到的啄木鸟同样让他吃了一惊，但这次他已经能自信地继续走他的路了。非但如此，他的自信还颇有些程度了，当一只灰噪鸦冒冒失失地跳到他跟前时，他还玩儿似的朝灰噪鸦伸出了爪子，其结果就是鼻子尖上被狠狠啄了一口，弄得他又是朝后一缩，叫了一通。这阵吵闹实在非灰噪鸦所能承受，出于安全起见，灰噪鸦扑棱着翅膀飞走了。

但小狼一直都在学习，他那懵懂的小脑子已经在进行无意识的分类了。世上有活的东西和不是活的东西。而且他必须要当心那些活的东西。不是活的东西会一直停留在一个地方，但活的东西是动来动去的，而且谁也说不准他们会干出些什么来。可以预料的就是他们会做出预料之外的事情来，而对此他必须要做好准备。

他非常笨拙地行进着，一路上踢到树枝和各种别的东西。一根刚才还觉得隔着老远的树枝会在下一个瞬间打到他的鼻子或划过他的肋骨。不同的表面之间存在着不平等，有时候他跨过去了，碰到了鼻子；也有很多时候他没能跨过去，碰到了脚趾头。此外，路上还有小卵石和大石块，在他踩上去的时候会在他脚下转动，从它们身上他知道了，即便不是活的东西，也并不总是像他的洞穴那样处于稳定平衡的状态。而且，在不是活的东西中，小东西要比大东西更容易倒塌或翻转。但他每次遭遇小小不幸，都在不停地学习。他走得越长，也就走得越好了，他在不断调整着自己。他在学着计算自己的肌肉运动，了解自己的身体极限，测量物体之间以及物体与他自身之间的距离。

他有着新手的运气。由于天生是肉食的捕猎者（尽管他自己并不知道这一点），他误打误撞地在第一次踏进世界展开冒险时就在自己的洞穴外边碰到了猎物。纯粹是误打误撞，他才偶然发现了松鸡那隐藏得很巧妙的巢穴。他是掉进去的。他本来试图沿着一棵倒卧的松树树干而行，孰料烂了的树皮在他的脚下塌落，随着一声绝望的尖叫，他向前摔了个大跟头，砸穿了树叶和一小丛灌木的茎秆，然后跌坐在灌木的中央，在地上，在七只小松鸡中间。

小松鸡们叽叽喳喳地叫了起来，刚开始他被他们吓了一跳，然后他发现他们非常小，于是胆子就大了起来。他们在动。他把爪子放到其中一只松鸡身上，松鸡动得更快了。这使他感到了乐趣。他闻了闻松鸡，把松鸡抓起来放到了嘴里。松鸡挣扎着，挠到了他的舌头。就在这时，他意识到了一种饥饿的感觉。他的双颚闭合到了一起。脆弱的骨头发出嘎吱嘎吱的脆响，温热的鲜血涌进他嘴里。这滋味真是好极了。这就是肉啊，跟他母亲喂给他的一样，不过它在齿间的时候还是活的，因此味道也更棒。于是他把松鸡给吃了。他没有停歇，一口气把整个一窝小松鸡都吃了。然后他像母亲那样，把嘴巴周边舔了舔，开始动身朝灌木丛外爬去。

这时，他遭遇了一阵长着羽毛的旋风。这团旋风朝他迎面而来，愤怒的翅膀打到他身上，他一下子给打蒙了，连来的是什么都没看清。击打越来越密，松鸡妈妈完全气疯了。这时他的火气也上来了。他直起身来，发出咆哮，用爪子打了过去，小小的牙齿咬到了一只翅膀里，顽强地撕拽着。松鸡跟他对打起来，没被咬住的那只翅膀雨点般打到他身上。这是他的第一场战斗，他完全兴奋起来了。这会儿他已经把未知忘了个干净，再也不怕任何东西了。他在战斗，在与一个向他发起进攻的活的东西厮打。而且，这活的东西是肉。他身上有着杀戮的渴望。他刚刚杀死了一群小活物，现在他要杀死一只大活物了。他太过忙碌，太过喜悦，连他自己是喜悦的都不知道。他的兴奋与欢悦的方式对他而言是崭新的，其程度也是他从不知道的。

他紧紧地抓住松鸡的翅膀，从紧闭的牙齿中间迸出吼叫。松鸡把他从灌木丛中拖了出来。等她转了个圈子，想重新把他拖回到灌木丛中的藏身处时，小狼把她从那里拖开，拖到了一片空地上。她一路都在大声地叫着，用翅膀拍打着，掉落的羽毛如雪花般飞舞着。小狼被撩拨得极为兴奋，他血统中的战斗之血全都涌了上来，在他全身奔流。这就是生存之道，尽管他并不知道这一点。他正在意识到自己存在于这世界上的意义，正在实践着自己来到这世界上的目的——杀死食物和为了杀死食物而搏斗。他正在证明着自己存在的价值，对于任何一种生命而言，没有比这更重大的事情要做了，因为当生命倾其所有、尽其所能之时，便也正是它取得最大成就之时。

过了一会儿之后，松鸡停止了挣扎，小狼依旧抓着她的翅膀，他们躺在地上，互相看着对方。他想要发出带着威胁的、凶狠的吼叫。她啄着他的鼻子，由于之前的种种历险，小狼的鼻子已经很痛了。他痛得皱起了眉头，但依然坚持着。松鸡一次次地啄着他，小狼已经从皱眉变成了啜泣。他想要摆脱开她，可他忘了自己还咬着她的翅膀，一动就把松鸡拖了过来。又一阵鸡啄如雨点般落在他饱受凌虐的鼻子上。他身上的战斗之血退落下去了，他松开了自己的猎物，摆动着尾巴惊惶地穿过空地，灰溜溜地逃跑了。

跑到靠近灌木丛边沿的空地另一边之后，他躺倒下来休息。他的舌头耷拉在外边，胸口剧烈地起伏着，喘着粗气，鼻子依旧痛得要命，令他继续呜咽不停。但就在他这么躺着的时候，一种不祥的感觉突然向他袭来。未知带着所有的恐怖向他奔到，他出于本能朝着灌木丛里的藏身处退缩。这时，只觉一股风向他扇过来，接着一个庞大的、带翅膀的身体无声而又不祥地掠过。那是一只鹰，不知从哪里突然飞落，差点就把他给叼走了。

他躲在灌木丛中，惊魂未定地朝外张望时，空地另一边的松鸡妈妈拍打着翅膀从她惨遭洗劫的巢穴中出来了。因为遭逢了这样惨痛的损失，她根本没有注意到那来自空中的带翅膀的闪电。但小狼看到了，这对他是一场警示、一个教训——老鹰迅捷地向下俯冲，身体擦着地面如蜻蜓点水般掠过，一对利爪瞬间攫住松鸡，松鸡发出痛苦而又恐惧的尖叫，老鹰蹿入天空，就这样把松鸡带走了。

小狼又过了好久才离开藏身之处。他学到的东西太多了。活的东西就是肉，它们很好吃。还有，活的东西如果个头够大的话会带来伤害。最好是把那些小的活物，比如松鸡的幼崽吃掉；而对于那些大的活物，比如母松鸡则不要去惹。不过，他也隐隐起了一点儿小小的雄心——一种暗暗升起的欲望，想跟那只母松鸡再战一场，可惜她被老鹰抓走了。或许还会有别的母松鸡吧，他要去看看。

他沿着一段倾斜的坡岸下到了溪边，之前他还从来没有看到过水。水面看着很不错，表面是那样平整。他勇敢地踩了上去。接着他发出惊恐的尖叫，沉了下去，陷入了未知的拥抱。水里很冷，他张开嘴急速地吸气。水涌进了肺里，而不是他平常呼吸时所遭遇的空气。他体验到的窒息是死一般的痛苦。对他来说，这就意味着死亡。对于死亡他没有什么自觉的认知，但就像荒野中的每一个动物那样，他拥有死亡的本能。死亡对他意味着最大的伤害，它就是未知的本质。它就是未知所包蕴的恐怖之总和，能在他身上发生的最终极的、无法想象的灾难。对此他一无所知，对此他惊恐万分。

他钻出水面，甜美的空气涌进他张开的嘴里。他没有再沉下去。宛如长久以来形成的一种习惯那样，他伸出四条腿扑腾着，开始游了起来。近的溪岸离他只有一英尺远，但不巧的是他是背对着它的，他一睁开眼看到的是对岸，他立刻朝着那里游了过去。这是一条小溪,但在形成水潭的地方它的宽度扩展到了二十英尺。

游到一半的时候，他遇到了水流，被卷向了下游。他被水潭底部的小小急流给抓住了。这里是根本游不了的。原本平静的水突然变得狂暴起来。他时而被卷到水下，时而又浮出水面。在这整个过程中他一直剧烈地动着，一会儿被水卷了个跟头或是打了个转，一会儿又被猛地拍到了某块岩石上。每撞到一块岩石，他就发出一声惨叫。他前进的轨迹就是一连串的惨叫，从中也许可以推算出他遇到的岩石总数。

急流的下面是另一个水潭。在这里，他被漩涡捕获了，水流把他轻轻送到了岸边，同样轻轻地把他放到了一片碎石滩上。他拼了命地爬到了没有水的地方，躺倒了下来。对于这个世界，他又学到了一点儿东西。水不是活的东西，然而它会动。而且，它看着像泥土一样坚实，但其实一点儿也不结实。他的结论是，事物并不总是像它们的外表所呈现的那样。小狼对未知的恐惧是一种与生俱来的不信任，现在它的经验又得到了加强。自那以后，在判断事物的属性时，他会拥有一种长久的对外表的不信任。在对某种事物建立起信任之前，他必须要把它的真实情况都摸清楚。

在这一天里，他注定还将有另一场冒险。他想起世界上还有他母亲这样一种事物。他忽然有了一种感觉，那就是他对她的需要超过了世界上所有其他的东西。这不仅是因为他的身体因经历了那些冒险而疲惫了，还因为他的小脑子也同样疲惫了。在他活到现在的所有日子里，他的脑子从来没有像今天这样动得那么辛苦。此外，他已经恹恹欲睡了。于是，他开始动身寻找他的洞穴和母亲，同时无边的孤独与无助向他袭来。

他在一些灌木中间摇摇晃晃地走着，这时他听到了一声充满威胁意味的尖叫，接着眼前闪过一道黄色。他看见一只黄鼠狼正迅捷地跳跃着离他远去。这是一只小的活物，是他不怕的。然后，在他前面，就在他脚边，他见到了一只特别小的活物，只有几英寸长——那是一只小黄鼠狼，而且这小家伙跟他一样，也不听话，跑出来探险。小黄鼠狼想要从他跟前跑开，他用爪子一下就把它翻了过来。小黄鼠狼发出一记奇怪的、刺耳的声音。接下来，那道黄色的闪电就重新出现在了他眼前。他又听到了那种充满威胁意味的尖叫，与此同时脖子侧面受到了重重一击，并感到黄鼠狼妈妈那尖利的牙齿咬到了自己的肉里。

在他阵阵惨叫，连滚带爬地后退的时候，他看见黄鼠狼妈妈跳到她的小宝宝身边，带着小黄鼠狼消失在了旁边的一丛灌木里。脖子上被她咬破的地方依然在疼，但他感情上受到的伤还要更严重。他坐在地上，无力地啜泣起来。这个黄鼠狼妈妈个子那么小，但却那么凶！他还不知道的是，在荒野的所有杀手中，就体形大小和体重的比例而言，黄鼠狼是最凶猛、报复心最重、最为可怕的。但这项知识的一部分马上就成了他的知识。

小灰狼还在那里呜呜咽咽地哭着，黄鼠狼妈妈又出现了。由于她的小宝宝已经安全了，她并没有朝他冲过来，而是更为小心翼翼地接近，这使得小狼可以有机会对她好好进行一番观察。她的身体瘦而长，像蛇一样；她的脑袋朝上昂着，一副急切的样子，这部分本身也像蛇。她那充满威胁的尖叫让他背上的毛发竖了起来，而他也回报以警告的咆哮。她靠得越来越近，接着是一记纵跃，快得他那尚未经过操练的眼力根本来不及看到，然后那颀长瘦弱的黄色身体有短短一刻消失在了他的视野里。下一个瞬间，她已经出现在了小狼的喉咙跟前，牙齿已经咬进了他的皮肉。

刚开始他发出愤怒的低吼，试图与之一战，但他实在是太小了，这毕竟只是他涉世的第一天，所以他的低吼转成了呜咽，作战的姿势变成为逃跑而作的挣扎。黄鼠狼一直没有松口，她坚持着，竭力想把牙齿咬到他的血管里去，那是他的生命之血汩汩流淌的地方。黄鼠狼爱饮血，尤其爱饮那来自咽喉处的生命之血。

小灰狼差一点就要死了，这样关于他就没有故事好写了，可就在这时，母狼从灌木丛中跃了出来。黄鼠狼放开了小狼，闪电般朝着母狼的喉咙扑去，虽没有扑中，但还是咬住了她的下颌。母狼像甩鞭子一般把头一甩，摆脱了黄鼠狼的纠缠，把她高高地扔到了空中，然后不待她下落便跃起咬住了她瘦长的黄色身体。母狼的牙齿嘎拉拉咬落之时，黄鼠狼就知道自己的生命走到尽头了。

小狼接下来又体验到了来自他自己母亲的强烈感情。母狼找到孩子的喜悦似乎甚至大过了小狼被母亲找到的喜悦。她用鼻子蹭着他，爱抚着他，帮他舔着被黄鼠狼咬出来的伤口。然后，这一对母子吃掉了那爱饮血的黄鼠狼，回狼窝睡觉去了。

第八章　肉食法则

小狼的成长非常快。他休息了两天，就又从洞穴出发去冒险了。正是在这次冒险经历中他找到了那只小黄鼠狼，就是他帮着一起吃掉了其母亲的那只，并且确保小黄鼠狼走上了跟他母亲一样的路。这趟旅行他没有迷路。在感到疲惫了之后，他一路回到洞穴去睡觉了。从那以后，他每天都出门去漫游，搜索的范围也一天天大起来。

对于自己的力量和弱点，他开始有了一个准确的估量，知道什么时候该大胆，什么时候该谨慎了。他发现任何时候谨慎都是有利的，除了很少一些时刻，在对自己的勇气确信无疑后，他才会让自己被小小的愤怒和欲望所操控。

在碰到迷路的松鸡时，他总是会变成一个愤怒的小魔鬼。每次碰到他在那棵枯死的松树初遇过的小松鼠，对于它那吱吱的挑衅，他总是给予最凶狠的回应。而只要一见到灰噪鸦，他几乎从不例外地会陷入狂怒，因为他永远也忘不了他遇到过的第一只灰噪鸦在他鼻子上狠狠啄的那一下。

不过也有的时候，就连灰噪鸦都无法打动他，那往往是在他感受到来自某种其他肉食巡猎者的危险的时候。他从来不会忘记那只鹰，只要一见到它那移动的影子，他便会就近卧倒在灌木丛里。他走起路来不再摇摇摆摆了，他已经渐渐学会了母亲的步态，蹑手蹑脚、偷偷摸摸，表面上看起来不怎么费劲，然而那无声的步履中带着一种具有欺骗性的、不易察觉的迅捷。

说到肉食的话，他的运气仅限于刚开始的时候。七只小松鸡和那只小黄鼠狼便是他全部的猎获了。他嗜杀的渴望在与日俱增着，而且他特别想要那只松鼠，这小东西每次见了他都吱吱地没完没了，把小狼靠近的消息告诉了周围所有的野生动物。但就像鸟儿飞在天上一样，松鼠会爬树，所以小狼只有趁它在地面上的时候才能试图悄悄地靠近它。

小狼对母亲怀有极大的尊敬。她能猎捕到肉食，总是能给他带来属于他的那份。而且，她什么都不害怕。他从来没有想到过这种无所畏惧是建立在经验与知识之上的，这使他对母亲产生了一种很有力量的印象。母亲在他眼里就代表了力量。随着他渐渐长大，他从母亲爪子那更为严厉的警告中感受到了这种力量，此时那代表着责备的用鼻子顶让位给了牙齿的轻咬。对此，他同样不记恨，反倒更尊重母亲。她以强迫来获得他的服从，而且随着他逐渐长大，她在教训他时的脾气也越来越大了。

饥荒又来了，比过去更懂事的小狼又一次体会到了饥饿的痛苦。母狼天天忙于打猎，都把自己跑瘦了。她现在很少在洞穴里睡觉了，把大部分时间都花在搜索猎物上，且经常一无所得。这场饥荒持续得并不久，但在其持续之时却势头凶猛。小狼从母亲的乳房中得不到任何奶水，他自己也没有能找到一口肉吃。

之前，他曾游戏般地打过猎，纯粹只是为了好玩。现在，他怀着生死攸关的认真心态来打猎，却什么猎物也找不到。然而打猎失败更加速了他的成长。他更加仔细地研究松鼠的习性，努力以更精妙的技巧去偷偷靠近他们，出其不意。他对松鼠展开研究，想方设法要把他们从洞穴里给挖出来。他也学习了许多灰噪鸦和啄木鸟的生活习性。终于有一天，老鹰的影子不再会把他吓得趴进灌木丛了。他比过去更加健壮，更加有智慧，也更有自信了。但有时，他也不得不铤而走险。他很醒目地蹲坐在一片空地上，要以挑战的姿态把老鹰从天空中给引下来，因为他知道，即便老鹰高高在上飞在蓝天中，那也是肉，是他的胃一直在渴望的肉。但老鹰拒绝飞落下来和他一战，小狼只好悻悻然离开，缓缓地爬进灌木丛中，以呜咽来表达他的失望和饥饿。

饥荒终结了。母狼把肉带回了家里。这是一种奇怪的肉，跟所有她以前带回来过的肉都不同。这是一只小猞猁，跟小狼一样大小，但个头没小狼大。这只小猞猁全都是给他的。他母亲已经在别的地方填饱了肚子。不过他不知道的是，母亲用来填饱肚子的是除了这只以外的整整一窝小猞猁，而且他也不知道这样的举动蕴含着怎样的绝望。他只知道那长着丝绒般皮毛的小猞猁是肉，他每吃一口就变得更高兴一点儿。

肚子填饱后往往就不想动了，小狼于是就躺在洞穴中，靠在母亲的身上睡起觉来。后来他被母亲的吼叫声吵醒了，他从来没听到母亲叫得如此可怕过。可能在她的一生中这是她叫得最可怕的一次。这是有原因的，没有谁比她更清楚这原因是什么。猞猁的巢穴如果遭到洗劫的话，是很少有洗劫者能全身而退的。在下午那炽热晃眼的阳光中，小狼看到了蹲伏在洞穴入口处的猞猁妈妈，他背上的毛一下子就奓了起来。这是恐惧，而且并不需要用到他的本能来告诉他这一点。如果看到的景象还不够的话，那么入侵者发出的怒吼，先是低低的，随后陡然升高，变成嘶哑、尖锐、满含痛苦的一声，这样的吼叫足以说明一切了。

小狼感受到了体内生命的刺激，他站起身来，在她母亲身边发出一声勇敢的嗥叫，但母亲很不给面子地将他一把推到了自己身后。洞穴的顶很矮，所以猞猁无法一跃而入，而当她趴下身子冲进来的时候，母狼一下子跳到了她身上，把她按倒。小狼没怎么看清这场战斗，只听到震天的嘶吼、噼啪声和刺耳的尖叫。两只动物你来我往，猞猁用爪子撕，用牙齿咬，而母狼则只用到她的牙齿。

一次，小狼跳进圈子，用牙齿咬住了猞猁的后腿。他死死不松口，发出凶狠的吼叫。尽管他不知道，其实他用自己身体的重量拖住了猞猁腿部的动作，因此让母亲少受了不少伤。这时，战局的形势一变，他被两个大身体压在了下面，一番扭动后他咬住猞猁后腿的嘴松了。一眨眼的工夫，两位母亲又分开了，而在她们重新冲撞到一起之前，猞猁朝着小狼猛地挥出前爪，把他的肩膀撕开了一条深可见骨的口子，小狼猛地就朝旁边摔了出去，撞到了墙上。此时，一片喧闹之中就又加上了小狼痛苦而又恐惧的尖叫。但是这场打斗持续得实在太久，使他有足够的时间在叫唤了一阵后重新迸发出勇气来。战斗结束的时候，小狼又挂在了猞猁的后腿上，从紧紧咬住的牙齿间发出狂暴的低吼声。

猞猁死了，但母狼也已经非常虚弱了。刚开始的时候，她还在爱抚着小狼，用舌头舔着他受伤的肩膀。但她失血过多，流走的鲜血带走了她的力气。整整一天一夜她躺在自己死去的敌人旁边，一动不动，几乎没了呼吸。她有一个星期没有离开洞穴，除了去喝水，然后她有了缓慢而又痛苦的动作。到那段时间结束的时候，猞猁已经被吃掉了，母狼的伤也好了大半，至少她又能出去打猎了。

小狼的肩膀又僵又痛，有一段时间他因为可怕的伤口走起路来一瘸一拐。但世界现在在他眼里已经改变了。他走到哪里都觉得自信心更强了，带着一种在和猞猁一战之前所没有感到过的勇气。他看待生命的眼光更残忍了。他战斗过，他把牙齿咬进敌人的肉体中去，而且他还活了下来。因为这一切，他走起路来也更大胆了，带着一种藐视一切的劲头，这在他以前的身上是没有过的。他不再害怕小的东西了，大部分的胆怯都不见了，尽管未知从来没有停止过用各种神秘与恐怖来向他施加压力，这种压力虽然看不见，却更具威胁。

他开始陪着母亲一起出门打猎，见到了许多次对猎物的杀戮，并且开始承担起了自己的责任。他以自己模模糊糊的方式学会了肉食的法则。生命分为两种——他的同类和他的异类。他的同类包括他母亲和他自己，而异类则包括所有会动的活物。但异类还可以再分。有一部分是他的同类会杀来吃的，这部分由非杀生动物和小的杀生动物组成。而另外一部分则会把他的同类杀来吃，或者被他的同类杀来吃。法则就是从这种分类法中产生的。生命的目标就是肉食，生命自身也是肉食。生命依赖生命为生。有吃的，也有被吃的。肉食的法则就是：吃或被吃。他并没有用明确的、固定的词语来阐述这个法则，也无法把这个道理说清楚。他甚至没有想到这个法则，他是在想也没想过的情况下把这个法则在生活中实践出来的。

他看到这个法则在他身边各处运行。他吃掉了小松鸡，老鹰吃掉了松鸡妈妈，老鹰差点也要吃掉他。后来，等他长得更强大之后，他想要吃掉老鹰。他吃掉了小猞猁，猞猁妈妈差点吃掉他，如果不是她被杀死、被吃掉了的话。法则就是这般运行的。这个法则是由他周围所有的活物用生命在实践着的，他自己也是这个法则的一个重要部分。他是一只杀生的动物，他唯一的食物是肉，活的肉，会从他跟前飞快地跑开，会飞上天空，或者爬上树，或者躲在地面上，或者直面他并与他生死相搏，或者扭转形势把他追得到处跑。

如果小狼像人那样思考的话，他或许会把生命浓缩成贪婪的胃口，世界就是一个各种各样的胃口按照一定的序列存在的地方，有追的有被追的，有狩猎的有被狩猎的，有吃的有被吃的，一切都是盲目而混乱的，带着暴力与无序，是一场饕餮与杀戮的骚乱，由机会主宰着，没有温情，没有计划，没有止境。

但小狼不是像人那样思考的，他看待事物没有那样宽阔的视野，他只有一个目的，每次只有一个想法或一种欲望。除了肉食法则之外，还有许许多多其他的、次要些的法则需要他去学习、去遵守。世界充满着意外。生命的刺激蕴藏在他的体内，运用肌肉对他来说是一种没有止境的欢乐。把肉食追到口中就是在体验兴奋与极乐。他的怒火和战斗都是他的乐趣。恐惧本身和未知的神秘，都是有益于他的生存的。

此外还有各种舒适与满足。一顿饱餐，阳光下一场懒洋洋的瞌睡——这些足以补偿他付出的热情与劳作，更何况热情与劳作其本身就是能自我补偿的。它们是生命的表达，而当生命在表达的时候总是充满欢乐的。于是小狼对不利的环境并没有什么不满。他活力充盈，非常幸福，对自己充满骄傲。

第九章　火的制造者

这件事小狼是突然遇上的，是他自己的错，他太不小心了。他离开了洞穴，一路来到溪边喝水。也许是他没有注意，因为他还睡眼惺忪——他一晚上都在外出打猎，那时才刚刚醒来——他的疏忽大意也许是因为他太熟悉通往水潭的路了。这条路他经常走，从来也没有出过事。

他往下走的时候经过那棵枯松，穿过那片空地，在树林中小跑。这时，他看到并闻到了，在他前面，静静地蹲坐着五个活的东西，像这样的东西他从来没见过。这是他第一次见到人。但在看到他的时候，这五个人没有一跃而起，没有亮出牙齿，也没有发出低吼。他们根本没动，只是坐在那里，一声不吭，似乎不怀好意。

小狼也没有动。本来他天性中的每一项本能都会要他赶紧逃跑的，如果不是在那一刻在他身上第一次涌起另一种相反本能的话。一种强烈的畏惧降临到了他身上，一股压倒一切的虚弱与渺小感击败了他，令他动都动不了。他感受到了统治与力量，一种遥远且凌驾于他之上的东西。

小狼从来没有见到过人，但是他有关于人的本能。从人身上他可以朦朦胧胧地感觉到，这是那种打败了荒野中所有对手而取得了无上地位的动物。他正在看着人，但并不仅仅是从他自己的眼睛看出去的，而是从他所有祖先的眼睛——那些眼睛曾在黑暗中绕着无数冬天的营火转来转去，曾从安全的距离之外，从灌木丛的深处盯着那些奇怪的、主宰着所有活物的两条腿动物。他中了传承的魔咒，那是从许多个世纪的搏斗和无数代累积的经验中生出来的畏惧与尊敬。这种传承对于一只小狼来说是无法抗拒的。他如果完全长大了的话，肯定会跑开的。而当时的情况是，他吓得趴倒了身子，几乎要屈膝投降了，而这正是他的同类自第一次一只狼被带到人类的火边，感受到火的温暖时就有的感觉。

其中一个印第安人站起身朝他走来，在他面前弯下了腰。小狼趴得更挨着地面了。这就是未知啊，最终它具有了形体，有了看得见摸得着的血肉，朝他弯下身来抓他了。他的毛不知不觉地奓了起来，嘴唇缩了回来，小小的牙齿亮了出来。那只手像命中的劫数般停留在他的上方，犹豫了一下，然后那个人笑着说道：“瓦巴姆瓦比斯卡伊比塔！”（“瞧啊！白牙！”）

其他那些印第安人大声笑了起来，催促那个男人把小狼拿起来。随着那只手越来越往下靠近，小狼身上掀起了一场本能之间的战争。他体会到了两种巨大的冲动——一种是屈服，一种是战斗。最后产生出来的行动是两者的妥协。他两样都做了。他一直屈服到了那只手几乎要碰到他的时候。这时他开始战斗了，他的牙齿啪地一咬，咬住了那只手。接下来他的头部从侧面受到了一下重击，他被打翻在了地上。顿时，所有的斗志从他身上逃逸了。他那小狗的身量和屈服的本能控制了他，他蹲坐在地上哇哇地哭起来。那个被他咬了手的男人很生气，小狼的另一边脑袋也挨了一下，这让他坐在那里哭得更响了。

四个印第安人笑得更大声了，就连那个被咬手的男人也开始笑了。他们围着小狼笑，他则用哀号来抵御心中的恐惧和身体受的伤害。哭到一半的时候，他听到了些什么，那些印第安人也听到了。小狼知道那是什么，他发出一声长长的哀号，叫声中已经喜多于悲了。叫完他便收了声，等着他母亲的到来，他那凶猛而又从不屈服的母亲，他那从不畏惧，敢与一切战斗并杀死一切的母亲。

她一跃来到了他们中间，母亲身份带来的焦急与好斗令她那矫健的动作成了一道风景。但对于小狼来说，她为了保护他而发怒的样子看得他心花怒放。他发出一声短促的尖叫，跃起与她会合，而那些人则赶紧后退了几步。母狼站到小狼的身前，面对着那些人，毛发竖起，一声嘶吼在她喉咙深处翻滚。她的脸扭曲着，满含威胁的恶意；她的吼声如此巨大，乃至她的鼻梁也从鼻尖直到双眼全都皱了起来。

这时，那些人中的一个叫了一声“克什！”这是一声带着吃惊的感叹。小狼感到母亲一听到这声音就蔫了下来。

“克什！”那人又叫了一遍，这次语气中带着严厉与权威。

这时，小狼看见自己的母亲，毫无畏惧的母狼，趴了下来，直到肚子贴地，口中发出呜呜的叫唤，摇摆着尾巴，做出了求和的表示。小狼对此无法理解，他有点吓坏了，对人类的畏惧又席卷了他全身。他的本能是对的，他的母亲证明了这一点。她也对人类这种动物表示了屈服。

说话的男人来到她跟前，把手放到她脑袋上，而她只是把身子趴得更低了。她没有咬，也没有摆出要咬的架势。另外那些人也过来了，他们围着她，触摸着她，用他们的爪子拍她，而她对于这些举动并没有愤怒的表示。他们很是兴奋，从他们嘴里发出了许多声音。这些声音并没有危险的意味，小狼判断道，此刻的他趴在母亲身边，毛发不时还会奓起，但他尽力表现出驯服。

“这不奇怪。”一个印第安人说道，“她的父亲是狼。这是真的，她的母亲是狗。在交配季节我哥哥不是在外面的树林里把她的母亲拴了三天吗？所以克什的父亲是一头狼。”

“灰狸，她跑了可有一年了。”另一个印第安人说。

“这没什么奇怪的，鲑鱼舌。”灰狸回答道，“那是饥荒时期，没有肉给狗吃。”

“她一直跟狼生活在一起。”第三个印第安人说。

“看来的确如此，三鹰。”灰狸回答着，一边把手放到了小狼身上，“从这个就能看出来。”

手搭上来的时候小狼短促地吼了一下，灰狸把手缩回去准备发动一击。小狼于是藏起了牙齿，乖乖地趴了下来，而那只手回来后在他耳朵后面摩挲了几下，接着又从上到下摸了他的背。

“从这个就能看出来。”灰狸又接着说下去，“很明显他的母亲就是克什，但他的父亲是狼，所以在他身上狗的属性少狼的属性多。他的牙齿是白的，那就管他叫白牙吧。我说了算，他是我的狗了。克什难道不是我哥哥的狗吗？我哥哥不是死了吗？”

获得了在这世界上的名字的小狼躺在地上看着。接下来的一段时间里人类继续用嘴巴制造着声音，灰狸从挂在脖子上的一个刀鞘中抽出一把刀来，走进灌木丛里砍下一根树枝。白牙目不转睛地看着他。只见他在树枝的两端都刻了标记，然后在标记的地方各系上了生牛皮绳。他把一根牛皮绳绕着克什的喉咙系好，然后把她领到一棵小松树跟前，把另一头的牛皮绳系到了树上。

白牙跟了过去，在她身边躺下。鲑鱼舌的手朝他伸了过去，把他推了个仰面朝天。克什有点焦急地看着。白牙又觉得恐惧在增强了。他忍不住低吼了一声，但没有要张嘴咬的意思。那只手的手指弯曲又张开，嬉戏般地揉着他的肚子，左左右右地晃着他。他仰面躺在那里，四只脚在空中乱扑腾，这姿势让白牙觉得既滑稽又不雅。此外，这是一种完全借不上力的姿势，是白牙的本性所完全不能接受的。如果这个人类要对他不利的话，他无法进行任何的防御。白牙知道自己逃也逃不掉。四脚朝着天，叫他怎么跃起逃遁呢？然而屈服的心态令他控制住了自己的恐惧，只是柔柔地低吼着。这种样子的低吼是他无法压抑的，不过那个人对此也没有反感，没有给他脑袋上来一下。而且这事是陌生的，那人的手前前后后地揉着，让白牙体会到了一种难以名状的快感。在被推到体侧着地时他停止了低吼；当那些手指按压着他的耳根时，舒服的感觉加强了；而当揉完、挠完最后一下，男人离他而去时，白牙身上所有的恐惧都消失了。他在以后与人打交道的过程中还会有许多次感受到恐惧，但最终在心中定形的却是和人类之间那种没有恐惧的伙伴关系。

过了一会儿之后，白牙听见有陌生的声音在向自己靠近。他在分类上的本领是很强的，所以马上就知道这是人类的声音。几分钟之后，部落里剩下的人像行军一般排着队，跟了上来，里面有更多的男女老少，总共有四十人，全都背着重重的搭建营地的装备和用具。队伍中还有许多狗，除了一些半大的小狗外，他们也和人一样背着营地装备。东西装在袋子里驮在背上，用绳子紧紧地系在身体上，每条狗驮的分量二十磅到三十磅不等。

白牙从来没有见过狗，但一看到就感到他们是自己的同类，只是有点说不出的不同。但他们在发现了小狼和他母亲后的表现跟狼没有什么两样。营地里顿时乱作了一团。白牙毛发竖起，面对着一波涌来的狗他发出吼叫，展开撕咬。他很快被打倒，来到了他们的身下，感受到尖利的牙齿在自己身上撕咬，他自己也冲着上面的腿和肚子又撕又咬。这可真是一场大骚乱啊。他能听到克什的咆哮声，她在为了保护自己而与群狗大战；他还能听到人类的叫声，还有木棒打在肉体上的声音和那些挨了打的狗发出的哀鸣。

短短几秒钟后，他便重新站了起来。现在，他能看见人类正在用棒子和石头把狗赶开，保护他，把他从他那些同类的锋利的牙齿下解救出来，他们明明看着是他的同类，却又不知怎的不是他的同类。尽管在他脑子里不可能对公正这种抽象的事物有概念，然而他以自己的方式感受到了人类的公正，并认识到了他们的真实身份——他们是法则的制定者和执行者。而且，他很欣赏他们用来执行法则的力量。与他遇到过的任何动物都不同，他们不用嘴咬，也不用爪子抓。他们会借死物的力量来加强他们自己的活的力量。死物会执行他们的命令。于是，树枝和石头被这些奇怪的生物驱使着，像活物一般在空中跳来跳去，对那些狗造成严重的伤害。

在他的脑子里，这是一种不同寻常的力量，这种力量无法从自然中获得，也凌驾于自然之上，是一种天神般的力量。依照白牙的本性，他是永远也不会知道天神的，他充其量只能知道世上存在着他所不知道的事物。但他对人类所怀有的惊叹与敬畏在某些方面和人在看到天神出现在山顶，用两只手朝着惊讶的世人掷出雷电时所生出的惊叹与敬畏非常相似。

最后一条狗也被赶跑了，骚动渐渐平息。白牙一边舔着伤口，一边在思考着刚才发生的事情。他第一次感受到了群体的残酷和进入群体的艰难。他做梦也没想到过自己的同类会不限于独眼、母亲和他自己。他们一直是单独构成一个类的，而在这里，突然一下子，他发现了许多表面上看起来跟他是一样的同类。这些家伙，他的同类，刚一见到他就盯上他，想要灭了他，这使得他对他们有了潜意识的憎恶。同样的，他也对自己的母亲被拴到一根树枝上很反感，即便这事是那些厉害的人类干的。这带有陷阱与束缚的意味。然而对于陷阱和束缚他一无所知。自由自在、随心所欲地去漫步、跑、趴下，这对他来说是与生俱来的，而在这里，这样的自由被侵犯了。他母亲的行动范围被局限于一根树枝的长度，而他也被同一根树枝的长度限制住了，因为他到目前为止还不能离开母亲的左右。

他不喜欢这样。他也不喜欢人类继续赶路，因为每当这时便会有一个小小的人拿着树枝的一头，把克什当作俘虏一般牵在身后，而克什的身后则跟着白牙，一路为他们涉入的这种新冒险而忧心忡忡。

他们一路穿过溪谷，比白牙以往搜索过的范围要远得多，一直走到溪谷的尽头，溪流在那里汇入麦肯齐河。这里有藏在高高的杆子上的独木舟，还矗立着晒鱼用的架子，所以人们在这里扎营。白牙用好奇的目光观察着。他越来越觉得这些人类实在是高明。他们统治着所有这些长着尖利牙齿的狗，这已经明白显露出力量了。但在小狼看来，比这更厉害的，是他们对不是活物的东西的掌控，是他们把运动传入不会动的东西中去的能力，是他们改变世界表面的能力。

正是最后这种能力特别打动他。用杆子搭框架这件事吸引了他的目光，然而这件事本身并没有什么太了不起，因为做这件事的正是那些能把树枝和石头扔到那么远的人。可当人们把布和皮子盖到杆子搭成的框架上，将它们变成了一座座圆锥形帐篷的时候，白牙可是目瞪口呆了。震撼他的是那些帐篷如此庞大的体积。它们竖起在他周围，四面八方，像某种飞快成长的怪物般的生命形式。它们几乎占据了他的整个视野。他对这些帐篷感到害怕。它们不怀好意地巍然矗立在他前方。当轻风拂来，这些帐篷做出那样大幅度的动作来，他不禁害怕得匍匐于地，眼睛警惕地盯着它们，一旦它们居高临下地向他扑来，他随时准备落荒而逃。

但只过了一会儿，他对圆锥形帐篷的恐惧就过去了。他看到女人和孩子进出帐篷而没有受到伤害，他看到那些狗也常常想进到帐篷中去，却被严厉的话语和飞来的石头赶走。过了一会儿，他离开了克什的身边，小心翼翼地朝着最近的一座帐篷的幕墙爬去。驱使着他这样做的是成长的好奇心——他必须要去学习、生活、实践，因为只有这样他才能获得经验。离帐篷幕墙的最后几英寸他爬得小心而又缓慢，慢到让人感到痛苦的地步。白天经历的种种事件为他做好了准备，让他知道未知会以最惊人、最难以想象的方式呈现在他面前。终于，他的鼻子碰到了帐篷的帆布。

他等了等，没有事情发生。然后他闻了闻这充满人类味道的陌生织物，用牙齿咬住后轻轻地拽了一下。尽管帐篷相邻的部分跟着动了一下，但什么也没有发生。他又更用力地拽了一下，帐篷的动作也更大了，这让他感到开心。他又加大了拽的力度，拽了一次又一次，直到整个帐篷都跟着动了起来。这时，帐篷里传来一声印第安女人的尖叫，他吓得连滚带爬地跑回到克什身边。但自那以后，他就再也不怕那庞然大物般的帐篷了。

才没过一会儿，他就又从母亲身边跑开了。她那根树枝系在地上的一根桩子上，所以她不能跟着他一起去。一条年龄和体格都稍微比他大一点儿的半大小狗朝他慢慢走了过来，摆出一副自矜且好斗的姿态。白牙后来听见别人管这条小狗叫唇唇，他已经拥有了和别的小狗打架的经验，俨然已是个小霸王了。

唇唇是白牙的同类，而且，由于他只是一条小狗，看上去并不怎么危险，于是白牙准备以友好的精神来对待他。但当这条陌生狗腿上的肌肉渐渐绷紧，嘴唇张开露出牙齿的时候，白牙也把肌肉绷紧，并同样张开嘴唇，露牙以答。他们对峙着，互相绕着对方转了半个圈，彼此试探着，毛发奓起，口中发出低吼。这一过程持续了有几分钟，白牙都开始有点喜欢上这事了，把它当作了一种游戏。但突然间，唇唇以惊人的迅捷跃了过来，一记斜向的猛咬，随即便又跳了开去。这一记侧咬咬在了白牙的肩膀上，他的肩膀曾被猞猁咬伤过，骨头附近的地方到现在还在疼。白牙又惊又痛，禁不住发出一声哀号。但紧接着，随着一股突然涌上心头的怒火，他也朝着唇唇扑了过去，狠狠地向他咬去。

但唇唇从小到大都是在营地中度过的，和别的小狗之间打过许多场架。三次、四次、六次，他那尖利的小牙齿落在了新来者的身上，直到白牙毫不感到羞耻地发出痛苦的尖叫，逃回到母亲的保护范围中去。这是他和唇唇之间的第一架，这样的架他必须还要打上许多场，因为他们从一开始就是对头，生来如此，他们的天性就是注定会一直相互冲突的。

克什用舌头满含抚慰地舔着白牙，还试图说服他留在自己的身边。但他的好奇心是难以抵挡的，几分钟之后他便又跑开去进行一场新的探索了。他朝着灰狸走去。灰狸正深蹲在地上，用树枝干着些什么，在他面前的地上散开着一些干的苔藓。白牙来到他身边看了起来。灰狸的嘴巴里发着声音，白牙根据自己的理解觉得其中没有敌意，于是他又朝他靠近了一点。

女人和孩子们陆陆续续地给灰狸拿来了更多各种粗细的树枝。这显然是一件挺重要的事情。白牙不断凑近，直到碰到了灰狸的膝盖。他满心都是好奇，早就忘了这是一个可怕的人。突然，他看见一种奇怪的雾一般的东西从灰狸双手之下的树枝与苔藓间冒了出来。接着，从那些树枝当中出现了一样活的东西，这东西扭曲着、转动着，颜色就像是天空中的太阳。白牙对火一无所知。火对他的吸引就像小时候洞穴口的光曾对他的吸引一样。他又朝着火焰爬了几步。他听到灰狸在他头顶轻轻笑了起来，他知道这种声音也是没有敌意的。接着他的鼻子碰到了火焰，与此同时他那小小的舌头也朝火焰伸了过去。

刹那间，他动不了了。那潜伏在树枝与苔藓之中的未知狠狠地抓紧了他的鼻子。他连滚带爬地朝后跌去，嘴巴里爆发出一阵惊叫。一听到这声音，克什猛地跃到树枝不能再前伸的地方吼叫起来，暴怒不已，因为她无法前去搭救自己的孩子。但灰狸反倒大笑了起来，一边笑还一边拍着大腿，把发生的一切告诉营地里其他的人，直到营地里所有的人都笑成了一片。但白牙一直蹲坐在那里，嗷嗷地叫个不停，成了围在人群中一个完全孤立无助的小可怜儿。

这是他所知道的最可怕的伤害。他的鼻子和舌头都被那自灰狸手下生长出来的太阳颜色的活物给燎到了。他没完没了地哭喊着，每次刚哭完一声，就受到人类发出的笑声的应和。他想用自己的舌头来抚慰一下自己的鼻子，但舌头也被烧伤了，两处伤痛并到一起，营造出一种更大的伤痛，他因此哭得前所未有地绝望与无助。

这时，羞耻的感觉来到了他身上，他知道笑声及其含义。我们并不太清楚某些动物是怎么知道了笑声是怎么回事，而且是在他们被笑的时候知道的，但白牙正是以这种相同的方式知道的。人类竟然在笑他，这让他感到了耻辱。他转身逃开了，并不是为了逃离火的伤害，而是为了逃离那让他痛得更深的、专门针对他的笑声。他逃回到克什身边，克什正拽着身后的树枝暴跳如雷，像动物发了疯病的样子——他逃到了克什的身边，那是世界上唯一一个没有在笑他的。

暮色渐沉，白牙躺在母亲的身边。他的鼻子和舌头依然在痛，但他现在正受着一种更大的麻烦的折磨——他想家了。他感到身上有一种空空的感觉，一种对宁静溪水和悬崖洞穴的需要。生活已经变得太拥挤了，周围有这么多的人，男人、女人和孩子，全都在闹出声响，全都在做着让人生气的事情。而且还有狗，整天吵来吵去，整天爆发出骚乱，制造着混乱。在他唯一知道的生活中，他曾享有平静的孤独，但这已经一去不复返了。在这里，同样的空气因为生命而颤抖了起来，它不停地发出嗡嗡嗡的声音。这种声音的强度时刻处于变化中，有时会陡然改变音高，对他的神经与感官造成冲击，让他变得紧张不安，时刻都在担心有什么不好的事情即将发生。

他看着人类在营地里来来去去，这和人类看着他们创造出来的神有些隐隐相似，白牙也是这样看待眼前的人类的。他们是更高一等的生物，真的，是神。在他模糊的理解中，他们就像人类眼中的上帝那般是奇迹的创造者。他们是处于统治地位的生物，拥有各种未知的、不可思议的力量，是活物与非活物的最高领主——会动的，他们能令其服从；不会动的，他们能令其动起来；他们还会制造生命，那种太阳颜色的、会咬人的生命，能令其从死的苔藓与木头之中生长出来。他们是能造火的人！他们是神！

第十章　束缚

那些日子对白牙来说充满各种新鲜体验。在克什被系在树枝上的时候，他在营地里到处转悠，到处打探，到处观察，随时在学习着。他很快就知道了人类的许多生活方式，但熟悉并没有带来轻视。随着他对人类了解的增多，人类越发证明了他们优越地位的当之无愧，越来越多地展现出他们的神秘力量，越来越显得宛若神明了。

人们往往会在见到神被推翻、神坛被粉碎的时候感到莫大的悲伤，但对于渐渐匍匐于人类脚下的狼和野狗来说，这种悲伤一直没有降临。和人类不同，他们的神是看不见的，是过度推测的产物，想象的迷雾遮去了现实的外衣，那是人类渴望得到的神性与力量的游魂，那是在精神领域隐隐冒头的自我——和人类不同，见到过火的狼与野狗在活生生的肉体中找到了他们的神，他们的神触手可及，占据着空间，需要用时间来完成他们的一生与存在。信奉这样的神是不需要信仰之力的，也没有任何一种意志力能诱使他们放弃信仰。这样的信仰是无法摆脱的。这神就站在那里，用两条后腿站着，手里拿着棒子，拥有巨大的力量，有感情，会发怒，也会爱，神性、神秘和力量被肉体包裹到了一起，这肉体在撕开时也会流血，这肉体吃起来也跟别的肉一样好吃。

对白牙来说也是如此，人类是他确凿无疑且无法摆脱的神。他的母亲克什刚被叫了一声名字就把忠诚给了他们，所以他也开始献上了他的忠诚。他会给他们让路，认为这是他们无可怀疑的特权。他们走路的时候，他小心不挡着他们的路。他们一叫，他就赶过去。他们发出威胁，他就趴下身子。他们命令他走，他马上就跑开。在他们的愿望后面，是能够将那种愿望付诸实施的力量，是能够带来伤害的力量，是用大棒重击，用飞起来的石头和抽打着的鞭子来表现的力量。

他属于他们，就像所有的狗都属于他们一样。他的行动由他们来命令，身体由他们来伤害、踩踏、宽容。这是他很快学会的教训。这教训得来不容易，和他天性中那些顽固的、占优势的东西背道而驰。而且，虽然在学习的过程中他并不喜欢这样的教训，但连他自己都不知道的是他正在学着去喜欢。这其实是在把自己的命运放到别人的手中。但这做法也带来了补偿，因为依靠别人总是比完全独立要容易些。

但像这样把他自己——身体和灵魂——都交托给人类，这种事情并不是在一天之间发生的。他不能够马上放弃他的野性和他对荒野的记忆。有一段时间，他悄悄地爬到森林的边缘，站在那里，凝神倾听某样东西来自远处的呼唤。每次回来的时候，他总是心神不安，会在克什的身边发出柔软的、充满渴望的呜咽，并用充满疑问的舌头急切地舔着母亲的脸。

白牙对营地里的生活方式学习得很快。在人们把肉或者鱼扔在地上喂食的时候，他知道了那些年龄大些的狗有多么不公平，多么贪婪。他渐渐知道男人会更加公正，孩子会更加残酷，女人会更加和善，更有可能扔给他一点儿肉或者骨头。在经过了两三次与半大小狗的母亲打交道的痛苦经历后，他掌握了这样的知识，那就是永远也别去惹这样的母亲，要离她们越远越好，看见她们来了要及时避开。

但他命中的灾星是唇唇。唇唇个头比他大，年岁比他大，身体比他结实，这样一个家伙偏就挑选了白牙来做自己欺负的对象。白牙并不怯战，但他实在不是唇唇的对手，他的敌人太大了。唇唇成了他的噩梦。每次他冒险离开母亲身边，这个霸王就肯定会出现，从他后面尾随而至，冲着他吼叫，盯上他，然后小心瞅准时机，趁附近没有人类的时候，朝他扑过去，跟他打上一架。由于唇唇每次总能获胜，所以他乐此不疲。这事成了唇唇生活中最主要的乐趣，却成了白牙生活中最大的痛苦。

白牙虽然屡屡受挫，却没有被吓倒。尽管他吃的亏占大头，并且总是被打败，他的精神一直也没有屈服。但此事还是造成了一个不好的影响，那就是令他变得恶毒与阴郁了。他的脾气虽然自出生之日就是凶狠的，但无休止的欺凌令其变得更加凶狠了。

他身上温顺、贪玩、更贴近小狗的天性不大能看到了。他再也不跟营地里其他的小狗一起玩耍、一起四处探险了。唇唇不会允许。只要白牙一和他们靠近，唇唇就盯上他，对他威胁欺凌，或是跟他对打，直到把他赶跑为止。

所有这一切的后果就是夺走了白牙很大一部分童年，令他在举止上显得比实际年长许多。由于不能在玩耍中得到精力上的发泄，他退缩到自我当中，整日胡思乱想。他变得狡诈了，因为他有许多空闲时间可以用来构思诡计。在人类给营地所有的狗喂食的时候，由于受到阻挠，无法得到自己的那份肉和鱼，他变成了一个精明的贼。他必须自己去觅食，这点他干得很好，尽管其后果是令他常常成为那些印第安女人的祸害。他学会了在营地里蹑手蹑脚地走路，学会了狡猾，学会了去了解每一处正在发生的事情，去看、去听每样东西并做出相应的推理，并成功地设计出能避开他那个死对头的方法。

早在他依然受着欺凌的日子里，他就玩了第一次真正的大诡计，并从中初尝了复仇的滋味。就像克什当年跟狼群一起生活的时候，曾经把狗从人类的营地里引诱出来加以消灭一样，白牙采取了有点相似的办法，把唇唇引入克什复仇的口中。他先是从唇唇面前撤退，然后走了一段迂回的线路，在营地的各种帐篷间钻进钻出，绕来绕去。他很擅长奔跑，比任何体形跟他差不多的小狗跑得都快，也比唇唇跑得快。但在这场追逐中，他并没有拿出自己的最高水平，而是有意控制着自己的速度，把对追击者的领先保持在一跃可及的范围。

唇唇越追越来劲，再加上自己的欺凌对象一直就在那么近的地方，便忘了要小心，忘了自己置身何地了。待他想起自己来到了什么地方时已经太晚了。在以最高速度绕过一个帐篷后，他直直地撞见克什正躺在那里，树枝拖在身后。他发出一声惊慌失措的尖叫，随后克什就用报复的双颚咬住了他。克什是被拴着的，但他仍然无法轻易摆脱。她把他推倒在地，这样他就没法跑了，而她则一次次地用利齿撕咬他。

待到他最终得以滚到她够不到的地方，好不容易爬起身来之时，他已经毛发凌乱，身心都受到重创了。在遭受到克什牙齿攻击的地方，他的毛发一簇簇地翻在外面。他站在起身的地方张开嘴来，发出一声长长的、心碎的哀鸣。但就连这样一声他都没有能够叫完。在他叫到一半的时候，白牙陡然冲了过来，把牙齿咬进了唇唇的后腿。唇唇早就已经斗志尽失了，于是不顾羞耻地落荒而逃，而他的欺凌对象在后面紧追不舍，令他惊惶不已，直到最终逃回他自己的帐篷。这里，印第安女人跑来向他施以援手，最终把追得性起、已然变成怒火狂魔的白牙用一阵石头雨才给赶了回去。

这样一天终于来了，灰狸觉得克什已经不会再跑了，就解开了对她的束缚。白牙因为母亲重获自由而欢天喜地。他陪着母亲在营地里开开心心地走着。只要他待在母亲的身边，唇唇只能跟他保持距离，不敢轻举妄动。白牙甚至对着他奓起毛来，绷紧了腿上的肌肉，而唇唇对他的挑衅故意装作没看见。他并不是个傻蛋，无论他想要实施怎样的报复，他可以一直等，直到他抓住白牙落单时为止。

那天晚些时候，克什和白牙转悠到了紧挨着营地的森林边缘。他一步步把母亲领到了那个地方，现在她停了下来，而他想把她引去更远的地方。溪流、狼窝，还有安静的森林都在召唤着他，他想要叫她回去。他朝前跑了几步，停下，然后回望着她。她没有动。他发出恳求的哀鸣，并在灌木丛中嬉戏般地进进出出。他跑回到她身边，舔舔她的脸，然后又继续朝前跑。但她依然没有动。他停下来望着她，眼神中的热切与期待一览无余，但当她转过头去盯着营地久久凝望时，他眼睛里的热切慢慢退了下去。

在外面的空地上有什么东西召唤着他，他母亲也听到了。但克什还听到了另一种更加响亮的召唤，那来自火和人类的召唤——在所有的动物中，这召唤只等待着狼来回答，只等待着狼和野狗，他们彼此是兄弟。

克什转过身，缓缓地朝着营地跑去。比树枝的约束更为强大的是营地在心理上对她的掌控。那些无形而又神秘的神依然用他们的力量紧紧抓着她，不让她离开。白牙在一棵山毛榉的树荫里坐下，轻柔地呜咽着。空气中有浓浓的松树味道和细微的属于森林的芬芳气息，它们提醒着他在这段受到束缚的日子前那自由自在的旧日生活。但他还只是一只没有完全长大的小狗，对他来说

比人类的召唤和荒野的召唤更强大的是来自母亲的召唤。在他迄今的短短一生中他一直都依赖着她。独立还是将来的事情。于是他站起身来，闷闷不乐地朝着营地走去，其间停下来一次，然后又是一次，坐到地上，倾听那依然在森林深处响着的呼唤。

在荒野中，母亲与孩子共处的时间是短暂的，但在人类统治的领土上，有时候这段时间还要短。发生在白牙身上的便是如此。灰狸欠着三鹰的人情，三鹰要踏上沿麦肯齐河而上直抵大奴湖的旅程了。这趟旅程他带了一块猩红色的布、一张熊皮、二十发子弹，还有克什，这是灰狸用来还人情的。白牙看到自己的母亲被带上了三鹰的独木舟，就想要跟着她。三鹰给了他重重一击，把他打得向后倒在了陆地上。独木舟离岸而去了。他跳进了水里，跟在独木舟后面游，对于灰狸叫他回去的呼喊置若罔闻。就算是人类，就算是神，白牙都全然不顾，因为他陷入了即将失去母亲的恐慌。

但神是习惯于被服从的，于是灰狸怒气冲冲地驾了一艘独木舟追了上来。等赶上白牙后，他把手探到水里，一把抓住他的后颈，把他从水里拎了出来。灰狸没有马上把他放到独木舟上，而是一只手将他悬空拎着，另一只手开始给了他好一顿揍。这可真是好一顿揍啊！他下手很重，每一下都巧妙地打得很痛，他一打就打了好多下。

那些雨点般落到他身上的拳头一会儿打在他这边，一会儿打在他那边，让白牙像一只不规则的钟摆般在那里前后摆荡。他心里涌起的情感一直都在变换着，刚开始的时候是吃惊，接着有过一阵短暂的恐惧，并随着手的击打而痛苦地叫了几声。但很快，愤怒就涌上了他的心头。他那自由的天性显露了出来，于是他亮出牙齿，毫不畏惧地当着怒气冲冲的神的面咆哮了起来。拳头来得更快、更重、更巧妙，打得更痛了。

灰狸继续不停地打，白牙继续不停地咆哮，但这样的情形是不可能一直持续下去的。总得有一方要放弃，而这一方就是白牙。恐惧重新向他袭来。这是他第一次真正落于人的掌控之中。他之前偶尔体验到的棍子或石头的打击和这顿打相比简直就成了爱抚。他软了下来，开始哭号起来。有一段时间他每挨一下打就哀号一声，但害怕渐渐变成了恐慌，直到最后他的哀号连成了一片，不再与他所受惩罚的节奏相关了。

终于，灰狸住了手。白牙耷拉着四肢，依旧在哭号。这似乎让主人感到了满意，这才把他扔在了船上。在此期间，独木舟已经顺着溪流漂了下去。灰狸拿起桨来，见白牙挡住了自己的路，便不客气地用脚把他踢到了一边。这时，白牙那自由的天性瞬间又回来了，他一口咬住了灰狸穿着鹿皮鞋的脚。

刚刚结束的那顿打跟他现在挨的这顿相比又不算什么了。灰狸发起怒来是很可怕的，白牙受到的惊吓也同样可怕。这回打他的不仅是手，就连木头船桨也用上了。等他再次被扔回到独木舟里的时候，小小的身体上已经满是伤痕了。灰狸再次踢了他一脚，不过这次是故意的。白牙没有再次对脚发起攻击。对于自己所受的束缚，他又学到了一个教训——无论是怎样的情况，永远也不要咬他的神，那是掌控着他一切的主人。主人的身体是神圣的，是不许像他这样的牙齿来玷污的。那无疑是罪过中的罪过，这种冒犯既不可饶恕，也难逃惩罚。

独木舟靠岸的时候，白牙一动不动地躺在那里呜咽着，等待着主人的意志。主人的意志是他应该上岸，因为他被扔到了岸上，身体侧面重重地落到地上，刺激了刚刚得来的伤口，痛得他直龇牙。他摇摇晃晃地起身，站在那里呜咽。唇唇站在岸上看到了刚才的整个经过，此时对着他冲了过去，将他撞翻在地，然后把牙齿咬进了他的身体。白牙虚弱无助，根本无力保护自己，眼看着就难过这一关了，这时灰狸的脚踢了过来，把唇唇踢到了空中，这一脚的力气之大使得他落下时已经是在十几尺开外了。这就是人类的公正。尽管白牙当时正处于可怜的境况，他还是感受到了一点儿带着感谢的激动。他一瘸一拐地乖乖跟在灰狸后面穿过村子走向帐篷。通过刚才的事情白牙知道了，惩罚的权力是神留给他们自己的，而低于他们的生物是不能获得的。

那天晚上，等到万籁俱寂之后，白牙想起了母亲，为她而感到悲伤。他悲伤得闹出了太大的响动，吵醒了灰狸，灰狸打了他。从那以后，在身边有神，他只在心中静静地悲伤。但有时候，他一个人漫步到了森林边缘，便肆意发泄心中的悲苦，用大声的呜咽与哀号把它们叫出来。

此时，白牙也许在倾听，想起了狼窝和溪流，跑回到了荒野之中，但对母亲的回忆制止了他。打猎的人们出去后会回来，所以她某一天肯定会回到村子里来。于是他逗留在这种受到束缚的状态中等着她。

但这种束缚状态也并非没有一点儿欢乐。有很多东西能引起他的兴趣，总有事情在发生。那些神所做的新奇的事情一直也没完，他总是很想看。而且，他也在学习和灰狸处好关系。服从，严格地、坚定不移地服从，那就是灰狸对他的要求。而他得到的回报是躲过了一顿顿打，他的存在也得到了宽容。

不仅如此，灰狸有时还会扔一片肉给他吃，并且在他吃肉的过程中帮他挡开其他的狗。这样的一片肉是别具价值的。从某种奇特的方面看来，它比从一个印第安女人那里得来的十几片肉还要有价值。灰狸从来不和他亲热，也不爱抚他。或许是因为他手上的分量，或许是因为他的公正，或许纯粹是因为他所拥有的权力，或许是因为所有这一切，总之它们对白牙造成了影响，因为有一种依附的关系正在他与自己坏脾气的主人之间悄然形成。

不知不觉间，束缚白牙的镣铐以细不可察的方式，就像以树枝、石头和拳头的方式一样，被焊到了他的身上。他的同类一开始得以走到人类的火堆近旁，是具备了一些品质的，这是一些能够得到发展的品质。这些品质正在他的身上发展着，而营地生活虽说的确充满着凄苦，却也一直不易察觉地在亲近着他，但白牙没有意识到。他只知道因为失去了克什而悲苦，期盼着她的归来，并且渴盼着那曾经属于他的自由生活。

第十一章　弃儿

唇唇继续着往日的行径，令白牙的日子黯淡，这使得白牙比按照天性有权达到的程度变得更加邪恶、更加残忍。野蛮本就是其性格的一部分，但这样形成的野蛮已经超出了他的性格。他在那些人类当中都得到了邪恶的名声。每当营地里有了麻烦，起了骚乱，有了打斗，起了争执，或是有哪个女人叫起来，说有肉被偷了，大家都会发现白牙参与其中，而且他常常还是罪魁祸首。他们懒得去探寻他所作所为的原因，他们只看见结果，而结果是坏的。他成了一个小偷、恶作剧的制造者、麻烦的挑起者。在他用警惕的目光注视着那些怒气冲冲的女人，随时准备逃避任何飞速朝他扔来的东西的时候，他听到那些女人当面告诉他，他是一头狼，没有任何价值，注定不会有好下场。

他发现自己成了人口密集的营地中的弃儿。所有的小狗都跟从唇唇的领导。白牙与他们之间有了不和。也许他们感受到了他来自荒野的血统，并且本能地对他产生了敌意，就像家养的狗对狼抱有敌意一样。反正不管什么原因吧，他们加入唇唇对他的欺凌之中。而且，一旦有了一次与他公然为敌，他们也便有了一直与他为敌的理由。时不时地，他们之中的每一个都尝到过他的利齿的滋味。对他来说值得夸耀的是，他造成的伤害比他得到的伤害要多。他们中的许多个他都能单挑，但人家不肯跟他单挑。每次只要有了单挑，便像是给整个营地里的狗发出了信号，大家全都跑过来对他发起群殴。

从这种群体的欺凌中他学到了两样重要的东西：一样是如何在一场针对自己的群殴中保护好自己；另一样是作为孤立的一条狗，如何能在最短的时间里给对手施加最大的打击。在一个仇视自己的群体中，站稳脚跟就意味着活命，这点他学得很好。在站稳脚跟的能力上，他变得像猫一样了。成年的大狗会利用他们沉重的身体把他朝着后面或侧面撞，他会朝着后面或侧面跌出去，飞到空中或在地面上滑行，但却总是能保持腿在身子下方，四脚向下落向大地母亲。

狗在打架的时候，在真正开打之前通常会有些预备动作——低吼，毛发竖起，绷紧腿部肌肉趾高气扬地走来走去。但白牙学会了省略这些预备动作，因为稍有拖延便意味着所有的小狗都会来加入战团。他必须尽快把要干的事干完然后脱身。所以他学会了不发出警告，不让人知道他的意图。他直接冲过去，马上就展开撕咬，没有警告，不等对手做好应战的准备。这样，他就学会了如何尽快造成重大的伤害。他还知道了出其不意的价值。一条狗，若是趁其不备，还不知道发生了什么状况就撕开了他的肩膀，扯烂了他的耳朵，这条狗就已然丧失了一半战斗力了。

还有，如果出其不意地向一条狗发起进攻的话，要把他撂倒会变得出奇地容易。他要是被撂倒了的话，肯定会有那么一会儿露出柔软的脖子下侧——对这个命门发起攻击的话能要了他的命。白牙知道这个命门，这是由狩猎的狼族直接一代代传到他这里的知识。因此，在白牙发起进攻的时候，他采取的是这样一种方法：首先，找到一条落单的小狗；然后，出其不意地向他发起进攻，把他撂倒；第三步就是把自己的牙齿插入小狗那柔软的喉咙中。

由于还没有完全长成，他的双颚还不够大、不够强，不足以让他这套喉咙攻击法成为致命的杀招，但营地里跑来跑去的许多喉咙被撕开过的小狗都昭示了白牙的企图。接下来有一天，他在森林边缘逮住了一个落单的敌人，通过不断把他撂倒并攻击喉咙，他终于咬断了这条狗的大血管，要了他的命。此事在当天晚上引发了一场大争吵。有人看到了事情的经过，消息传到了死狗的主人那里，那些印第安女人也回忆起了一次次肉被偷的事件，灰狸被许多愤怒的声音给包围了。但他坚决地守着自家帐篷的门，此次事件的罪犯就被他安置在帐篷里。部落里的人群情汹汹，嚷嚷着要报复，但灰狸坚决不允许他们这样做。

白牙自此成了人狗共愤的对象。在他成长的这一时期，他从来不知道有哪一刻是安全的。每条狗的牙齿都想咬他，每个人的手都想打他。他的同类对着他怒吼，他的神们则骂他，朝他扔石头。他活得惶惶不可终日，总是提心吊胆，既要随时准备攻击，也要随时防备着攻击，还要有一只眼睛盯着会突然朝他扔来的东西，准备好采取迅猛却又冷静的行动，跃过去用牙齿发动倏然一击，或是跃开去发出一声威胁的低吼。

说到吼叫，白牙能吼得比营地中的任何一条狗，无论老狗小狗，都可怕。吼叫的意图在于警告或威吓，要知道什么时候该发出吼叫是需要判断的。白牙知道该怎么吼，该在何时吼。在自己的吼声中他混入了所有的邪恶、怨毒与恐怖。他叫的时候鼻孔持续地张翕，毛发竖起后来回飘动，舌头如红蛇般猛然伸出又猛然缩回，耳朵耷拉下来，眼睛中放出仇恨的光芒，嘴唇向后皱起，牙齿露在外面，口水滴答落下，几乎能把任何一位攻击者都给吼得愣上一愣。这短暂的一个停顿会令对手失去防备，给他至关重要的一刻来思考并决定自己的行动。但往往这样造成的停顿还会延长，直至他完全摆脱对方的攻击。白牙曾在不止一条成年狗的面前使过这招，他的吼叫为他换来了体面的撤退。

作为从半大狗群体中被放逐出来的一条，他那血腥的手段和惊人的能力使得这个群体为对他的欺凌付出了代价。他固然不被允许与这个群体往来，但这也相应形成了一种奇怪的状态，即该群体没有一个成员能跑到群体之外去，因为这是白牙所不允许的。

在他丛林伏击战术的打击之下，那些小一点儿的狗都害怕只身行路了。除了唇唇之外，他们全都被迫凑到一起相互保护，以抵御这个他们自己造就的可怕敌人。在河岸边落了单的小狗要么变成了小死狗，要么在遭到那个狼崽子的伏击后仓皇逃回，发出充满痛苦与恐怖的惨叫，把整个营地都给惊动了。

但白牙的报复并没有停止，即便那些小狗已经彻底学会了必须待在一起的道理。他趁他们落单的时候向他们发起进攻，而他们则在聚到一起之后向他发起进攻。只要见到他的影子，便足以刺激他们冲过去追赶，每逢这些时候他的迅捷总能使他化险为夷。但那些在追击中跑得比同伴快的狗可就惨了！白牙已经学会突然掉过头来，对跑在头里的追击者好一番撕咬，然后赶在追击的大部队赶到前全身而退。这样的情况发生得极为频繁，因为只要大家都吠叫起来，那些狗就会在追击造成的兴奋中忘乎所以，而白牙则从来也不会失去理智。他在跑的时候会偷偷朝后瞥上几眼，随时准备转过身来，扑倒那个领先于同伴的过分热心的追击者。

小狗注定是爱玩的，即便在紧张的形势中，他们也还是从这种模拟战争中尝到了玩耍的乐趣，因此追击白牙成了他们最主要的游戏——一种非常严肃的游戏，而且有时是一种致命的游戏。而在白牙这方面，由于他是跑得最快的，所以他去到哪里都不害怕。在他徒劳地等待母亲归来的这段时间里，他曾多次带着这群小狗到毗邻营地的森林中展开追逐。但是每一次小狗群都把他给追丢。狗群发出的吵闹与叫喊会提醒白牙狗群来了，而他是独自跑的，脚底下像垫了丝绒一般悄无声息，像穿行在森林间的一道影子，这种步态是从父亲和母亲身上学来的。而且，和那群小狗相比，他跟荒野有着更加直接的关联。他知道更多荒野的秘密和诡计。他最喜欢的一招是在流水中隐去自己的踪迹，然后静悄悄地躺在附近的一丛灌木中，听着他们在他身边发出迷惑不解的吠叫。

由于受到同类与人类的仇恨，又不愿屈服，整日受到攻击，而他自己也一直在挑起战争，所以他的成长是迅速的也是片面的。这片土壤绝不适合善良与情感在其中开花结果。因此这些东西在他身上哪怕连最微弱的闪光都见不到。他学到的法则是服从强者，压迫弱者。灰狸是个神，他是强大的，因此白牙服从他。但比他年纪小或个头小的狗是弱小的，因此他们成了可以欺负的东西。他成长的朝向是力量。为了能够直面时时存在的伤害甚至是遭毁灭的危险，他的捕食和自卫能力得到了过度的发展。与其他狗相比，他的动作更敏捷，脚力更快，更狡猾，更致命，更轻盈，筋骨与肌肉更强健，更懂得忍耐，更残忍，更凶猛，也更加富有智慧。他必须拥有这一切，不然他就赶不上别的狗，也将因此无法在他所置身的这个充满敌意的环境中存活。

第十二章　神的踪迹

到了这一年的秋天，白天开始变得越来越短，空气中渐渐有了凛冽的寒意。这时，白牙得到了自由的机会。有好几天，村子里一直陷于一场大骚动之中。夏日的营地已经拆了，整个部落，大包小包的行李，都准备要出发前往秋日的狩猎地。白牙兴奋地看着这一切，待到帐篷开始放倒，独木舟在岸边开始装东西，他明白了。有些独木舟已经离岸而去，有些人已经消失在了河的远处。

他经过深思熟虑后决定留下来。他瞅准了机会从营地偷偷溜了出去，溜进了森林。奔流的溪水中已经有了刚刚开始形成的冰，他在这里掩藏了踪迹。他爬进了一丛浓密灌木的中间，开始等待。时间流逝，他在其间断断续续地睡了几个小时，然后被灰狸叫他名字的声音给惊醒了。除了他之外，还有别人的声音。白牙听出来灰狸的妻子也参加了寻找，还有灰狸的儿子米沙。

白牙怕得浑身直发抖，尽管他有冲动想要从藏身的地方爬出去，但他拼命抵抗着这种冲动。过了一会儿，声音渐行渐远了，又过了一会儿他才爬了出来，享受计划成功的喜悦。夜色越来越深，他在森林里四处玩了一会儿，感受着自由带给他的喜悦。接着，相当突然地，他意识到了孤独的滋味。他坐下来思考，倾听着森林的寂静，被这寂静弄得心烦意乱。没有任何东西在动或发出声音来，令周围看起来阴森森的。他感到有危险潜伏在周围，既看不见也猜不到。他怀疑树木那若隐若现的巨大轮廓和黑暗的影子里也许藏着各种各样危险的东西。

接下来是冷。这里没有帐篷里比较温暖的一侧可供依靠。他的脚上有了霜，他先是抬起一只前脚，接着又换另一只。他把自己毛茸茸的尾巴弯过来盖住脚，这时他看见了一个幻影。这其实并没有什么好奇怪的，因为在他的脑海里印满了一连串回忆的画面。他又见到了营地、帐篷和熊熊的火堆。他听到了女人们那尖细的高音，男人们那粗哑的低音和群狗的吠叫。他饿了，这令他想起曾经朝他扔来的一片片肉和鱼。此时此刻没有肉，只有一片险恶的、根本不能吃的寂静。

受约束的生活令他失去了些许坚强，不用承担责任令他变得意志薄弱，他已经忘记了怎样为自己谋生了。黑夜在他周围打着哈欠。他那习惯了营地的各种喧闹，视觉和嗅觉持续不断地受到冲击，现在没有用武之地了。没有任何事情好做，也没有任何东西好看或好听。他紧张地试图捕捉某种打断大自然的寂静与静止的东西。周遭这种没有任何活动的状态以及有什么可怕的事情即将发生的感觉令他感到惊恐。

忽然，他吓了一大跳，一个巨大的、形体不明的东西正从他的视野中飞快地掠过。那是一棵树在月光中投下的影子，因为遮挡月亮的云被风吹走了而造成的景象。惊魂稍定后，他轻轻地呜咽了起来。接着他又把呜咽给忍住了，因为怕引起那些潜伏着的危险的注意。

一棵树因为在夜晚的凉气中收缩，发出了一记很大的声响。声音正响在他的头顶。他吓得发出一声尖叫。一阵恐慌攫住了他，他发了疯一样地朝着村子里跑去。此刻他有一种压倒性的欲望，想要得到人类的保护与陪伴。他的鼻孔闻到了营地炊烟的味道，他的耳朵里大声回荡着营地的各种响动与叫喊。他跑出了树林，跑进月光照耀下的空地，那里没有影子也没有黑暗。但是没有村庄出现在他眼前。他忘了，村庄已经迁走了。

他从狂奔中一下子停了下来，现在没有地方好逃往了。他孤苦伶仃地偷偷溜过废弃的营地，嗅闻着垃圾堆和神们丢弃的各种小零碎。此时，如果能有一个愤怒的印第安女人朝他扔来石头，如果能有灰狸的手怒冲冲地打在他的身上，他会感到何等高兴啊！甚至要是唇唇和那一整帮吠叫着的懦弱的小狗们出现在面前，他都会开开心心地表示欢迎。

他来到了灰狸的帐篷曾经矗立的地方，在它曾占据的那片地方的中央坐了下来。他仰头朝着月亮，喉咙里感受到了僵硬的抽搐。他张开嘴巴，在一声撕心裂肺的叫喊中满腔的孤独和恐惧喷涌而出，那里面有他思念克什的哀伤，有他往日全部的凄苦和对即将到来的苦难与危险的担忧。这是长长的狼嗥，嘹亮而又悲伤，是他发出过的第一声嗥叫。

随着白天的到来，他的恐惧被驱散了，但孤独却增加了。不久前还那么人丁兴旺的大地现在变得赤裸裸空荡荡，顿时把孤独的感觉狠狠地塞进了他心里。他没过多久便下定了决心，重新钻进了树林，沿着溪水的堤岸一路向下走去。他一整天都在奔跑，没有停下来休息，似乎要永远跑下去一样。他那钢铁般的身体根本没把疲倦当回事。即便在疲倦来临后，他那善于忍耐的遗传支撑着他，给了他无穷的坚韧，使他能够驱动着发出抱怨的身体继续跑下去。

在河水紧贴着陡峭悬崖的地方，他攀登到后面的高山上去；在河水或溪流汇入主河道的地方，他涉水而过或索性游泳。他喜欢走在河岸边缘正在形成的冰上,结果不止一次从上面掉了下去，在冰冷的水流中挣扎求生。一路上他一直都在瞭望，寻找他的神们有可能会离开河流进入内陆的踪迹。

白牙的智慧在其同类的平均水准之上，然而他心智的视野还没有开阔到令他将麦肯齐河的另一边河岸也考虑到。要是神们的踪迹出现在了对岸怎么办？这一点从来也没有进入过他的脑子。将来，等他经过了更多的旅行，随着年龄的增加变得更有智慧，对踪迹与河流了解得更多的时候，他或许能够想到并担心这样的可能性。不过那种程度的脑力还是将来的事情。现在他只是盲目地跑着，只有他自己所在的这边麦肯齐河岸在他的算计之中。

一整晚他都在跑，在黑暗中踉跄而行，有意外，有障碍，耽搁了行程，却没有能令他感到胆怯。等到了第二天中午的时候，他已经一口气跑了三十个小时，他那钢铁般的肉体也开始撑不住了。现在纯是他意志的忍耐力在撑着他继续奔跑。时不时地将他浸泡其中的冰水也同样开始在他身上起了效果，他那漂亮的毛皮变得又脏又湿。他那宽阔的脚掌擦伤了，流着血。他开始一瘸一拐，并且随着时间的推移，瘸得越来越厉害。让这一切变得更糟糕的是，天空晦暗无比，开始下起雪来——下那种生的、水分偏多的、本就在融化中的、很有黏附力的雪。雪令他的脚下变得湿滑，令他看不清他正穿越其间的景物，还盖住了地上所有的坑坑洼洼，令他脚下的路变得益发艰难与坎坷了。

灰狸那天晚上本来准备在远的那边岸上宿营的，因为那里正是狩猎之行要去的方向。但在近的这边岸上，夜幕降临后不久，一只驼鹿跑来喝水，被克鲁库奇，也就是灰狸的妻子给看到了。于是，要是没有这只驼鹿跑来喝水，要是米沙没有因为下雪而偏离了航向，要是克鲁库奇没有看到这只驼鹿，要是灰狸没有开了一枪幸运地打死了这只驼鹿，那么所有后来的事情就会完全不一样。如果不是这样，灰狸就不会把营扎在麦肯齐河这边的岸上，白牙就会和他错过并继续走下去，然后要么死去，要么踏上他野生兄弟们的道路，成为他们之中的一个——一头狼，直到他生命的尽头。

夜色已浓，雪花飞得更密了。白牙一边独自呜咽着，一边跟跟跄跄、一瘸一拐地前行着。这时，他看到了雪上一道新鲜的足迹，因为非常新鲜，所以他一眼就看出来这是谁留下的。他急切地悲嗥着，从河岸一路追踪，跟着足迹进了树林。营地的声音进入了他的耳中。他看见了火的光辉，克鲁库奇正在做饭，灰狸正蹲在地上嚼着一大块生的牛油。营地里有鲜肉！

白牙做好了挨一顿打的准备。一想到这里，他不禁趴下了身子，毛发略微竖起了一点儿。然后他还是继续向前了。他固然害怕也不喜欢等着他的那顿打，但他更知道，那火带来的舒适将是他的，还有神们的保护，还有那些狗的陪伴——这最后一样是一种带着敌意的伙伴关系，但依然是一种伙伴关系，能满足他群居的需求。

他卑躬屈膝地爬进了火光里。灰狸看到了他，停下了口中的咀嚼。白牙慢慢地爬着，一副卑微与谦恭的可怜样儿。他直直地朝着灰狸爬去，每一英寸都越爬越慢，越爬越痛苦。最终他躺倒在了主人的脚下，把自己的全副身心心甘情愿地呈奉到了主人的手中。完全出自自己的选择，他跑来坐到了主人的火堆边，并接受他的主宰。白牙颤抖着，等待着惩罚落到他身上。他上方的手有了动作。他不知不觉地在期待中的打击之下畏缩起身子。手没有落下。他偷偷往上瞥了一眼。灰狸正在把那坨牛油分成两半，并分给了他一块。他带着怀疑先是轻轻地闻了闻那块牛油，然后才开始吃了起来。灰狸叫人拿肉来给他吃，还在他吃的时候替他挡着别的狗。吃完以后，白牙心怀感激且心满意足地躺在灰狸的脚边，凝望着给他带来温暖的火，眨巴着眼睛昏昏欲睡。现在他很安心，知道明天的自己肯定不会孤苦伶仃地游荡在荒凉的森林里，而是置身在人类的营地中，和他的神们待在一起，他已经把自己献给了他的神，现在他完全依靠着他们了。

第十三章　契约

到了十二月过去大半的时候，灰狸开始了往麦肯齐河上游的旅程，米沙和克鲁库奇与他同行。灰狸驾一辆雪橇，拉雪橇的狗有的是拿东西换来的，有的是借来的。另一辆小雪橇则由米沙来驾驶，上面套的是一队小狗，看着简直就像一个玩具，但米沙十分开心，感觉自己开始干起大人的活儿来了。同时他也在学习如何驾驭狗和训练狗，而小狗们也开始受调教，学着接受挽具。另外，这辆雪橇不纯是摆设，上面载了近两百磅的装备和食物。

白牙见过营地里的狗戴着挽具干活的样子，所以头一次套上挽具的时候并没有十分反感。他的脖子上被套了一个干苔藓做芯的颈圈，两边各一根挽绳，把颈圈和一根绕过前胸及后背的皮带连接起来。一根长绳子牢牢地把这根皮带和雪橇系紧，他就通过这根皮带来拉动雪橇。

这一队狗总共七只，别的小狗都在同年的更早些时候出生，现在已经有九个或者十个月大，而白牙只有八个月。每条狗都用一根长绳拴在雪橇上，绳子长度各不相同，两根绳子之间的长度差至少有一个狗身。绳子的另一头都归拢到一处，拴在雪橇前端的圆环上。这是一种桦树皮做的平底雪橇，没有装滑板，前端向上翘起，免得滑行的时候渐渐陷到雪里。由于雪地是一层非常软的冰晶粉末，雪橇的结构使得它本身以及货物的重量能最大限度地分摊到雪地表面。遵循同样的把重量尽可能宽地分布的原理，拉雪橇的狗以雪橇头部的鼻环为圆心呈扇形分布开来，后面的狗不会踩在其他狗的足迹上。

此外，扇形队列还有一个好处，由于绳子长度不一，后面的狗就无法攻击前面的狗。如果哪条狗想要攻击另一条狗，他只能转身去攻击绳子更短的狗，而这样他不仅得和对手面对面，驾雪橇人的鞭子也要对着他打下来了。这种队形最特别的好处在于，哪条狗想要对前面的狗发动进攻，他必然会把雪橇拉得更快，受攻击的那条狗逃得更快，而雪橇也能跑得更快了。人就是靠这种狡猾的貌似随意之举加强了对这群动物的掌控。

米沙随他父亲，父亲的足智多谋他学到了大半。他曾见到唇唇欺负白牙，但那时唇唇是别人的狗，米沙最多也只敢偷偷找机会拿石头打他。现在唇唇是他的狗了，于是他便开始实施报复，把唇唇拴到最长的绳子上。这样一来唇唇便成了领头狗，这乍一看起来是个荣耀，但实际上却是把他的荣耀全都夺走了，让昔日的霸王和首领变成了狗群仇视与围攻的对象。

因为他拉的是最长的一根绳子，所以群狗看到的一直都像是他在前面落荒而逃的样子。他们能看见的只有他毛茸茸的尾巴和逃跑般撩动的后腿——这幅景象比起他奓起鬃毛、露出獠牙的狠样可是天差地别。再加上狗天生的思维方式，一看见他跑，就拼命想去追，以为他是怕了他们，想要逃跑。

雪橇一上路，狗队就对着唇唇穷追不舍，一追就是一整天。一开始唇唇常常转过身来怒对他的追击者，费尽心机地捍卫自己的尊严，但只要他转过身来，米沙手里那根三十英尺长，用驯鹿肠线编成的鞭子就劈面抽来，迫得他只好回转头去继续往前跑。唇唇或许可以面对这队狗，但他不敢面对鞭子，所以他只能快跑，把绳子绷得紧紧的，不让自己的两肋被同伴们的利齿咬到。

印第安人的脑子里还藏了更狡猾的一招。为了给狗们加深印象，对领头狗要无休止地追赶，米沙对唇唇格外优待，这下子便激起了狗们的嫉恨。米沙会当着他们的面给唇唇吃肉，而且只给他一个。狗们被激怒了，唇唇在米沙的保护下大口吃肉，他们就在鞭子打不到的地方狂吠着绕来绕去。即使没肉给的时候，米沙也会把狗群赶走，让他们以为他又在给唇唇喂肉了。

白牙平心静气地干着活儿。比起其他狗来，他走过了一段更长的路才最终归顺于神的统治下，因此他体会得更彻底，违背他们的意志是无用的。此外，他在狗群那儿受够了欺负，这让他在安排自己的生活时把狗群看得很轻，而把人类看得很重。他从没学过要从同类身上得到情谊。而且到了这会儿，克什已经被他忘得差不多了，所以对他来说表达情感的主要途径就是向被他认定为神的主人效忠。于是他工作卖力，遵守纪律，服从指挥，干起活儿来忠心耿耿，心甘情愿。这都是驯化后的狼和野狗的基本品质，而白牙不仅具备这些特点，更达到了超常的水平。

白牙和其他狗之间的确有伙伴关系，但这是一种相互敌对与抗争的伙伴关系。他从没学过和其他的狗一起玩耍，他只知道怎么跟他们打，而他也的确跟他们打了，把以前唇唇还是他们头领时狗群给他的撕咬百倍地还给了他们。但现在唇唇不是头领了——只有在他套着最长的绳子，拉着雪橇在同伴们前面奔跑的时候除外。在营地里，唇唇只能紧紧地跟着米沙、灰狸或者克鲁库奇，不敢离开这些神半步，因为现在所有狗的利齿都是针对他的，让他原封不动地尝到了白牙曾受过的欺凌。

唇唇倒台后，白牙本来可以成为狗群头领的，但他脾气乖张，太过孤僻，当不了头儿。他只会跟同伴打架，否则就对他们不理不睬。他走过来时，大家都给他让路，即使是胆子最大的狗也不敢去抢他的肉。相反，他们吃起自己那份肉来吃得心急，生怕会被他抢去。白牙深谙法则：对弱者要欺负，对强者要服从。他自己的肉必然是飞快地吃完，然后那些来不及吃完的狗可就要倒霉了！只要他一声低吼，亮出利齿，那狗就只能把肉拱手相让，让白牙替他吃完。那狗只能躲在一边对着天上的星星哭诉心中的愤慨，奈何星星也帮不上忙。

但是每隔一段时间，就会有狗忽然奋起反抗，但总是立刻就被镇压下去。这样白牙也就得到了持续的格斗训练。他很看重自己在狗群中不受打扰的特权，常常用战斗的方式来进行巩固。但这类战斗通常都很短暂，他的速度比其他狗快很多，对方往往还没明白过来就已经皮开肉绽，鲜血直流，还没动手就败下阵来。

正如神的雪橇纪律不可违抗一样，白牙在狗群中也施行严明的纪律，丝毫不容松懈。他强迫他们时时刻刻对他表现出尊重。他们相互之间可以爱怎么着就怎么着，那他管不着。他在意的是他们别去打扰他，要是他决定从他们中间走过，他们就得让路，而且任何时候都必须承认他对他们的统治权。谁要是有一点点把腿绷紧，抬唇露齿或是竖起毛发的迹象，他就会扑上去，毫不留情地狠狠教训他们一顿，当场就让他们明白自己犯了错。

他是一个可怕的暴君，他的统治如钢铁般强硬，他变本加厉地打压那些弱者。当他还是一只小崽子时就饱尝了求生路上的残酷，那时他和母亲孤苦伶仃，无依无靠地在荒野恶劣的环境中生存下来，这样的苦可不是白吃的。在有更强大的力量从他旁边走过时，他学会了轻手轻脚地走，这道理也不是白学的。他虽然压迫弱者，可也尊重强者。而且在他跟随灰狸的这长长一路上，每次在陌生的人类营地里遇到成年狗时，他的确也都是轻轻地从他们中间走过的。

几个月的时间过去了，灰狸的旅程仍在继续。白牙一路辛劳地拉着雪橇，锻炼了体力，心智似乎也接近成熟了。对于自己生活的这个世界，他已经有了相当透彻的理解。对于未来他不抱多少希望，看法非常实际。他眼中的世界凶暴且残酷，这个世界没有温暖，在这个世界里爱抚、亲情和心灵的愉悦都不存在。

白牙对灰狸并没有感情。诚然，灰狸是一个神，但他是一个非常凶残的神。白牙乐于承认他的统治权，但这种统治权的基础是优越的智慧和野蛮的力量。白牙的本性中有某种特质，使他渴求追随一位主人，不然他也不会从荒野跑回来向他效忠。他天性深处还有一些情感从没被触动过。如果灰狸能说几句亲切的话，伸手爱抚一下，也许就能触动这深层的情感。但灰狸是不会爱抚也不会亲切地说话的，这不是他做事的方式。他首先想到的是凶残，他也正是用凶残来统治的，用大棒主持公道，用痛击惩罚违犯；而奖赏功劳时不是做出亲切的举动，只是暂时不打。

所以白牙根本无从得知人的手会给他带来什么，而且他也不喜欢人类的手，他对它们心存疑虑。没错，这些手有时会给他肉吃，但带给他更多的却是伤害。人类的手是应该远离的东西。这些手会扔石头，举棍棒，挥鞭子，能掌掴和拳击，而且在人手触摸到他的时候，还能很狡猾地以掐、捏、拧的方法来伤害他。在陌生的村子里他见识过小孩的手，知道他们下手都很残忍。一次他差点被一个蹒跚学步的印第安小孩把一只眼睛给挖出来。从这些经历里，他学会了要对所有小孩都保持戒心。他受不了小孩。

只要小孩伸着不怀好意的双手一走近，他便站起身来。

在对人类之手的恶性满怀怨恨期间，他在大奴湖附近的一个村庄里对从灰狸那儿学来的法则——咬其他的神是一项不可饶恕的罪行——进行了修订。在这个村子里，白牙按所有村子里的狗都通行的做法，四处翻找食物。一个男孩在用斧头砍冰冻的驼鹿肉，肉末飞落到雪地上。潜行觅食的白牙停了下来，去吃那些肉末。他觉察到那个男孩放下斧头，拿起了一根粗木棒，便赶紧飞身跳开，正好躲过了朝他砸来的一击。男孩跑来追他，他不熟悉这个村子，恰好逃到两顶帐篷中间，再往前是一道高高的土堰，截断了他的去路。

白牙无处可逃了，唯一的出路就在两顶帐篷之间，而那个男孩正守在那里。男孩举起木棒，一步步朝这个被围困的猎物逼近。白牙怒不可遏，对着男孩竖起鬃毛，厉声咆哮，他的正义感遭到了践踏。觅食的法则他是懂的，所有丢弃不用的肉，比如冻肉碎屑，哪条狗捡到了就归他。他并没有做错什么，也没有触犯任何法则，但这个男孩却准备要揍他一顿。白牙不知道这件事是怎么发生的，他一怒之下便做了。他做得极快，那个男孩也没反应过来是怎么回事。男孩只知道自己莫名其妙地就被撞翻在地，握着木棒的那只手被白牙的利齿咬开了一道大口子。

白牙明白自己触犯了神的法则。他将牙齿咬进了其中一个神的高贵的肉体之中，他能想见的只能是可怕的惩罚了。他逃回灰狸身边。当被咬的男孩和家人找上门来报仇的时候，他蹲伏在主人两腿后面，得到了庇护。那些人走了，没有报成仇。灰狸为白牙辩护，米沙和克鲁库奇也站在他一边。白牙听着人类之间的唇枪舌剑，看着那些愤怒的手势，知道了他的行为是合法的。这样他就发现神和神之间是不一样的。有些是他的神，有些是其他的神，两者之间是有区别的。自己的神公正与否都一样，不管怎样对他，他都得全盘接受；但其他神的不公正他是没有义务去承受的，他有权用牙齿去反抗。而且这也是属于神的一条法则。

这天还没过完，白牙对这条法则的认识便又加深了一层。米沙一个人在森林里拾柴时，和那个被咬的男孩不期而遇，有其他几个男孩和他在一起。两边先是对骂，然后男孩们一起攻击米沙，拳头从四面八方像雨点一样落到米沙身上。白牙一开始只是观望，这是神与神之间的事情，和他没有关系。接着他意识到，挨打的是米沙，是他自己的神之一。他没多想就采取了行动。他凭着一股怒火跳入打斗者中。五分钟后只见被打败的男孩四处鼠窜，好几个还在雪地上留下了一滴滴鲜血，表明白牙的利齿可不是装样子的。米沙回到营地后讲述了事情的经过，灰狸便吩咐给白牙拿肉吃。白牙狼吞虎咽美餐一顿后就在篝火旁睡着了，他心里知道自己总结的法则得到了验证。

白牙正是从这样的经历中逐渐懂得了财产的法则和保护财产的职责。从保护他的神的身体到保护神的财产是两个阶段，他完成了两个阶段间的跨越。凡是属于他的神的都要保护好，不能被任何人掠去——为此咬了其他的神也是可以的。这样的护主行为从根本上必然冒犯其他神，还会带来性命之虞。神都十分强大，一条狗根本不是他们的对手。但白牙学会了和他们对抗，他凶猛好战，无所畏惧。责任感盖过了他的恐惧，那些偷盗的神也就学会了不去打灰狸财产的主意。

白牙很快从这类事中发觉偷盗的神大多胆小怕事，通常是听着不对劲就逃了。而且他还发现，只要他一出声示警，片刻后灰狸就会赶来助阵。他逐渐意识到小偷之所以逃跑，怕的不是他，而是灰狸。有贼来犯时白牙并不用吠叫来示警，他从不汪汪叫，而是二话不说扑将上去，能咬就咬。他性格乖张孤僻，从不和其他狗打交道，所以尤其适合守护主人的财产。灰狸更是鼓励他的这种特性，并加以训练，其结果之一就是白牙变得愈发凶猛好斗，也更加孤僻了。

随着时间月复一月地过去，狗和人之间的契约变得更加牢固。这是第一条来自荒野的狼与人类签订的古老契约。与随后世世代代的狼和野狗所做的一样，白牙自己弄懂了这契约的内容。条款非常简单。他用自己的自由换来了一个有血有肉的神。食物和篝火，庇护和陪伴，都是神给他的。作为回报，他保护神的身体，守护神的财产，为神干活，听从神的指令。

拥有了神，就意味着要为神做出奉献。白牙的奉献是出于责任感和敬畏感，而不是出于爱。他不知道爱是什么，也从来没有被爱过。克什已经变成了遥远的记忆。另外，当他把自己交给人类时，他不仅已将荒野和狼族同类抛弃，而且按照契约的规定，即使他再次见到克什，也不能为了她而离开他的神。对人类的忠诚似乎是他存在的法则，这条法则大过了他对自由、同类和亲人的爱。

第十四章　饥荒

灰狸结束这趟长途旅程时，春天也即将到来了。时间来到了四月，当白牙把雪橇拉回老家的营地，米沙给他把挽具卸下时，白牙就已经一岁了。虽然到完全长成还有很长的时间，但白牙就已经是除唇唇之外最高大的满周岁小狗了。他从狼父亲和克什那里继承了体格和力量，很快就和成年狗一般大小了。但他长得还不够壮实，他身体单薄，四肢修长，肌肉结实，但块头不大。他的皮毛是真正的狼灰色，外表怎么看都是一头地道的狼。从克什那儿遗传的那四分之一狗的血统尽管在他的心智上起着作用，但在生理上已无迹可寻。

他在村子中闲逛，认出了许多这次长途旅行之前就认识的神，心里暗暗感到满意。接下来还有狗，有和他一样还在成长的小狗，也有成年狗，只是他们现在看起来不是记忆中那么高大可畏的样子了。白牙在他们面前也不像从前那么胆怯，反而能带着一分满不在乎的神情在狗群中踱步，对这样的改变他感到既新鲜又得意。

还有巴斯克，一条灰色老狗，年轻时总对白牙露出尖牙，把他吓得立刻服软，缩着身子掉头就跑。过去白牙在强大的巴斯克身上看到了自己的渺小，如今还是从巴斯克身上，他看到了自己身上发生的变化。巴斯克逐日年老力衰，年轻的白牙却日渐强壮。

到了一次分食刚杀死的驼鹿的时候，白牙发现在这个狗的世界里，他和其他狗的关系已经发生了变化。他抢到了一个蹄子和一块胫骨，上面还带了一大块肉，便立刻从眼下这片你争我抢的混乱里抽身退出，躲到一片大家看不到的灌木丛后面，开始享用起战利品来。正在这时，巴斯克朝他冲了过来。白牙没来得及想就对着入侵者咬了两口，随即闪到一边。对手的蛮勇与迅捷把巴斯克吓了一跳，他站在那里傻傻地盯着白牙，那块新鲜带血的胫骨就横在两者之间。

巴斯克老了，也早就明白自己惯常欺负的那些狗正在一天天勇猛起来。这些领悟虽然苦涩，但他也只得承受，想办法运用起全部智慧来对付他们。如果是在以前，他就理直气壮地满含愤怒扑向白牙，但现在的他已是心有余而力不足了。他恶狠狠地竖起背上的毛，对骨头那边的白牙摆出一副凶相。白牙旧日里对巴斯克的敬畏这时被唤起了大半，仿佛一下蔫儿了，变得畏缩不前，身子也矮了半截，脑子里只想着怎么才能体面地撤退。

这时巴斯克却犯了一个错误。如果他光做做狠样子，抖抖威风，然后见好就收，一切都会很顺利。那边已经准备要退却的白牙就会退却，把肉让给他。但巴斯克却等不及了，他以为胜利已经属于自己，径直朝着肉走过去。在他贸然低头去闻的时候，白牙微微地把毛竖了起来。即使在这个时候巴斯克要想摆脱困境也不是太迟。如果他只是守住那块肉，昂起头来对白牙怒目而视，白牙最终也会扭头逃走。但巴斯克抗拒不了鲜肉的浓香，在贪欲的冲动下，他咬了一口。

这下白牙终于被惹恼了。刚刚过去的几个月里，他在狗群中统治着自己的同伴，而现在居然要他站在一边，干看着别的狗把属于自己的肉吞下肚，这实在是他绝对无法忍受的。就和平时一样，白牙没发出任何警告就发动进攻，头一下就把巴斯克的右耳扯成了碎条。巴斯克被这突如其来的袭击吓住了，但这还没完，后面还有同样突然的攻击，且更加猛烈——他被撞翻在地，他的喉咙被咬了。他挣扎着想站起来的时候，这条年轻的狗已经两次把牙齿深深地嵌入他的肩膀。对方身手之敏捷，令他手足无措。他胡乱地朝白牙扑了一下，愤怒地张开大嘴，却只咬了一口空气。紧接着他的鼻子又被咬破了，只能跌跌撞撞地从肉骨头边退开。

局势已经反转。白牙守在那块胫骨边，毛发耸起，发出威胁。巴斯克让到一边，准备要撤退。他不敢冒险与这道年轻的闪电一战。他又一次体会到自己的年老体衰，但这次体会来得更加苦涩。他试图保全脸面，倒是做得颇具英雄气概。只见他冷静地转过身去，仿佛那条年轻的狗和地上的胫骨都微不足道，不值一提，然后坦荡荡地大步走开了。直走到看不见的地方，他才停下来舔一舔自己流血的伤口。

对于白牙来说，这件事极大地增强了他的自信心，自尊心也又上了一个等级。遇到成年狗时，他的步子没过去那么轻了，遇事也不那么忍气吞声了。这倒不是说他会故意跑去找别人麻烦，绝对不是。但他走路的时候，他开始要求别人注意了。他坚持自己享有走路时不受干扰的权利，也不给其他狗让路。他必须受到重视，就这么简单。他不能再既没地位，也不受重视，像他那群一起拉雪橇的小队友们。成年狗过来他们就得让路，还得被迫把肉让给他们。但白牙不与任何狗交际，独来独往，孤僻乖张，走起路来目不斜视，可敬可畏，不苟言笑，冷酷无情，和周遭格格不入，大狗们谁也看不透他，却也接受了他，将他看作平等的一员。他们很快就明白要离他远一点，不可贸然前去冒犯，也不能主动示好。只要他们不去惹他，他也不会来惹他们——几次交手下来，他们发现这种状态是最合适不过的。

仲夏时节，白牙又经历了一件事情。他和猎人们出去打驼鹿的时候，村子边上立起来一顶新帐篷，他和平时一样悄无声息地跑去探个究竟，不想竟迎面碰到了克什。他停下来看着她。他对她的记忆已经很模糊，但他毕竟记得她，她却连记都不记得他了。克什那副翻起嘴唇、低吼着发出威胁的样子还和以前一样，现在他清楚地记起来了。他已被遗忘的童年，以及所有和那低吼声有关联的记忆一下子都涌上了心头。在认识神之前，她就是他宇宙的中心。昔日岁月里那些熟悉的情感重新涌上心头。他欢喜地朝她跑去，她却张嘴就在他脸颊上咬了一口，伤口深可见骨。他不明白这是为什么。他退开了，心中疑惑不解。

但这不是克什的错，狼妈妈天生不记得自己一两年前的孩子，所以她并不记得白牙。他只是一头陌生的动物，而且是入侵者。她现在这一窝狼崽子让她有权对这种不请自来表示愤恨。

一只小狗崽爬到白牙面前。他们是同母异父的兄弟，只是他们自己不知道。白牙好奇地闻了闻这条小狗崽，克什就立刻扑了上来，又在他脸上留下一道伤口。他退得更远了。所有过去的回忆和故事都渐渐消逝，又退回到它们所由复活的那座坟墓里。他看着克什舔她的小狗崽，时不时还停下来对着他吼上几声。她对于他来说已经没有价值了。他已经学会脱离她，自己活下去。她存在的意义已被忘却，在他对生活的规划中已经没有她的位置了，就像她身边也没有他的位置一样。

他还懵懵懂懂地愣在原地，记忆都被抹去了，但他还在琢磨这到底是怎么回事。这时克什对他发起了第三次袭击，一心只想把他彻底赶出这片领地。白牙顺从地在她的驱赶下离开了。她是同族中的雌性，按他们族类的法则是禁止对雌性动武的。他一点儿都不知道这条法则是怎么来的，因为这条法则不是通过大脑思考概括而来的，也不是从处世经验中得出的。他懂得这条法则，是受了说不清道不明的刺激，一种发自本能的冲动，同样的本能教他在夜里对着月亮和星星发出长嗥，让他对死亡和未知感到恐惧。

几个月过去了，白牙变得更加强健、结实，块头更大，他的性格也按照遗传和环境的发展规律逐渐成长。他的遗传就好比黏土，是一种有生命力的东西，蕴含了各种可能性，可以被塑造成许多种不同的样子。环境则起到给这团黏土塑型的作用，让它具有一个特定的形状。也就是说，如果白牙从来不曾走到人类的篝火旁，荒野就会把他塑造成一头真正的狼。但人类给了他一个不同的环境，于是他就长成了一条带点狼性的狗，但他依旧是狗，不是狼。

就这样，一团天性的黏土放在环境这双手中揉捏，就塑造出他那绝无仅有的性格来。这是他无从摆脱的。他变得越来越乖张，更加不可亲近，更孤僻，也更凶暴。其他狗越来越明白，跟他和平相处要比跟他打架好得多。灰狸也对他日渐青眼有加。

表面上，白牙的种种品质都能达到最优，但他却有一个时时令他感到困扰的弱点——他无法忍受别人对他的嘲笑。人类的嘲笑是一种可恨的东西。人们相互之间拿什么取笑都随他们的便，只要不笑他就行，笑别人他都不在意。但只要嘲笑一转到他身上，他就能立刻爆发出可怕的狂怒。原本严肃、庄重、沉静的他会因为一声笑就发狂到荒谬可笑的境地，让他暴怒得如魔鬼般张牙舞爪，一连几个小时。要是在这种时候有哪条狗跑来惹他，那可就要倒霉了。不过他对法则知道得很清楚，无论如何也不会迁怒于灰狸。灰狸身后有木棒可以使，还有一颗神的脑子，那些狗除了

身后的空地别无依靠，所以白牙一旦被嘲笑惹得发疯，那他一出现在哪儿，准就把那儿的狗撵得四下逃窜了。

在他生命中的第三年，麦肯齐河边的印第安人遭遇了一场大饥荒。夏天捕不到鱼，冬天的驯鹿也不往迁移的老路走了。驼鹿寥寥无几，兔子也几近绝迹。以捕猎为生的肉食动物一天天走向死亡。正常的食物供给断了，饥饿令他们一天天瘦弱下去，到后来只能同类相残。只有最强壮的才能活下来。白牙的神也以捕猎为生。他们中间老的、弱的都饿死了。村里处处可以听到哀号，女人和孩子饿着肚子省出来几口食物，好让也已经皮包骨头、眼眶深陷的猎人到丛林里无望地找寻猎物。

神们被逼上绝境，连鹿皮靴子和手套上的软鞣革都吃。狗就吃身上套的皮挽具，连鞭子也不放过。狗吃起了狗，神也吃狗。那些体质最差、没太大利用价值的最先被吃掉。还活着的狗在一旁看着，对此也能理解。几只最大胆、最聪明的狗舍弃了神的篝火——现在已是一堆凌乱的碎炭——逃进了森林里，最后不是饿死就是被狼吃掉。

在这段苦难时日里，白牙也偷跑到了森林里。他比其他狗更能适应森林里的生活，因为他有儿时的生活训练作为指导。在追捕小动物这方面他变得尤为得心应手。他能隐蔽好，一趴就是几个小时，观察着树上那警觉的松鼠的一举一动，耐心地等待。令他煎熬的饥饿感有多强，他的耐心就有多足，一直等到那只松鼠冒险来到地面上。即便到了这个时候，白牙也不会轻举妄动。他会等到十拿九稳的时候，让松鼠来不及逃回树上寻求庇护。只有到了那个时候，到了那分秒不差的瞬间，他才会从藏身处飞身跃起，像一颗灰色的子弹，以惊人的速度正中靶心——那只想逃但慢了一步的松鼠。

虽然他很会逮松鼠，但一个难题让他没法靠松鼠肉活下去，也不能长得更壮。这个难题就是没那么多松鼠让他逮，所以他只能去捕更小的动物。有时他饿得连木鼠也不放过，为了把木鼠从洞穴里掏出来，他甘愿去刨土。他也放下身段去和黄鼠狼作战，黄鼠狼和他一样饥饿难耐，凶狠程度倒更厉害许多倍。

饥荒最难熬的时候，他偷偷跑回神的篝火那里。但他并不走近篝火，而是潜伏在树林里，等到难得的几次有猎物落入陷阱时，他便趁神不知道的时候把猎物掠走。一次他还从灰狸的陷阱里偷走一只兔子。当时灰狸步履蹒跚、跌跌撞撞地穿行在森林里，由于身体虚弱，气也喘不上来，不一会儿便要坐下来休息。

一天白牙遇上一头年轻的狼，那狼饿得骨瘦如柴，憔悴无力，身上的骨头都快散架了。如果白牙不是那么饿的话，也许会跟他走，最终回归到野性的狼群里去。而他实际做的是，追上那头狼后把他杀死吃掉了。

命运似乎特别垂青白牙。在他饿到无计可施的时候，总能捕杀到什么东西。而在另一方面，当他饿得没力气的时候，总是很走运，没有比他更大的捕食者撞上他。在被一群饥饿的狼追捕时，他又刚好吃了两天猞猁肉，身上有力气。那是一段漫长、残酷的追逐，但他吃得比他们好，最后把他们甩开了。他不仅把他们甩开了，还顺势兜了一大圈回来，把一个疲劳不堪的追逐者也吃进了肚子。

之后他离开那片区域，返回到他出生的河谷。在当年的那个窝里，他又看到了克什。她还是那一招，在神的篝火旁难以生存的时候，就回到老巢，还生下了狼崽。白牙闯入时，这窝狼崽只剩下一只还活着，但这只也注定活不了多久了，在这种饥荒里幼小的生命是没多少生存机会的。

克什对已经长大了的亲生儿子的问候方式没表现出半点亲情，但白牙并不介意，他已经长大，不需要妈妈了。于是他泰然自若地转了个身，小跑着往上游去了。在河流分岔的地方他往左转，那里是很久以前他和妈妈一起打败过的那只猞猁的窝。他在这个废弃的窝里住了下来，休息了一天。

到初夏时节，饥荒已接近尾声。这时，他遇到了同样逃到森林里的唇唇。他在森林里的日子过得甚是凄惨。白牙没料到会遇上他。他们在同一道高高的悬崖下相向而行，在岩角拐了个弯就迎面碰上了。惊慌之下，双方猛然停住，互相打量着，不知对方的深浅。

白牙当时状态很好，他捕到不少猎物，整整一个星期都吃得饱饱的。刚刚才又得手，饱餐了一顿。但这会儿他看着唇唇，背上的毛发全都竖了起来。把毛竖起来只是他下意识的举动，这种状态过去总是伴随着他受唇唇欺凌时的心理状态一起出现。以前他看见唇唇就耸立毛发，发出低吼，现在也一样，他无意识地就做出了这些动作。他一点儿时间也没浪费，他的出击又快又狠。唇唇还想往后退，但白牙猛地给他来了一下，双方肩膀相撞，唇唇被撞得飞了出去，摔了个四脚朝天。白牙把利齿插进了他干瘦的喉咙里。唇唇在临死挣扎的时候，白牙还紧绷着腿，警惕地在旁边走来走去，目光一刻不离。然后他才继续上路，沿着悬崖底部小跑着走了。

不久后的一天，白牙来到森林边上，在这里，一片狭长的空地顺着下降的地势一直延伸到麦肯齐河边。他以前来过这里，那时这片地是光秃秃的，但现在地上建起了一座村庄。他停下来，躲在树丛里观察情况。这里的景象、声音和气味都是他所熟悉的。这是旧村庄搬到了新地方。但现在的景象、声音和气味与他逃走时已经不一样了，哭泣与哀号听不见了，传到他耳朵里的是心满意足的声音——当他听到一个女人发怒的声音时，他听得出来那是吃饱了的人发出来的脾气。空气里还有鱼的香味，这里有吃的。饥荒已经过去了。他大着胆子从森林里出来，直接朝着营地里灰狸的帐篷跑去。灰狸不在，但克鲁库奇见到他高兴地叫了起来，还拿了一条刚捉到的鱼来欢迎他。于是他躺了下来，等灰狸回家。

第十五章　与同类为敌

即便白牙的天性中还有任何的可能性——哪怕小得可怜——让他和自己的同类结下友情，在他被任命为雪橇队领头狗的时候，这种可能性也已无可挽回地被摧毁了。眼下，狗儿们恨他——恨他从米沙那儿得到额外赏赐的肉；恨他得到的种种真实的和想象出来的好处；恨他总是在队伍最前面逃窜，那不停摇摆的毛茸茸的尾巴和他们永远追不上的后腿和屁股，在他们眼里燃起了永不熄灭的怒火。

白牙对他们也同样恨之入骨。做领头狗没有给他带来半点成就感。三年来，这群狗被他打翻在地，对他唯命是从，现在他却不得不拼命地跑，被他们狂叫着追在屁股后面，这让他几乎无法忍受。但他必须忍，否则就是死路一条，而他体内的生命力还不想就此消亡。米沙一下达出发的命令，狗队便急不可耐地狂吠着朝白牙扑去。

他无法保护自己。如果他转身反击，米沙那根鞭子便会劈面抽来，抽得火辣辣地疼。他还是得跑，不能让自己的尾巴、后腿和屁股落到嚎叫的狗群里。在无情的利齿下，这些起不到任何抵抗作用。他只有跑，每跃出一步都违背了本性，伤害了自尊，就这样整天跑着。

任何人若是违背了天性，便不可能不受到天性的报应。这种报应，恰如本应往身体之外生长的毛发，却不合规律地反向生长，扎进身体里，导致化脓、发炎的伤痛。白牙现在便是这样。他体内的每一丝冲动都驱使着他扑向后面穷追不舍的狗群，但神的旨意不允许他这样做。神的意志背后有一根驯鹿肠线做成的鞭子作为支持和强制执行的手段，鞭子长三十英尺，一鞭鞭抽得生疼。白牙只能在辛酸中忍气吞声，仇恨与恶意油然而生，程度之强烈，与他天性中的凶残和誓不低头的精神相当。

如果有谁能与自己的同类为敌，那定然非白牙莫属。他不求仁慈，也从不给予仁慈。狗群的牙齿不断地在他身上留下伤痕和血迹，他也一样不断地在狗群身上留下自己的印记。队伍安营扎寨后，狗绳都解开了，别的领头狗就会缩在神的身边以求保护，白牙却不一样，他鄙视这种保护。晚上，他大摇大摆地行走在营地里，把白天受的恶气都撒出来。在他还不是领头狗的时候，狗儿们都学会了要离他远一点儿。可现在不一样了，狗群把白牙追逐了一整天，还处在兴奋之中，他逃跑的场面在他们脑海中反复出现，影响了他们的潜意识，让他们沉浸在一整天都大权在握的感觉中，根本无法做到给他让路。他出现在狗群面前时必然引发一场骚乱。他只能用怒吠、撕咬和咆哮来给自己开路。他呼出的空气里都充满了浓浓的仇恨和恶意，这更加深了别的狗对他的仇恨与恶意。

当米沙出来大声制止狗队的打斗时，白牙服从了命令。一开始狗儿们为此吃了亏。他们会一齐扑向这个可恨的领头狗，殊不知局势已经扭转，白牙有米沙撑腰，米沙手里则有飕飕作响的鞭子。狗儿们这才知道当主人命令狗群住手时，他们就不能再去进攻白牙。但要是白牙在没有主人命令的时候停住了，他们就可以扑上去把他撕碎，如果他们做得到的话。这样几次下来，没得到命令白牙决不住手。他学得很快。这是由万物运行的规律决定的，在他生存的这个极度严酷的环境中如果想要活下来，就必须学得快。

但那些狗怎么也学不会在营地中离白牙远一点儿。每一天，他们追赶着白牙，大叫大嚷藐视他的权威，头天晚上才学到的教训便忘得一干二净了，于是只能在当天晚上再学一遍，然后转身就又忘了。另外，他们对白牙的仇恨要远比学到的教训更为持久。他们感觉到自己和他并不同族——这本身就足够激起敌意了。他们和他一样，也都是由驯化的狼转变来的。但他们经过了数代的驯化，和荒野有关的记忆已经遗忘得差不多了，所以对他们来说荒野是一个未知的、可怕的、充满威胁和敌意的地方。而对于白牙来说，他无论是外表、动作和那股冲动的劲头都带着荒野的印记。他就是荒野的象征，他就是荒野的化身。所以，当狗儿们对白牙亮出牙齿的时候，他们抵御的是那股潜伏于森林的暗影中，以及篝火照耀不到的黑暗深处的毁灭性的力量。

但有一个教训那些狗倒是学到了，那就是要待在一起。白牙太可怕了，不是他们中的任何一个能单独面对的。他们只能抱成团来对付白牙，否则只要一个晚上，白牙就能把他们一个接一个地杀死。抱团的结果就是白牙根本没机会下手。他能把某条狗推翻在地，但还不等他施展出咬断喉咙的致命招数，狗群就朝他扑过来了。只要有一点点冲突的苗头，他们就集结起来对付他。狗群也会相互争斗，但如果一场冲突开始在他们和白牙之间酝酿，这些内部恩怨就立刻被忘记了。

而在另一方面，尽管想尽了办法，他们始终都无法把白牙干掉。相比之下，他太迅猛、太恐怖，也太聪明。他不会让自己陷入险地，只要刚看见他们有可能形成包围，他就立刻抽身而退了。这群狗里也没有谁有本事把白牙放倒。他以一股坚韧的劲头把四足牢牢地抓住地面，这股劲头就和他的求生欲望一样强烈。从这一点上来讲，白牙比所有的狗都更清楚，在和狗群无休止的战斗中，站稳脚跟和保住性命具有相同的意义。

他就这样成了同类的敌人。他们是被驯化了的狼，躺在人类的篝火旁，失去了远大的志向，在人类力量的庇荫下丧失了斗志。但白牙是满心怨恨、薄情寡义的。他的黏土是由后天的塑造决定的。他对所有的狗下了战书，不是你死就是我活。他血洗狗族，连凶残野蛮的灰狸都不得不惊叹它的狂暴。灰狸发誓说世上从未有过这样的动物；在其他地方的印第安村子里，只要有人一想到白牙杀死他们的狗的故事，便也会说出同样的话来。

当白牙快五岁的时候，灰狸又带他走上了另一段漫长的旅途。他们从麦肯齐河出发，过落基山脉，再从波丘派恩河往下到育空河。人们过了很久都记得白牙给沿途村庄的狗带去的一场场劫难。他迷上了仇杀自己的同类。那些狗都很普通，毫无戒备之心，面对他迅猛、直接的攻击，他们完全招架不住，因为他是不宣而战的。他们并不知道他的底细，不知道他是一道屠杀的闪电。他们对他竖起毛发，绷紧腿部，发出挑战，而他完全不把时间浪费在花里胡哨的架势上，而是像钢弹簧一样飞身跃起，不等他们反应过来，尚处于震惊之中时就咬断他们的喉咙，结果了他们。

他成了一个打斗的行家。他会算计，从不白费力气，也不纠缠。他出手迅速，若一击未中便同样迅速地退出，不留扭打的机会。狼不喜欢近距离交战，他也一样，但程度更甚。他无法忍受与另一个身体有长时间的接触。这种接触暗含了危险的意味，会使他变得狂暴。他必须离得远一点儿，不受牵制，四腿直立，不碰到任何活物。这是因为荒野依然依附在他身上，他依然体现了荒野的野性。白牙在幼年的以实玛利[①]般被遗弃的生活，更助长

① 在《圣经》中，以实玛利是亚伯拉罕和女仆生的儿子，后来被逐出家门，差点在旷野中饥饿无助而死去。英文里用以实玛利指代被社会抛弃的人。

了他的野性。接触之中总潜伏着危险。接触就是陷阱，永远都是陷阱，对陷阱的恐惧深深地潜伏在他身上，融入了他的性情之中。

所以，那些陌生的狗撞见他，连过招的机会都没有。他们咬不到他。他要么一招制胜，要么逃掉，不管结果如何，他们连碰都碰不到他一下。但在万物不可预知的自然运行下，例外也时有发生。有几次，几条狗瞄上了他，没等他来得及跑掉就教训了他一顿；也有单枪匹马就把他狠揍了一顿的。但这些毕竟是偶发事件。总的来说，他在战场上基本上是有击必中，且能毫发无伤。

他拥有的另一项长处就是能对时间和距离做出正确判断。不过，这倒不是出于自觉。他不会对这些事物进行计算，而是全来源于下意识。他眼睛看得准，神经再把视觉图像准确地传达到大脑。和一般的狗比起来，他的这些器官配合得更协调，运作起来反应更快、更稳定。他的神经、思想和肌肉的协作能力更强，远在其他狗之上。当他的眼睛把一个动作的动态形象传达给大脑时，不用动脑筋，他就知道这个动作在空间上能达到的范围和动作完成所需的时间。于是，他就能躲开向他跃起的狗，或朝他咬来的獠尖，同时利用那极小的时间空隙发起进攻。他的身体和大脑构成了一个更完美的机体。这倒不是说他因此就值得称颂了，他只是从大自然那里得到了更慷慨的恩赐，胜过其他大多数动物，仅此而已。

白牙来到育空堡时已经是夏天。灰狸在冬天快结束时越过了麦肯齐河和育空河之间的大分水岭，春天则在落基山脉向西延伸的支脉中打猎。波丘派恩河上的冰融化后，灰狸已造好一条独木舟顺流而下，一直划到波丘派恩河和育空河交汇的地方，就在北极圈下面一点。这里矗立着以前哈德逊湾公司[①]的贸易站，印第安人很多，食物丰富，还有各种以前没见到过的乐子。这会儿是1898年的夏天，有成千上万的淘金者沿育空河而上，赶往道森[②]和克朗代克河。虽然距离目的地还有数百英里，但他们中的许多人已经在路上走了一年，随便一个都走了至少五千英里才到这里，还有一些甚至来自地球的另一面。

灰狸在这里落了脚。他对淘金热早有所耳闻，带来了好几捆皮毛，还有肠线缝的手套和鹿皮鞋。他是冲着赚大钱来的，否则就不会不远千里地冒险跑到这里来了。但他的预期和实际赚到的一比，简直微不足道。原先想着能翻一番就算是美梦成真了，现在竟然得了十倍的利润。于是他像个真正的印第安人一样，在此住了下来，小心地、慢慢地做着一笔笔生意，即使要花剩下的这个冬天和将到来的整个夏天才能把货卖完也不急着出手。

在育空堡，白牙第一次看见白人。和他认识的印第安人相比，

① 全球最大的毛皮贸易公司，由英国人最初在加拿大于1670年成立，比加拿大建国时间还早将近200年。

② 加拿大西北部育空地区的一个小城镇，位于克朗代克河与育空河交汇处，由于1897年发现金矿而引发了淘金热。

白人看起来就像是另一种生物，一种更高等的神。他们给他的印象是拥有更强大的力量，而神性就是建立在力量之上的。这不是白牙凭理性得出的结果，他并没有敏锐地总结出，白人神力量更强大。这是一种感觉，仅仅是感觉，但绝对不比理性差多少。在他还是小狗的时候，人们竖起来一顶顶巨大的帐篷，那是人弄出来的东西，在他印象中那就是力量的体现。现在他也一样被房屋和用大量原木建成的堡垒所震撼。这就是力量。那些白人神是强大的，他们的统治权比他知道的神都要强大。在白牙知道的神里，最强大的就是灰狸了，但和这些白皮肤的神一比，灰狸只是个娃娃神。

当然了，这些都是白牙的感觉，而非意识。但动物的行为依靠的就是感觉，很少靠思考。现在白牙的一举一动都以白人是更高等的神这个感觉为基础。一开始他对他们极为警惕，很难说他们是什么样的未知的恐怖，能带来什么样未知的伤害。他很想观察他们，弄清他们是什么，但又怕被他们发现。最初的几个小时，他只敢鬼鬼祟祟地兜来兜去，隔着安全的距离看着他们。之后，看到他们周围的狗并没遭遇什么伤害，于是就走近了一点。

反过来，那些人对他也感到十分好奇。他狼一样的外表立刻就吸引了他们的注意力，让他们对着他指指点点。用手指的这个动作立刻引起了白牙的防备心，当他们想要靠近他时，他就龇着牙往后退。没人能用手碰他一下，也幸亏他们碰不到。

白牙很快发现，只有不多的几个白人神——顶多十几个——在这里常住。每隔两三天就有一艘轮船（力量的又一种巨大的体现）驶到河边，停靠数小时。白人从轮船上下来，之后又坐着轮船走了，看上去数量多得数不清。到这里才待了差不多一天的时间，他见到的白人就比他一辈子见到的印第安人还多。时间一天天过去,白人也不断地上岸,稍做停留便继续逆流而上,消失不见。

如果说白人神是无所不能的，他们的狗却没那么厉害。白牙和那些随主人一起上岸的狗打过几次交道以后，很快就明白了。那些狗外形各异，大小不一，有的是短腿——短得出奇，有的是长腿——长得过分。有的不是短毛，而是披着长长的毛发；有几只则干脆没什么毛。他们没一个懂得如何打斗。

身为同类的敌人，和狗打架是白牙的分内之事。他打了几架，心中立刻生出无比的蔑视。这些狗软弱无能，只会大声嚷嚷，乱扑乱窜，毫无技巧可言，以为靠蛮力就能获得白牙凭灵巧与机智才能得到的东西。他们吼叫着朝他扑来，他往旁边一跳就闪开了。他们不知道他这招是什么意思，就在这一刻，他往他们肩膀上一撞，把他们摔个四脚朝天，然后对准其喉咙发出致命一击。

有时这种战术十分成功，被咬的狗还在地上的灰尘里翻滚挣扎，等候在旁边的印第安狗群就猛扑上来把他撕碎了。白牙很聪明，他早就发现，如果神的狗被咬死了，神就会生气，白人神也不例外。所以他把白人的狗打翻在地，喉咙咬开一个大口子以后就收手，把战场让给狗群，由他们来收拾这血腥的残局。这时白人就会冲过来，把满怀怒火发泄到印第安狗群身上，而白牙则安然无恙。他会躲到不远的地方，看着人们操起各种武器对付他的同伴，用石头砸，用棍棒打，用斧头砍。白牙可真是聪明啊！

但他的同伴们还是以他们自己的方式变聪明了，而在这点上白牙倒也和他们一起变聪明了。他们发现只有当轮船刚拴到岸边时，他们才可以杀戮取乐。在最初的两三条外来狗被打倒、撕碎后，白人就会把他们的狗赶回船上，对来犯者展开野蛮的报复。有一个白人在目睹自己的狗，一条蹲猎犬[①]被撕成碎片后，便掏出一把左轮手枪，一连开了六枪，狗群里登时就倒下了六条，非死即伤——这又一次力量的体现被深深地铭刻在了白牙的脑海之中。

白牙很享受这一切。他并不爱自己的同类，自己又够机灵，总能躲过伤害。刚开始他杀白人的狗只是为了消遣，过了一段时间就成了他的主业。他没事情可做。灰狸忙着做生意赚钱，白牙和那群声名狼藉的印第安狗帮派就在码头平台周围闲游浪荡，等轮船停靠。轮船一到，好戏上场。几分钟后，等白人惊魂稍定，狗已四散逃离。之后要等到下一艘轮船到来，好戏才能再次上演。

但白牙算不得这个帮派的成员。他不和他们鬼混，一直是个边缘角色，独来独往，他们甚至有点怕他。他和这个帮派一起打

① 一种长毛猎犬，经过训练后，发现猎物时便会蹲伏不动，帮助主人定位猎物。

斗，这是事实。他先去挑上一条外来狗找碴儿，狗帮就在一边等着。外来狗被他打翻后，狗帮就上去收尾。但他随即退出，让狗帮来领受暴怒的神的惩罚，这也是事实。

说是找碴儿，其实并不需要费什么力气。他只要在外来狗上岸之后出来亮个相就行了。一见到他，他们自己就会冲过来。这是他们的本能。他就是荒野——未知，可怕，是一个永远的威胁。他是那在远古世界篝火周围的黑暗中潜行的家伙，而那些狗则缩成一团紧挨着篝火，重塑自己的本能，学着害怕荒野——他们本是来自荒野，却又抛弃了它，背叛了它。这种对荒野的恐惧感代代相传，后来便铭刻到他们的天性里。几个世纪来，荒野都代表了恐怖与毁灭。在这段漫长的时间里，主人特许他们将来自荒野的东西杀死。这样他们不仅能自保，还保护了陪伴他们的神。

这些狗刚刚走出温和的南方世界，从跳板上小跑着下来，踏上育空河岸，一眼看见白牙，心里就升起一股不可抗拒的冲动，想要冲上去把他消灭。他们虽然是在城里长大的狗，但也一样对荒野有着本能的恐惧。他们不仅仅用自己的眼睛看到青天白日之下居然有头狼一样的动物站在自己面前，他们也透过祖先的眼睛看到了，祖传的记忆告诉他们，白牙是狼，而他们也记得来自远古的世仇。

这一切给白牙的日子增添了不少乐趣。一亮相就能让这些陌生狗跑来追他，正合了他的心意，也是他们的晦气。在他们看来，他们捕杀他是天经地义的；在他看来，他们被他捕杀同样是天经地义的。

第一次见到天光是在孤独的狼窝里，踏进世上后就和松鸡、黄鼠狼和猞猁打了生平最早的几仗，这些可不是没有道理的。他的童年因为遭受唇唇和整个小狗帮的欺凌而苦涩不已，这也不是没有道理的。如果事情不是这样，他就不会是今天这个样子。如果没有唇唇，他会和其他小狗一起度过童年，长大就更像一条狗，也会更喜欢狗。如果灰狸拥有情感和爱的铅锤，他也许就能触到白牙天性之海的深处，然后将它所有的善良品质引出水面。但事情并没有这样发展。当白牙成为现在这个样子，阴郁、孤单、凶猛，心中不怀有一丝爱意的时候，他的黏土已经定型，他成了自己同类的敌人。

第十六章　疯狂的神

住在育空堡的白人数量不多，他们在这片地区生活了很长时间，自称“酸面团”[①]，觉得享有这个头衔十分了不起。对那些新来乍到的，他们完全不放在眼里。刚下轮船走上岸的人全是新手，这些人被叫作“嫩菜”[②]，他们常被这个诨名弄得抬不起头来。他们用发酵粉做面包——这就是他们和酸面团之间的等级划分的依据，尽管此依据还存在很大争议——可人家“酸面团”还真是用酸面团来发面的，因为他们没有发酵粉。

这些都不要紧，反正城堡里的人瞧不起那些新来的，就爱看他们倒大霉，尤其爱看白牙和他那声名狼藉的狗帮追杀“嫩菜”们的狗。每逢有轮船抵达，城堡里的人会特地跑到岸边看热闹。他们也盼着赶紧打起来，心情和印第安狗们一样急切，而且他们很快就对白牙在大戏中扮演的既野蛮又狡猾的角色深表欣赏。

---

① 特指美国阿拉斯加和加拿大西北地区的有经验的探矿者。在寒冷地区，当时用作发面的苏打和酵母经常失效，能成功地保存和使用酸面团则变得很重要。

② 原文为 chechaquo，源于印第安切努克人的方言，意思是“新手”。

他们中间有一个人表现得特别热衷。轮船汽笛一响，他第一个飞奔过来。打斗收场以后，白牙和狗帮都四散跑了，他才带着一脸未能尽兴的表情慢慢地走回城堡。有时，当一只柔弱的南方狗被扑倒，在狗帮的利齿下发出垂死的惨叫，这个人便有点无法自控，兴奋得又跳又叫。他总是用一种锐利、贪婪的目光看着白牙。

城堡里的人都管这个人叫“美人儿”，没人知道他的名字，这一带的人都只知道他叫“美人儿史密斯”。但他和美人儿完全不沾边，他得了这个名字是因为事实恰恰相反。他实在丑得出奇，老天对他太小气了。首先，他身材矮小，老天偏偏在这寒酸的身板上安了一个寒酸得更惊人的脑袋。他的头顶向上凸起，到顶端仿佛就是个尖儿。实际上，早在孩提时代，人们还没叫他“美人儿”的时候，他就被小伙伴们叫作“针尖脑袋”①。

他的后脑勺从尖尖的头顶开始呈斜坡般往下，一直到脖子；他的脑门也不屈不挠地斜着下来，和他又低又宽得出奇的前额相连接。但从这里开始，老天仿佛对自己的吝啬感到过意不去，于是把手大方地一松，让他的五官摊开来长。他眼睛很大，中间又足足隔了两只眼睛的长度。较之其他部位，他的脸大得过分。为了发掘所需的空间，老天给了他一个拼命往前伸的下巴。这下巴又宽又重，先向前突，又往下垂，仿佛要落到胸膛上。长成这样

① 原文是 pinhead，也有“傻瓜、白痴”的意思。

大概是因为脖子太过单薄，无法完全支撑起那么重的负担。

这样的下巴让人觉得他有一股狠劲，但又缺了点什么。或许是物极必反，或许是那下巴大得过了头，不管怎么说，这其实是假象。众所周知，美人儿史密斯是个软蛋中的软蛋，爱哭鼻子的软骨头。这副尊容的最后一个特点，就是他又大又黄的牙齿，两颗犬齿比其余的牙齿都要大，挤到了他那薄嘴唇外面，好像两颗獠牙。他的眼睛又黄又混浊，仿佛老天忽然缺了颜料，就把所有管子里剩的底儿都挤出来混在一起。他的头发也是一样，长得稀稀拉拉，长短不一，黄得既像烂泥又像尘土，突兀地竖起在脑袋上。脸上的胡子则东长一小撮，西长一大把，活像被风吹得东倒西歪的庄稼。

总之，美人儿史密斯是个怪胎，但错不在他，他自己没任何责任。老天用泥土造人时就把他塑造成了这个样子。他在城堡里给别人做饭，洗碗碟，干杂活儿。人们并不鄙视他，而是宽厚人道地容忍他，就像人们容忍天生的怪胎一样。此外，他们还有点怕他。他们怕这个怂人万一发起怒来会给他们背后来上一枪，或是在他们的咖啡里下毒。而且，饭也总得有人去做，不管美人儿史密斯有什么别的缺点，饭他总还是会做的。

盯着白牙看的就是这个人。白牙的凶悍看得他心花怒放，直想把他据为己有。他先是去讨好白牙，白牙刚开始不理他，后来被他弄烦了，就竖起鬃毛，龇着牙齿往后退。他不喜欢这个人。此人给他的感觉不好。他能感受到他身上的邪恶，害怕他伸出来的手和他柔声细气的话语中的企图。由于这一切，他讨厌这个人。

越是简单的生物，越会分辨善与恶。善代表的就是能带来平静，带来满足，能减轻痛苦的东西，因此善谁都喜欢。恶代表所有充满不安、威胁和痛苦的东西，因此谁都讨厌。美人儿史密斯给白牙的感觉就是恶。如同蕴含着毒气的沼泽上升腾起的迷雾，这个人畸形的身体和扭曲的心灵也隐隐地体现出他内心的不健康。白牙不是通过推理，也不是仅仅靠五感，而是用其他更为缥缈的、未经探明的感官得到了这种感觉，即这个人来者不善，包藏祸心，因此是个坏东西，讨厌这样的家伙是明智的。

美人儿史密斯第一次找上门来的时候，白牙就在灰狸的营地里。刚听到远处隐隐约约传来史密斯的脚步声，还没等他走入视线，白牙就知道是谁来了，背上的毛就开始竖了起来。本来他正用最舒服放松的姿势躺着，这下立刻就站了起来。那人一到，他就像一头真正的狼一样神不知鬼不觉地溜到营地边上。他不知道他们说了些什么，但他能看见那人在和灰狸说话。谈话间，那人还指了指它，白牙立刻回报以低声怒吼，仿佛那只手快要碰到他身上了，而不是像实际上那样离了有五十英尺远。看见他这样，那人笑了。白牙溜进茂密的森林里去了，他轻手轻脚地走着，还不时回过头来看上几眼。

灰狸拒绝卖狗，他做生意赚了大钱，眼下什么都不缺。另外，白牙是一头宝贵的牲口，是他拥有过的最强壮的雪橇狗，也是最好的领头狗。此外，不管在麦肯齐河流域还是育空地区，这样的狗再找不到第二条了。他很能打，杀死其他狗就和人打死蚊子一样简单。（听到这里，美人儿史密斯的眼睛亮了，急切地用舌头舔了舔他的薄嘴唇。）不行，出多少钱白牙都不卖。

但美人儿史密斯清楚这些印第安人的喜好，他经常到灰狸的营地，在外衣下面经常藏一个黑瓶子什么的。威士忌的威力之一就是让人越喝越想喝。灰狸就喝上瘾了。他发热的口腔和灼烧的胃都在无休止地索取那热辣辣的液体，而他的大脑则在这种不正常的刺激物的操纵下变得稀里糊涂，放任自己不惜一切代价去搞酒来喝。他开始把用毛皮、手套和鹿皮鞋换来的钱花了出去。钱花得越来越快，钱袋变得越来越瘪，他的脾气也变得越来越坏。

最后，他的钱、货和脾气都没了，剩下的只有对酒的渴望，一种着了魔似的极度狂热。在喝不到酒的每一刻里，这种渴望都变得越来越强烈。恰在此时，美人儿史密斯又跑来跟他谈买白牙的事。但这次，价格是以酒的瓶数来计算的，而不是现金，而灰狸也更渴望听到这样的报价。

“你要逮得到他就把他带走好了。”他最后说道。

酒如数交付了，但两天后，美人儿史密斯对灰狸说：“还是你来逮狗吧。”

白牙在一个晚上偷偷潜回营地，趴下来放心地吐了一口气。

那个让他害怕的白人神不在这儿。白人神很想用手来碰白牙，连日来他一而再，再而三地做出这种举动，搞得这几天白牙只能离开营地。他不知道那双顽固的手会带来怎样邪恶的威胁，他只知道那双手带有邪恶的威胁，最好不要被那手碰到。

但他才躺下，灰狸就摇摇晃晃地走过来，把一根皮带系在了他脖子上。他在白牙旁边坐下，一只手里拿着皮带的另一头，另一只手里拿着一个酒瓶，时不时地倒举到头上，发出咕噜噜的声音。

就这样过了一个小时，在一阵脚步接触地面产生的振动传来后，一个人影出现了。白牙先听到脚步声，然后认出来人，背上的毛禁不住竖了起来，灰狸则还在呆呆地打着盹。白牙试着把皮带轻轻地从主人手里抽出来，但松开的手指忽然把皮带握紧了，灰狸醒了。

美人儿史密斯大步走进营地，站在了白牙面前。白牙对着这个令它感到害怕的人轻轻低吼着，同时密切关注着他手上的动作。一只手伸了出来，朝着他的脑袋落下来。他的轻声低吼变得紧张起来，声音也粗了。那只手继续轻轻落下，白牙在那只手下趴了下来，眼睛狠狠地盯着那只手，随着呼吸加快，低吼声变得越来越短促，最后叫声达到了顶点。忽然间，白牙用他蛇一样的尖牙猛地咬了一口。那只手陡然缩了回去，那一口咬了个空，牙齿碰在一起发出一声清脆的咔嗒。美人儿史密斯被吓了一跳，发起火来。灰狸在白牙的头上狠打了一下，白牙伏下身子贴紧地面以示恭敬服从。

对接下来的每个动作，白牙都用充满戒备的双眼紧紧地盯着。他看到美人儿史密斯走开了，拿了一根粗棒子回来。然后皮带的另一头就从灰狸手里到了美人儿史密斯手里。美人儿史密斯抬脚准备离开，皮带绷紧了，白牙不肯迈步。灰狸左左右右地捶他，逼他站起来跟着走。他服从了，却顺势一冲，扑向那个想要把他拖走的陌生人。美人儿史密斯没有跳开，他一直在等的就是这一刻。只见他机敏地把棒子一挥，跳到半空的白牙被打个正着，跌落到地上。灰狸笑了起来，还点头表示认可。美人儿史密斯又把皮带一拉，白牙瘸着腿爬了几步，然后晕头晕脑地站了起来。

白牙没有发起第二次猛扑。吃这么一棒子他就明白了，白人神知道怎么使棒子，而他不会蠢到去做无谓的牺牲。于是他悲伤地跟着美人儿史密斯走了。尽管尾巴夹在屁股下面，他还是在呼吸间发出轻轻的低吼。美人儿史密斯一直警惕地盯着他，手里的棒子随时做好了击打的准备。

回到城堡里，美人儿史密斯把他紧紧地拴好，就去睡觉了。白牙等了一个小时，然后用牙齿去对付皮带，只用了十秒钟的工夫就得到了自由。他在用牙齿的时候不会浪费时间，没有无用的啃咬过程，皮带是斜着被牙切断的，切口整齐得就好像是用刀干的。白牙抬头看着城堡，竖起毛来低吼了两声，然后转身跑回到灰狸的营地。他并不需要效忠于那个陌生而又可怕的白人神，他已经把自己献给了灰狸，认为自己依然属于灰狸。

但同样的事又重复了——不过也有些不一样。灰狸又用皮带把他拴起来，到了早上就把他交给了美人儿史密斯。接下来就和上次不一样了，美人儿史密斯把他打了一顿。由于被捆得很紧，白牙只能忍受惩罚，怎么愤怒都是徒劳。木棍和鞭子都用上了，给了他这辈子受到过的最重的一顿毒打。相比之下，小时候挨灰狸的那顿暴打算是很温柔了。

美人儿史密斯打得很尽兴，他从中得到了快乐。他得意地看着这个牺牲品，挥起鞭子或抡起大棒一记记地打下去，随着白牙痛苦的吼叫和无助的咆哮，他那混浊的双眼就放出光来。美人儿史密斯的残忍是那种懦夫式的残忍，别人打他、骂他，他就认怂，还哭鼻子，可掉过头来他就把报复施加在比他弱小的动物身上。所有的生命都爱权力，美人儿史密斯也不例外。他没法在自己的同类面前展示权力，便退而求其次，向低级的动物证明他也是个活生生的生命。但美人儿史密斯并不是自己创造了自己，所以错不在他。他来到这个世界时就身体畸形，心灵扭曲。这就是构成他的黏土，而世界并没有好心地对这些缺陷加以改造。

白牙知道自己为什么挨打。当灰狸用皮带拴住他的脖子，再把皮带的另一端递给美人儿史密斯时，白牙就知道这是自己的神的意愿，让他跟着美人儿史密斯走。当美人儿史密斯把他拴在城堡外的时候，他也知道美人儿史密斯的意愿是他必须待在原地。也就是说，他违背了两位神的意愿，随后的惩罚是他自找的。他以前见过狗换主人，也见过那些跑回来的狗和他一样挨了打。他很聪明，但在他的天性中有比智慧更强大的力量，其中之一就是忠诚，他不爱灰狸，但他抛开自己的意愿和愤怒，保持了对灰狸的忠诚，他身不由己。忠诚是用来塑造他的泥土的品质之一，这是白牙这类动物唯一拥有的品质，这种品质把他们这个物种和其他的物种区分开来，这种品质使得狼和野狗从旷野走来，成为人类的伙伴。

打完，白牙被拖回到城堡里。但这次，美人儿史密斯把他和一根木棍捆到了一起。谁都不会轻易放弃自己的神，白牙也一样。灰狸是属于他自己的神，虽然违背了神的意愿，白牙的心仍然属于灰狸，还不愿放弃他。灰狸出卖了他，又抛弃了他，可这些都不能让他动摇。他将自己的身体和灵魂献给灰狸是有其道理的。白牙做出了毫无保留的奉献，他和主人之间的契约不是那么容易就能够打破的。

于是，那天晚上，等城堡里的人都睡了以后，白牙便用牙去对付那根拴着他的木头。那根木棍干燥坚硬，拴得离他脖子很近，用牙齿几乎咬不到。他用尽所有肌肉力量，最大限度地把脖子弯过去，终于把棍子叼在了牙齿之间，但顶多也只能叼着。他又用极大的耐心，一连花了数个小时，才把木棍一点点啃断。这通常不是狗能干得出的事情。在此之前是绝对没有先例的，但白牙做到了。他在清晨时离开城堡，一路小跑，脖子上还挂着那根棍子的末端。

他很聪明，但如果只是聪明的话，他就不会回到已经两次出卖他的灰狸身边。问题是他还很忠诚，于是他又回去接受了第三次出卖。灰狸拿皮带来拴他脖子时，他又一次顺从了，美人儿史密斯又一次来把他带走。这次，他被打得甚至比上次还要惨得多。

灰狸麻木地看着那个白人手里的鞭子挥起落下，他没有保护白牙，这已经不是他的狗了。打完后，白牙病倒了，换作软弱的南方狗，这会儿已经没命了。但白牙不会，生活对他的磨炼要严酷得多，而他自己也是由更坚强的物质构成的。他的生命力超乎寻常地强大，他紧紧地攫住生命，死不放手。但他恶心犯晕得厉害，一开始他连爬都爬不动，美人儿史密斯只得等了半个小时。然后，他连路都看不清楚，就一瘸一拐地跟在美人儿史密斯后面回到了城堡里。

现在拴他的是一根牙齿咬不动的铁链子，他徒劳地反抗，又冲又拽，想把钉在原木上的钉子拔出来。几天后，灰狸酒醒了，身上也没钱了，就又踏上漫长的旅程，从波丘派恩河上游出发去往麦肯齐河。白牙留在了育空堡，成了一个心智半丧、野蛮无比的人的财产。但以狗的思维，怎能知道什么是疯狂？对白牙来说，美人儿史密斯纵然可怖，但却是一个名副其实的神，他充其量也就是个疯狂的神，但白牙完全不知道什么是疯狂。他只知道自己必须服从这位新主人的意志，对他的各种荒唐念头和奇怪想法都必须要服从。

第十七章　仇恨下的统治

在这个疯狂的神的调教下，白牙变成了一个恶魔。他被铁链拴在城堡背后的牲口栏里，美人儿史密斯用各种下作手段戏耍他，激怒他，把他惹得几欲发狂。这人很早就发现白牙对嘲笑十分敏感，于是每次残酷地愚弄他之后，必定还要对他嘲笑一番，笑得既放肆又充满轻蔑，一边笑，还一边用手指着白牙，让他难堪。在这种时候，白牙会把理性彻底抛开，怒火喷发时甚至比美人儿史密斯还要疯狂。

过去，白牙只是自己同类的敌人，而且是一个凶暴的敌人；现在他与所有人和动物为敌，凶暴的程度比过去更甚。由于受到了如此程度的折磨，他盲目地痛恨一切，连一星半点理性的火花都看不到。他恨把他束缚住的链条，恨那些透过围栏缝张望他的男人，恨跟着那些男人来的狗，恨那些狗在他无助绝望的时候还对他恶狠狠地咆哮，恨把自己囚禁住的围栏上的每一根木头。

而他最恨的，最最恨的，最最最恨的，是美人儿史密斯。

但美人儿史密斯对白牙所做的这一切都是有目的的。一天，几个人聚到围栏前。美人儿史密斯手拿木棒走进围栏，把铁链从白牙脖子上解下来。主人一走出去，白牙立刻撒开四腿在围栏里来回狂奔，隔着栏杆想去抓外面的人。他的样子十分骇人，身长有五英尺，站着的时候从地面到肩部高两英尺半，体重远超同样大小的狼。他从母亲那里遗传了更多狗的体型特点，身上没一点脂肪，没有一盎司[①]赘肉，体重超过了九十磅。这九十磅全是肌肉和筋骨——处于最佳状态的能打斗的血肉之躯。

围栏的门又打开了。白牙停了下来，有什么不同寻常的事情即将发生，他等待着。门又被开得更大了。只见一条大狗给推了进来，然后门就在他身后砰的一声关了起来。白牙从没见过这样的狗（这是一条马士提夫大獒犬），但这个入侵者巨大的体型和凶狠的气势也吓不住他。面前来了样东西，不是木头的，也不是铁的，正可以用来发泄怒火。只见白牙纵身一跃，接着尖牙一闪，大獒的脖子侧面就被咬开了一道口子。大獒恼怒地摇了摇头，嘶声低吼着猛扑过来。但白牙往这儿一蹿，朝那儿一闪，到处都是他的身影，一直都在闪躲和避让，却又能抽冷子扑上去用利齿咬上一口，又抢在对手还击前跳开，令对手招招扑空。

围栏外的人看得又是叫好又是鼓掌，美人儿史密斯也欣喜若狂，白牙用精妙的进攻招数在对手身上一口一口地撕咬，看得他

①1 盎司约合 28.35 克。

十分得意。那条大獒从一出场便没有丝毫获胜的希望。他太笨重，行动又缓慢。最后，美人儿史密斯用木棒把白牙打回去，大獒的主人才过来把大块头拖出去。他们结算赌资，金钱在美人儿史密斯的手里叮当作响。

白牙开始急切地盼望人们在围栏外面聚集起来，因为这就意味着一场打斗，这也是唯一一种能将他的生命力展示出来的方式。他的主人折磨它，煽起他心中的仇恨之火，然后把他囚禁起来，让他无处泄愤。只有等主人看着火候够了，才塞进一条狗来和他对打。美人儿史密斯对白牙的实力估计得很准，因为他每场都能获胜。有一天，他连续和三条狗斗。又有一天，一头刚从荒野逮来的成年狼被推进了围栏门。再有一天两条狗同时对付他——这是他最艰苦的一战，虽然最后把两条狗都杀死了，自己却也丢了半条性命。

那年秋天，刚开始下了几场雪，河面上出现了糊状的浮冰，美人儿史密斯便带着白牙搭汽船从育空堡去了道森。如今白牙在当地已经打出了名声，作为一头“战狼” 他变得远近闻名。在甲板上，关着他的笼子经常被好奇的人们围住。他愤怒地朝他们咆哮，或静静地躺着，心怀仇恨地冷眼观察他们。他为什么应该恨他们？他从来没问过自己这个问题。他只懂得仇恨，在这种强烈的情感中迷失了自己。生活对于他来说已经变成了地狱。人们把野兽囚禁在狭小的空间里，可他不是为了这样的生活而生的，但他却偏偏受到了这样的对待。人们盯着他看，把棍子伸进笼子里去捅他，惹他发出怒吼，然后他们看得哈哈直乐。

他们就是他的环境，就是这些人，正在把他的黏土塑造成一种比大自然的本意更加凶暴的东西。不过，大自然还给了他可塑性。换作许多其他动物的话，这会儿也许早已死去或精神崩溃了，但他却调整自己适应环境活了下来，也没有付出精神崩溃的代价。或许美人儿史密斯这个精于折磨的大恶魔能够把白牙的精神摧毁，但现在他还没有一点儿成功的迹象。

如果说美人儿史密斯身上藏着个魔鬼，那么白牙身上也有一个，两个魔鬼之间在永不停息地争斗着。在以前的日子里，白牙拥有的智慧叫他知道应该对手持棍棒的人屈从臣服，但这样的智慧现在离他而去了，只要一看见美人儿史密斯他就立刻变得怒火冲天。当两人面对面，而他又被木棒打退了的时候，他仍然要对着史密斯龇牙怒吼。他永远都不会发出最后一声咆哮，然后闭嘴息声。不论被打得多惨，他都要不屈地发出又一声怒吼。当美人儿史密斯收手离开时，他那挑衅的咆哮还会追着他，或者朝着笼子的栏杆猛撞过去，用咆哮发泄自己的仇恨。

轮船到达道森后，白牙上了岸。但他依然过着没有隐私的生活，被关在笼子里，周围围满了好奇的人。他被冠以“战狼”之名供人们参观，只要花价值五十分钱的金沙就能看。他一刻也不得休息，只要一躺下来睡觉，就会被削尖了的棍子戳醒——这样观众的钱才不白花。为了让展览有看头，大部分时间里他都被激得处在暴怒的状态下。但比这一切更糟糕的，就是他生活的氛围。人们把他看作最可怕的野兽，这种想法透过笼子的栏杆也灌输到了他的心中。人们说的每一句话，做出的每一个小心翼翼的动作都让他深信自己凶暴至极，而这简直就是在他的暴戾之火上浇了一大勺油。其结果只有一个，那就是他的暴戾不仅自给自足，还有了增长。这也是他性格的黏土具有可塑性的又一个实例，证明他能被环境的压力加以改造。

除了供人参观外，他还是一头专业的斗兽。每到不定期安排的格斗时，他会被带出笼子，带到城外几英里的树林里。这通常发生在晚上，为的是可以不受地区骑警的干涉。经过几个小时的等待，到天光初现的时候，观众和即将与他对战的狗才到达。就这样，他逐渐开始迎战不同体型和品种的狗。这是一片野蛮的土地，这里的人也是野蛮的，格斗通常至死方休。

因为白牙还在一场接一场地打，所以很明显，死的都是他的对手。他从来不知道什么是失败。早年和唇唇，还有整个小狗帮打架得到的训练对他大有好处。他牢牢抓住地面的本事就是那时得来的，没有一条狗能让他跌倒。这是狼族最喜欢的招数——朝对手发起猛冲，要么直冲过去，要么半路出其不意地急转，目的是撞到对手肩膀，将其撞翻在地。无论是麦肯齐猎犬、爱斯基摩犬和拉布拉多犬，还是哈士奇犬和阿拉斯加雪橇犬，都在他身上尝试过，全都没有成功。从来没有人听说他被掀翻过。人们相互之间都在讲这一点，每次都盼着能看他失足，但白牙每次都让他们失望了。

他从童年训练中得到的另一收获就是闪电般的迅捷，这使他在对手面前占有了巨大的优势。那些狗不管有多少战斗经验，也没遇见过动作能像他那么快的对手。还有一点值得一提的，就是他发起攻击时的直截了当。一般的狗惯于在打架之前先把低吼、竖毛和咆哮这些准备过程先走一遍，结果这些狗还没开打就被撞翻，然后被干掉，至死都没回过神来。由于这种情况频频发生，后来人们就形成规矩，先拉住白牙，等另一条狗做完准备动作，随时可以投入战斗，甚至已经发动进攻了，才放开他。

但让白牙屡占上风的最大优势，是他的战斗经验。他对战斗的了解，比任何一只和他对打的狗都要多。他打过的仗更多，更懂得如何见招拆招，也有更多的招数，而在他擅长的那些方法上又很少有狗能比他做得更好。

随着时间的推移，他打斗的场次越来越少。人们已不再寄希望于给他找一个实力相当的对手，美人儿史密斯只好找狼来和他对打。那些狼是特意叫印第安人下套捕来的，白牙斗狼总能招徕一大群观众。一次，他们弄来一头成年的雌猞猁，这一架打得白牙差点赔上性命。她的速度和他不相上下，凶残程度也与白牙相当。他的武器只有牙齿，而她还有带利爪的脚。

但在与猞猁一战后，白牙的格斗生涯就停了下来，已经没有能和他一战的动物了——至少人们找不出什么动物值得打这一架。于是他一直只供参观，直到第二年春天，这里来了一个叫蒂姆·基南的人，这人专在法罗牌局上发牌。他带来了克朗代克地区的第一条斗牛犬。这条狗注定是要和白牙会一会的，整整一个星期，这场众所期待的战斗成了小镇上某些区域里的热门话题。

第十八章　无法摆脱的死神

美人儿史密斯把铁链从白牙脖子上解开，然后退了下去。

这是白牙第一次没有立刻发起攻击。他站着不动，两耳朝前竖起，警惕又好奇地打量着面前这个奇怪的动物。他以前从来没有见过这样的狗。蒂姆·基南把斗牛犬往前一推，低声说道："上啊。"这个动物便朝着斗兽场中心摇摇摆摆地走去，身形蹲得很低矮，一副笨拙的样子。站定之后，他对着白牙眨了眨眼睛。

人群里发出了一片喊声："上啊，切罗基！""干啊！切罗基！""吃了他！"

但是切罗基似乎并不急于开打。他转过头去，对着那些喊叫的人眨眨眼，还和气地摇了摇他短短的秃尾巴。他不是害怕，只是懒惰。另外，他以为人们给自己安排的对手不是眼前的这条狗，他不经常和这种狗打架，所以在等他们把真正的对手带来。

蒂姆·基南走进来，弯下腰来抚弄切罗基的肩膀两侧，用手逆着摩擦他的皮毛，一下下地将他往前轻推。这些动作里包含了许多暗示，也产生了将切罗基激怒的效果，他开始从喉咙深处发出低吼，声音不大。那人手上的动作和低吼声之间在节奏上形成了一种对应，随着一下下向前推的动作，低吼声在喉咙里越来越响；而当动作突然结束的时候，低吼声落了下来以备重新开始；吼声再响起时，声音已经陡然拔高了。

这些并非对白牙毫无影响，他脖子和肩膀上的毛发开始竖了起来。蒂姆·基南最后推了一把，就退了下去。没了往前推的力量，切罗基决定自己继续往前，于是迈开自己的弓形腿，轻快地小跑起来。这时白牙出击了。人群中响起了惊叹声。他一下子就跳到对手面前——动作更像猫而不像狗——接着又以猫一般的速度用利齿一咬，随即迅速跳开。

斗牛犬粗壮的脖子上被咬开了一道口子，血从一只耳朵后面流了出来。但他没做出任何反应，叫都没叫，只是转身去追白牙。双方的表现——这边的敏捷和那边的稳健——激起了观众结帮分派的热情，没下注的现在也掏钱了，下过注的又去追加。白牙一次又一次猛扑、撕咬，然后全身而退，但这个奇怪的敌人还是紧追着他，不能说他很着急，但速度也不慢，就是下定决心，从容不迫的样子，很有一股公事公办的劲头。他这招有其目的——对于他已经打定主意要去完成的事情，什么都不能分散他的注意力。

他的整个行为举止，每一个动作，都打上了这个目的的印记。这让白牙很费解，他从没见过这样的狗。这狗没有毛发作为保护，皮肤柔软，一咬就流血。白牙的同类都有厚厚的被毛，经常阻碍牙齿的撕咬，但这狗没有。每次攻击时，白牙的牙齿能轻易地咬到他柔软的肉体，仿佛这个动物不会保护自己。另一件令人困惑的事就是他不会大叫，而白牙见惯了别的狗打起架来总是大喊大叫。除了一两声低吼或哼哼以外，这条狗一直默默地承受着创伤，还能不知疲倦地来追白牙。

不是说切罗基行动缓慢，他转身和掉头的速度已经很快了，但等他转过身、掉过头来以后，白牙已经不在那里了。切罗基也很困惑。他从没和一个他无法靠近的对手打过架。以前打架时双方都想近身搏击，但这只狗总是保持一定距离，到处跳来跳去，东躲西藏。咬到对手以后，他不会咬住不放，而是立刻松口，又跳去一边。

可白牙咬不到对手喉咙下面柔软的部位。斗牛犬站着的高度太矮，上下颌过大，给喉咙形成了额外的保护。白牙冲过来，又跑回去，没受一点儿伤。切罗基的伤口却在增加，其脖子和头部两边都被撕咬开了。切罗基不停地流血，却没表现出一点儿惊慌的样子。他继续着单调的追逐，有一次一时迷茫，便完全停了下来，对着观望的人们眨眨眼，同时摇摇他那短短的秃尾巴，表示自己愿意战斗下去。

在那一瞬间，白牙跳过来又逃走，顺便把对手残余不多的一只耳朵也撕掉了。切罗基稍露不快，于是继续开始追逐。他跑的是白牙的内圈，奋力想对白牙的喉咙发出致命的一击。可就差一根头发丝的距离，他没能得逞。白牙忽然加速从反方向快跑，脱离了危险，人群中便响起一片赞叹之声。

时间不断逝去。白牙还在跳来跳去，一会儿闪躲，一会儿加速，扑上来咬一口就跑，给对手留下一道道伤痕。但那条斗牛犬依旧带着冷酷的顽固，不知疲倦地追逐着他。迟早他会达到目的，咬住对手的喉咙，最后赢得胜利。在此期间，对手予以怎样的打击他都全盘收下。他的耳朵先是被撕成一条一条，现在变成一丝一丝，脖子和肩膀上有几十处都被撕开了，嘴唇也被划开，流着血——这些都来自他预料之外，也无从抵挡的闪电般的啃咬。

白牙一次又一次试图把切罗基撞翻，但双方身高相差太大——切罗基矮得像个树墩，身子几乎贴着地面。白牙把他那一招使得太频繁了。当他又一次迅速地迂回，反向兜圈子时，他看到切罗基由于速度慢，身子转回来了，头还没转回来，肩膀就露了出来。白牙立刻撞了上去——但他自己的肩膀位置较高，而发力过猛，产生的冲力直接使他从对手身上翻了过去。人们看到白牙在他的格斗史上第一次脚离开了地面。他在空中翻了半个筋斗，本来会摔个四脚朝天，但在半空中他就像猫一样地转了个身，好让四脚先着地。即使这样，他也还是侧着身子重重地摔到了地上。他立即站了起来，但就在那一瞬间，切罗基大口咬住了他的喉咙。

这一口咬的位置并不好，太低，比较靠近胸膛，但切罗基咬住就不放。白牙跳起来就开始拼命扭动身躯，想要把这只斗牛犬从身上甩下去。这种近身紧贴，坠着他的重量把他气得发狂，还妨碍了他的行动，限制了他的自由。就像落入了一个陷阱，他全身的细胞都恨透了这种束缚，都要起来反抗。他做出了疯狂的反抗，一连几分钟里他表现得好像彻头彻尾地疯了。他被身体里最基本的生命力控制了，想要生存的欲望像电流般传遍了全身。他受控于这种生命对肉体的爱恋，丧失了所有的理智。仿佛没了脑子，他的理智被一种盲目的渴望排挤出去，肉体渴望生存和运动，冒多大的风险都要运动，还要持续地运动，运动就是生命存在的表达方式。

他不停地转动身体，正着转，又反着转，想要把挂在他喉咙上的这个五十磅的负担甩掉。而斗牛犬所做的只是紧紧咬住。有时，他偶然得到机会四脚能落地，就靠着白牙的身体站起来。但片刻之后他就又脚不沾地，被白牙螺旋般的打转带得飞旋起来。切罗基完全沉浸在了自己的本能之中。他知道咬住不放是对的，这么一想还给他带来了几丝欢乐的满足感。在这种时候，他甚至会闭上眼睛，任凭自己的身体被甩来甩去，不管身上会因此受到什么伤害。这些都不重要，重要的是别松口，于是他决不松口。

白牙直到筋疲力尽才停了下来。他的办法全都没用，这让他无法理解。在他的格斗生涯中从来没发生过这种事情，和他交战过的狗没一只是这样打的，跟他们打就是咬住、撕开、撤退，咬住、撕开、撤退。他歪着身子趴下来，大口喘着气。切罗基还咬

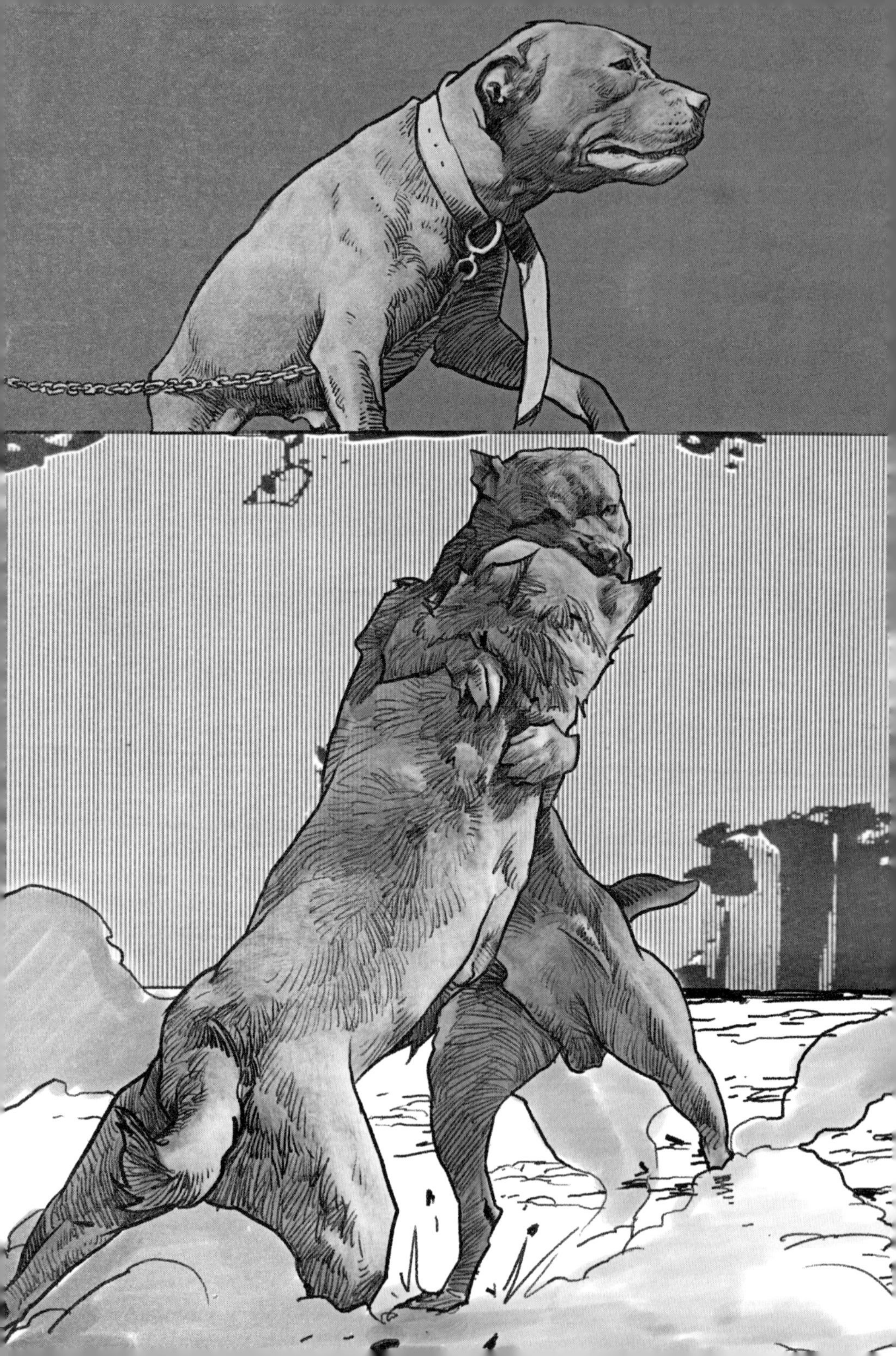

着他的脖子往后退，想要让他完全仰面倒地。白牙反抗着，他感觉到斗牛犬的上下颌在紧咬的同时还在慢慢地挪动，松开一点点，又咬进去一点儿，就像在做咀嚼的动作。每一次挪动后都离他的喉咙更近。斗牛犬这招就是嘴里咬住的不放，找准机会就再朝里面咬进去一点儿。白牙动不了的时候，斗牛犬的机会就来了。白牙挣扎的时候，切罗基只要能咬住就别无所求。

在切罗基的身上，白牙能咬得到的唯一部位就是他那凸起的脖子。他咬住了切罗基的脖子根，也就是脖子跟肩膀交界的地方，但他不知道战斗中的咀嚼式咬法，而且他的上下颚也不适合这种动作。他抽搐般对着同一个地方不停地连撕带扯，但双方的位置一发生变化，他就咬不到了。斗牛犬居然把白牙顶得翻过来背部着地，他压到白牙身上，嘴里还咬着不放。白牙就像猫一样缩回后腿，狠狠朝压在身上的敌人蹬去，爪子在敌人腹部划开了一道道长长的口子。切罗基赶紧在不松口的情况下转了小半圈，从白牙身上下来，让双方的身体形成直角，否则他就会被蹬得开膛破肚了。

白牙无法挣脱切罗基这一咬。它就像命运一样，不能改变，无法阻挡。切罗基把嘴慢慢地顺着白牙的颈动脉往上面移。白牙之所以还活着，多亏他脖子上松弛的皮肤和皮肤上面厚厚的皮毛，团成一大团塞在切罗基嘴里，挡住了他的牙齿，让他咬不下去。但只要有一丁点儿空隙，切罗基就继续把更多的皮肤和皮毛吞到嘴里。结果就是白牙的喉咙被一点儿一点儿地扼住了。随着时间流逝，白牙的呼吸变得越来越困难。

看起来这场战斗胜负已定。赌切罗基赢的一边眼看胜券在握，又下了赔率荒唐的赌注。赌白牙赢的则沮丧不已，高到一赔十，甚至一赔二十的投注都不要了，尽管有个人轻率得没道理，居然下了一赔五十的赌注。这个人就是美人儿史密斯。他朝场地中走进去一步，用手指指着白牙，然后无比轻蔑地放声大笑起来。他预期的效果达到了，白牙立刻愤怒地发起狂来，他使出剩余的所有力气重新站了起来。他在场地中拼命挣扎着，但那个重五十磅的死对头依然挂在他脖子上，这让他的愤怒渐渐变成了恐慌。他又一次被求生本能所控制，智力在肉体的意志面前逃跑了。转过来转过去，转过去又转回来，跌跌撞撞，倒下再起来，甚至有几次用后腿站了起来，把他的死对头整个带到半空中，但任他怎么使劲，都不能把这个誓不松口的死神摆脱掉。

最后，他筋疲力尽，仰天倒下。斗牛犬不失时机地又挪了挪嘴，咬得离喉咙更近，把更多覆着皮毛的肉咬到嘴里，把白牙的喉咙紧紧勒住，让他的呼吸更加困难。这时人们开始给胜利者喝彩，纷纷喊道："切罗基！""切罗基！"切罗基精神抖擞地摇了摇他那短短的秃尾巴作为回应。但那样赞美的喧闹声并没有分散他的注意力。他的尾巴和宽大的上下颚之间并没有共鸣的关系，一个管它自己摇来摇去，另一个紧紧地咬住白牙的喉咙不放松。

就在这时，有样东西吸引走了观众们的注意力。那是一阵叮叮当当的铃声，接着传来了赶狗拉雪橇的人的喊声。除了美人儿史密斯以外，人人面露惊慌之色，生怕那就是警察。但他们看见来者只是两个乘狗拉雪橇进城的人，不是从城里出来的。他们明显是去搞勘探，然后顺着小溪一直下来的。看到聚了这么一群人，他们就拉停狗儿，过来瞧瞧到底发生了什么，怎么会那么热闹。赶狗拉雪橇的人留着小胡子，另一个个头更高、更年轻的人把胡子刮得干干净净，他由于血流奔涌，再加上在寒冷的气温下驾车赶路，脸色显得红扑扑的。

白牙实际上已经停止了挣扎，他只是时不时抽搐般连续反抗几下，已经没有什么目的了。他只能呼吸到一点点空气，即便那一点点空气也在对手无情的紧扼中变得越来越少了。若不是斗牛犬的第一口咬得太低，几乎是在胸口上，他喉咙上的大静脉早就被撕开了，有一层皮毛盔甲也不管用。切罗基花了很长时间才把嘴挪到了上面，但这样也导致他的嘴里被塞进去更多层层褶褶的毛皮。

这时，美人儿史密斯身上那残暴的深渊开始不断漫进他的大脑，掌控了他顶多也只有一点点的理性。当他看见白牙的眼神逐渐变得呆滞，便知道这场格斗毫无疑问是输了。他猛地发了狂，冲上去就狠狠地踢白牙。人群里响起嘘声和抗议声，但仅此而已。嘘声和抗议声尚未消失，美人儿史密斯还在踢着白牙，这时人群中起了一阵骚动。那个刚来的高大的年轻人从人群中挤了过来，顾不得礼仪，也来不及讲客气，直接用肩膀把左右挡道的人顶开。当他冲进格斗场地时，美人儿史密斯正抬起腿来准备踢出去——他的重心都放在一条腿上，处在不平衡的状态中。就在这时，这个刚来的人正对着他的脸给了他狠狠的一拳。这一拳打得美人儿史密斯踩在地上的那只脚也离了地，整个身体仿佛被举到了半空，然后往后摔到了雪地里。那个刚来的人转向围观的人群。

“你们这些懦夫！”他喊道，“你们这些畜生！”

那人自己也陷入了愤怒——一种理智的愤怒。当他怒视着人群时，他灰色的眼睛仿佛钢铁一样，散发出金属般的光芒。美人儿史密斯爬起身朝他走去，抽着鼻子，一副怯懦的样子。新来的人没搞明白他的意思，他不知道对方是个多么卑下的胆小鬼，还以为他过来是想打架。于是，随着一声“你这个畜生！”他又给美人儿史密斯脸上来了一拳，把他打得往后一仰，倒在地上。美人儿史密斯经过判断后觉得雪地对他来说是最安全的地方，于是就躺在原地，不想起身了。

“过来，马特，帮我一把。”这个人对驾雪橇的人喊道。同伴跟着他走上了比赛场地。

两人弯下腰去看狗。马特抓住白牙，准备好只要切罗基一松嘴就把他拉出来。那个年轻人双手握住斗牛犬的上下颚，试着把他的嘴掰开，但只是白费力气。他又拉又扯又掰，每喷出一口粗气来都要带上一句：“这些畜生！”

人群里乱了起来，有几个人抗议他们扰乱了比赛，但当这个年轻人停下手中的活儿，抬头对他们怒目而视的时候，他们又噤口不言了。

“你们这些畜生！”他最后迸出一句，然后又转身继续忙活儿。

“没用的，斯科特先生，你这样是没法把他们分开的。”马特最后说道。

两人停了下来，研究了一下死死纠缠在一起的两条狗。

“血流得不多，”马特得出结论，“还没完全咬进去呢。”

“但他随时都有可能咬进去，”斯科特回答，“瞧，看见了没？他又往里咬了一点！”

这个年轻人更加为白牙着急和担心了。他一下又一下地用力敲打切罗基的脑袋，但没能让他松口。切罗基摇着他的秃尾巴，表示他明白自己为什么挨打，但他知道自己是占理的，死咬不放只是在履行自己的职责。

斯科特没办法了，只能对着人群喊道：“你们没人过来帮帮忙吗？”

没人站出来。相反，那些人开始给他喝倒彩，还慷慨地出了不少馊主意。

“你得找根撬棍才行。”马特提了个建议。

这个年轻人伸手从腰间的枪套里把左轮手枪拔了出来，试着把枪管塞到斗牛犬的上下颚之间。他用力塞啊塞，钢铁和紧闭的牙齿之间的摩擦声清晰可闻。两人都弯着腰跪在两条狗面前。蒂姆·基南大步走进了场地，他在斯科特身边停住，拍拍他的肩膀，语气不善地说道：“别弄坏他的牙，陌生人。”

“那我只能把他的脖子弄断了。”斯科特毫不让步，继续把枪管往里面又推又捅。

“我说别弄坏他的牙。”这个发牌手重复了一遍，语气更不对劲了。

但如果他是想起到威吓作用的话，那么他并没有得逞。斯科特根本没有停手，尽管他抬起头来冷冷地问了一句：“是你的狗？”

发牌手哼了一声来代替回答。

“那还不过来让他松口！”

“这个嘛，陌生人，”对方咬牙切齿，拖着长腔说，“我也不知道该怎么办。”

“那就滚远点儿！”“陌生人”干脆地说，“别碍事，我忙着呢。”

蒂姆·基南依旧站在他面前，但斯科特没再理会他。他终于把枪管从一边的上下颚之间塞了进去，接着就想再把枪管从另一边捅出去。等这个也成功后，他轻轻地、小心翼翼地把上下颚一点点撬开，马特也配合着他，一点儿一点儿地把白牙血肉模糊的脖子往外拉。

“准备拿你的狗！”斯科特对切罗基的主人下了一道不容违抗的命令。

那个发牌手乖乖地弯下腰来，牢牢地抓住切罗基。

“拉！”斯科特大喝一声，同时撬了最后一下。

两条狗被拉开了，斗牛犬活蹦乱跳地挣扎了起来。

“把他带走！”斯科特命令道。蒂姆·基南拖着切罗基退入人群之中。

白牙几次想站起来都失败了。一次它站起来了，但腿上没劲儿，站不住，身体慢慢地软了下去，又倒在雪地里。他的眼睛半闭着，眼球表面蒙了一层灰雾。他的嘴巴张着，舌头伸出来，软绵绵地挂在嘴边，怎么看都像是一条被勒死了的狗。马特替他检查了一下。

“差点就没命了，”他说，“不过他还在好好喘着气呢。”

美人儿史密斯已经重新站了起来，走过来看着白牙。

“马特，一条好的雪橇狗值多少钱？”斯科特问。

那个驾狗拉雪橇的人还跪在地上，他俯身看了看白牙，在心里算了一会儿。

“三百块。”他回答。

“那像这样被咬得不成样子的又值多少呢？”斯科特边问边用脚推了推白牙。

“一半儿吧。”这是马特的判断。

斯科特转身面对美人儿史密斯。

“听见了吗，野兽先生？你的狗我要了，我出一百五十元买它。”

他打开皮夹子，把钱一张张数出来。

美人儿史密斯把双手背到身后，不去接递过来的钱。

“我不卖。”他说。

“哦，你当然得卖，”对方笃定地说，“因为我要买。这是你的钱，狗是我的了。”

美人儿史密斯双手依旧背在身后，脚下开始往后退。

斯科特冲上去，抡起拳头要打他。美人儿史密斯吓得把身子一缩，等着拳头落下。

“我有权利的。”他呜咽着说。

“你已经失去对这条狗的所有权了！”斯科特反驳道，“这钱你要还是不要？还是我得再给你一拳？”

“我要。”美人儿史密斯吓得赶紧改口。“但我可是被迫收的钱。”他补充道，“那狗是棵摇钱树，我可不能让人就这么给抢了。人人都有权利。”

“没错，”斯科特边说边把钱递给他，“人人都有权利。但你不是人，你是个畜生。”

“等我回到道森，”美人儿史密斯威胁道，“我要去告你。”

“回到道森以后你要是敢说一个字，我就让人把你赶出城去。你明白了吗？”

美人儿史密斯嘴里哼了一声。

“明白了吗？”发问的人突然就恶狠狠地怒喝道。

“明白了。”美人儿史密斯咕哝着准备往后躲。

“明白了，还有呢？”

“明白了，先生。”美人儿史密斯吼了出来。

“当心！他会咬人！”有人喊了一句，引来一阵哄堂大笑。

斯科特转过身去不理他了，继续给马特帮忙。马特正在检查白牙的伤情。

在场的人有些开始动身离开，还有一些三三两两地边看边议论，蒂姆·基南也加入了进去。

“那个冤大头是谁？”蒂姆·基南问。

“威登·斯科特。”有人回答道。

“威登·斯科特又是谁？”发牌手追问道。

“哦，是个有本事的开矿专家。他和那些个大人物都有来往。我劝你一句，不想惹事的话就离他远点儿。当官的也跟他关系好着呢，黄金专员跟他就是顶好的朋友。”

“我早就看出他有来头了。”发牌手有点得意地说道，“要不我怎么打一开始就没去惹他呢。”

第十九章　野性难驯

“没希望了。”威登·斯科特气馁地说。

他坐在自己住的木屋的台阶上，凝视着马特。马特耸耸肩，同样觉得没希望了。

两人同时把目光转向白牙，只见他毛发奓起，口中发出低吼，一副凶恶的样子，拼命地想去扑那些雪橇狗，把拴着他的铁链绷得紧紧的。雪橇狗们已经从马特那里领受了各种各样的教训，这些教训主要是通过棍棒传授的，所以他们已经学会不去招惹白牙。白牙叫得再凶，他们也只是远远地躺着，完全无视他的存在。

“这是一头狼，根本不可能驯服。”威登·斯科特断言道。

“这我可说不准。”马特表示反对，“样子虽然如此，但也许还保留了很多狗的性格。不过有一件事我能肯定，绝对错不了。”

马特说到这儿停了下来，蛮有把握地对着穆斯海德山点了点头。

斯科特等了一会儿，见他还没说，就不客气地问道：“知道什么就别藏着掖着啦，快说吧，到底是什么？”

马特用驾雪橇的大拇指向后指了指白牙。

“不管是狼是狗，都一样——他已经被驯服过了。”

“不可能！”

“我告诉你，是真的，还调教过，会拉雪橇。你仔细看看这里，看到挽绳在胸上磨的印子了吗？”

“还真是，马特。他在落到美人儿史密斯手里之前的确是条雪橇狗。”

“所以没理由说它不会再变成一条雪橇狗。”

“你怎么想的？”斯科特着急地问。但他随即又摇摇头，灰心丧气地说：“我们把他带回来两周了，要说有什么不同的话，那就是现在比以前更野了。”

“给他一个机会吧，”马特劝道，“先放开他。”

斯科特看着他，一脸难以置信的表情。

“没错。”马特继续说道，“我知道你试过，但你没用上木棒。”

“那你来试试看。”

马特紧紧握着木棒，走到那个被铁链拴住的动物面前。白牙看着棍子的眼神就和笼子里的狮子看着驯兽员手里的鞭子一样。

“你看他盯着木棒的样子，”马特说，“这是个好现象。他不笨。只要我手里有木棒，他就不敢上来扑我。他还没疯到什么都不知道的程度，肯定的。”

马特把手伸向白牙的脖子，白牙耸着毛，低吼着，趴下身去。白牙看着那只逐渐逼近的手，同时还盯着另一只手，那手里握着的木棒正充满威胁地悬在他头顶。马特把项圈上的铁链解开，然后退了回来。

白牙几乎无法相信自己得到了自由。自打他为美人儿史密斯所拥有后，已经过去了好几个月，在那段时间里，除了被放出来和其他狗格斗，他从来没有过一刻的自由，而每次格斗完以后他就立刻又被囚禁起来。

他不知道对此该作何理解，也许神又有了什么新的诡计要加害于他。他慢慢地走着，谨慎小心，做好了随时被攻击的准备。他不知道该干什么，这种事从没发生过。他做好从两个盯着他的神面前溜走的准备，小心翼翼地走到木屋的角上。什么都没发生。他完全被弄糊涂了，就又走了回去，停在十几英尺远的地方，目不转睛地盯着这两个人。

“他会不会跑掉？”他的新主人问道。

马特耸耸肩：“只能赌一把了。只有试过才知道。”

“可怜的家伙，”斯科特同情地低声说道，“他需要的是人类向他表示一点善意。”说着，他转身走进了木屋。

再出来的时候，他手上拿了一块肉，他把肉扔给了白牙。白牙跳开了，满腹狐疑地在一边打量着这块肉。

“嘿！站住，梅杰！”马特大声警告道，但为时已晚。

梅杰飞快地朝那块肉冲去，刚把肉咬到嘴里，白牙就袭击了他。梅杰被撞翻了。马特跑过去，但白牙比他更快。梅杰摇摇晃晃地站起来，但他喉咙里喷出来的血染红了地上的雪，形成一大摊逐渐扩大的血迹。

“真糟糕，但他也是活该。”斯科特匆忙地说道。

但马特对着白牙踢出去的腿已经来不及收回了。白牙一跃，利齿一闪，就听到一声惨叫。白牙凶狠地低吼着，飞快地倒退了好几码，马特则弯下腰检查他的腿。

“他咬到我了。”他指着被撕破的裤子和贴身长裤，还有一片逐渐渗出的血迹。

“我告诉过你，没希望的，马特。”斯科特气馁道，“我时不时地想到过，我并不愿意去想，但我们已经走到这一步了，现在只有这一条路可走了。”

他一边说，一边很勉强地把左轮手枪掏出来，把枪膛甩开，确认了一下里面有子弹。

“等等，斯科特先生。”马特反对道，“那条狗以前过的是地狱般的生活，你不能指望他变成一个纯洁无瑕、光芒万丈的天使，给他点时间。”

“可你看看梅杰。”斯科特答道。

马特检查了一下受伤的狗。他倒在雪地上的血泊中，明显只剩最后一口气了。

“那是活该，你自己这么说的，斯科特先生。他想去抢白牙的肉，结果就没命了。这是意料之中的事。不经过战斗就想得到肉的狗，我连一眼都看不上。”

“可看看你自己，马特，狗咬狗可以，但我们总得给他画一条底线吧。”

“我也活该！”马特固执地争辩道，“我干吗要去踢他呢？你自己也说他没做错，是我没有权利踢他。”

“杀了他是对他仁慈。”斯科特坚持说，“他驯服不了了。”

“你看，斯科特先生，给这个可怜的家伙一个抗争的机会吧。他还没有得到过任何改过的机会。他才从地狱里回来，现在是他第一次得到自由。给他一个公平的机会吧，要是他辜负了我们的期望，我就亲手杀了他。就这样！”

“上帝知道我不想杀他，也不想别人把他杀了。”斯科特边说边把手枪收起来，“我们就给他放养，看我们的善意能给他带来什么改变。现在就来试试。”

他走到白牙面前，开始轻轻地，充满抚慰地跟他讲话。

“最好手边有根木棒。”马特警告他。

斯科特摇了摇头，继续努力赢得白牙的信任。

白牙起了疑心，可能有什么事情即将发生。他杀了这个神的狗，咬伤了他的神同伴，除了可怕的惩罚以外，还能有什么好期待的？但即便惩罚将至，他也决不服软。他竖起毛，露出牙，眼神警惕，全身绷紧，做好了应对任何突发情况的准备。这个神的手里没有木棒，所以他容许这个神走得很近。神伸出手来，即将落在他的头上。白牙趴到了地上，身体越来越紧张，缩成了一团。这很危险，也许是阴谋或者其他类似的什么。他对神的手很了解，事实证明这些手享有控制权，能用狡猾的方式造成伤害。而且，他一直都对身体接触十分反感。他的低吼越发显得凶狠，身体趴得更低了，但那只手还在继续向他伸来。他不想咬那只手，所以一直强忍着它带来的危险，直到他的本能涌了上来，用永远无法满足的对生命的渴望将它掌控。

威登·斯科特以为自己速度够快，不管是啃是咬他都躲得开，但这次他才真正见识了白牙的迅猛，白牙出击时如盘起来的蛇一样精准、敏捷。

斯科特吃惊地尖叫了一声，用另一只手抓住被咬伤的手，并紧紧握住。马特忍不住破口大骂，掉头就走。白牙耸着毛，露着牙，眼里放出狠毒的凶光，贴着地往后退。这下要挨打了，准像以前挨美人儿史密斯的毒打一样可怕。

“等等！你要干吗？”斯科特忽然喊道。

马特冲进木屋，拿了一把步枪出来。“没什么。”他强装镇静，慢悠悠地说，“只不过是履行我的诺言。既然我有言在先，那么就应该由我来把他杀了。”

“不，你不能杀他！”

“我当然可以。你瞧着吧。”

正如马特被咬后还替白牙求情，现在轮到威登·斯科特这么做了。

“是你说要给他一个机会的。好啊，那就给他呀。我们这才刚开始，不能一来就放弃。这次是我活该被咬。而且，你看看他！”

四十英尺之外，快退到木屋角边的白牙开始凶狠地龇牙咆哮，看得人心惊胆战，然而他对着叫的竟然不是斯科特，而是马特。

“我的老天爷啊，这究竟是演的哪一出？！”马特震惊地说。

“你看他多聪明，”斯科特急忙接道，“他和我们一样明白枪支代表了什么。他很聪明，我们得给这样聪明的动物一个机会。把枪收起来。”

“好吧，听你的就是了。”马特同意了，把猎枪靠在了柴火堆上。

“现在你再看啊！”他紧接着又喊道。

白牙安静下来了，停止了吼叫。

“这我们可得好好研究研究。你看着。”

马特一去拿步枪，白牙就立刻开始龇牙咆哮。他从枪旁边走开，白牙便放下嘴唇，合上嘴。

马特拿起步枪，慢慢地把枪托放到肩膀上。这个动作一开始白牙便开始咆哮，随着动作的进展接近高潮，白牙的咆哮声也随之增强。但就在枪快要举到水平线时，他往侧边一跳，躲到了木屋墙角后面。马特站在那里，盯着白牙之前趴着的地方，现在已经是一块空荡荡的雪地。

马特郑重地把枪放下，转过来看着他的雇主。

“我同意你的看法，斯科特先生。那狗真聪明，不能杀。”

第二十章　有爱心的主人

白牙看威登·斯科特一步步走近，便把毛竖起来，龇牙咆哮，以示他不会乖乖地接受惩罚。从他把那人的手咬开一道口子以后已经过了二十四小时，现在那只手已经包扎好，用绷带吊起来防止充血。白牙以前也领教过迟来的惩罚，他担心这样的惩罚就要来临了。除此之外还会是什么呢？他把牙齿咬进了神那不容侵犯的肉体，犯下了渎神罪，更何况那还是一个白皮肤的更高贵的神。按事物的规律，以及从和神打交道的经验来看，很可怕的事情正在等待着他。

那个神在离他几英尺远的地方坐了下来。白牙没看出来这个动作有什么危险。惩罚他的时候，神总是双腿站立的。而且，这个神手里没有木棒，没有鞭子，也没有枪。还有，白牙是行动自如的，并没有铁链或棍子束缚着他。神站起来的空当，他就已经能安全逃离了。但这会儿他要再等等看。

神依然很安静，而且一动也没动。白牙的咆哮渐渐地变成低吼，声音越来越小，最后消失在喉咙里。然后，神开始说话了。

他刚一开口，白牙脖子上的毛就竖了起来，咆哮又冲到了他的喉咙口。但神没有做出敌对的行为，而是继续平静地说着话。一时间白牙和神一齐发声，低吼和话音一唱一和。但神无休止地讲了下去。他以白牙从没见过的方式与其说话。他的声音轻柔又抚慰，其中的柔情不知怎的就有什么地方触动了白牙的某根心弦。尽管本能对他发出了急迫的警告，白牙还是不由自主地开始对这个神产生了信任。他在这个神身上感受到了安全感，而他以往与人相处的经验都证明这种感觉是虚假的。

过了很久，这个神站起来，走进木屋。当他出来时，白牙满怀恐惧地观察着他。他手上没有鞭子，没有木棒，也没有武器。他那只受伤的手也没有放在背后藏着什么东西。他又像之前一样，在几英尺之外的同一个地方坐下来。他拿出一小块肉。白牙竖起耳朵，怀着戒心研究起来，设法在看那块肉的同时也注意着那个神，警惕任何明显的行动。他的身体变得紧张起来，准备好一发觉敌意的征兆就逃跑。

但惩罚迟迟不来。神只是把一块肉举到了他鼻子旁边，而那块肉看起来没什么不对头的。但白牙还是心存疑虑，尽管神以邀请的姿态把肉一点点地朝他面前推过来，他还是拒绝去碰。神都是极其聪明的，就在那貌似无害的一块肉背后，搞不好也包藏了巧妙的奸计。按以往的经验来看，尤其在和印第安妇女打交道的时候，肉往往会带来灾难性的惩罚。

最后，神把肉扔在白牙脚边的雪地上。他仔细闻了闻那块肉，眼睛却没有看肉，而是一直盯着那个神。什么都没发生。他把肉咬到嘴里，吞了下去。还是什么都没有发生。那个神竟然又递给他一块肉。他又一次拒绝从神手里吃肉，神又一次把肉扔给他。就这样重复了很多次。终于有一次，神不把肉扔给他了。他把肉拿在手里，坚定地递上来。

那是一块很香的肉，白牙又很饿。他一步步，无比谨慎地朝那只手靠近。终于，他决定从那只手里吃肉。他目不斜视地盯着神，把脑袋往前伸，两只耳朵往后夹紧，脖子上的毛不由自主地便竖了起来，像戴了一顶长长的冠子。同时他的喉咙里发出咕噜噜的声音，警告对方他不是好惹的。他把肉吃完，什么都没发生。一块又一块，他把肉全吃了，什么都没发生。惩罚还是没有到来。

他舔舔嘴巴，等待着。神继续讲话，从他声音里流露出来的是善意，那是白牙从没经历过的。白牙的心里还被善意激起了各种别的感情，同样地，这些感情也是他从未体会过的。他感到一阵陌生的满足感，仿佛某些需求得到了回应，仿佛生命中的某种空虚得到了填补。这时，他的本能又发来了警告，他又想起了当引以为戒的过去。神是很狡猾的，他们会用各种猜想不到的方法来达到目的。

啊，他早就知道！开始了，神的手，想方设法要来伤害他，忽然朝着他伸过来，即将落在他的头上。但神还在继续说话，他的声音既柔和又给人安慰。尽管那只手带有威胁，但这声音却唤起他的信任。尽管那声音让人放心，但这只手却让他心生疑虑。白牙身处两种矛盾的情感和冲动中，让他左右为难。两股相反的力量在他身上争斗着，想要夺取控制权，他难得地优柔寡断，想把这相反的力量调和到一起，却怎么也控制不住，眼看着他就要被撕碎了。

他妥协了。他咆哮着，竖着毛，耳朵朝后平贴着。但他既没有去咬，也没有跳开。手落下来了，离他越来越近。手碰到了他直立起来的毛发的顶端。他的身体缩了下去，手也跟着放低了，更贴近了他的身体。他几乎是颤抖着畏缩下去的，但仍然还能保持冷静。这手碰了他，侵犯了他的本能，简直就是一种折磨。他不能在一天里就把人类的手对他犯下的罪行忘却。但这是神的旨意，他只能竭力服从。

那只手抬起又重新放下，做着轻拍、爱抚的动作。这个动作一直继续着，但每次手抬起来，毛发就会竖起来。每次手落下，耳朵就会往后倒，喉咙里就会响起深沉的吼声。白牙吼了又吼，不断地发出警告。通过这种方式，他表示自己若受到任何伤害，必将以牙还牙。不知道神会在什么时候暴露出他那不可告人的动机。在任何时候，那平和、唤起信任感的声音都有可能忽然变成怒吼，那温柔、爱抚的手则有可能像钳子一样将他扼住让他无力还击，然后对他实施惩罚。

但神继续轻柔地说着话，那只手不停地抬起，落下，毫无恶意地拍着他。白牙体验到双重的感觉。这种感觉令他的本能感到不快，将他束缚住，将他对人身自由的向往打压下去。但这种感觉没有带来身体上的痛苦，而是恰恰相反，带来的甚至是一种愉悦感。拍打的动作缓慢而小心地转变为揉弄耳根，使得身体上的愉悦感甚至又增加了一点儿。但恐惧感还未消失，他依旧提防着，随时准备应对不可知的恶行。两种感觉此消彼长，一时煎熬，一时愉悦，让他摇摆不定。

“啊，这又是怎么回事啊？”马特说道。他刚从木屋里走出来，袖子卷得高高的，手里端着一盆洗碗水正要倒掉，看见威登·斯科特在抚摸白牙，手上立刻停了下来。

就在他的话音把沉默打破的瞬间，白牙往后一跳，恶狠狠地对着他咆哮起来。

马特十分不满地看着他的雇主：“如果你不介意我说说我的看法，斯科特先生，我可就直说了，你身上汇集了十七个傻瓜，各有各的傻法，我看还不止呢。”

威登·斯科特满不在乎地笑了笑，站起身来，走向白牙。他用抚慰的语调对他讲话，但只讲了一会儿，就慢慢伸出手来，放到了白牙头上，然后继续刚才被打断的轻拍。白牙强忍着，眼睛一眨不眨地盯着，但不是盯着正在抚摸他的人，而是站在门口的那个人。

“也许你是天下第一的、顶呱呱的开矿专家，这没的说。”

马特故意用一本正经的语气说道，“但是可惜啊，你把一生一次的机会给错过了，你小时候真应该从家里逃出去加入马戏团的。”

白牙一听到他的声音就开始咆哮，但这次他没有跑开，因为有一只手正在舒缓地抚摸他的脑袋和脖颈。

对白牙来说这是个新旧交替的时刻——结束了旧的生活，摆脱了仇恨的控制，同时一种崭新的、不可思议的美好的生活初现曙光。威登·斯科特动了很多脑子，付出很多耐心才实现这一切。而白牙呢，他的付出不亚于在自己身上发动了一场革命。他必须放弃本能的冲动和驱使，让理性盖过经验，证明生活也会说谎。

他过去所了解的生活不仅容不下他现在所做的事情，而且其所有的运行方向都与他现在甘于接受的东西相反。总之，在把所有东西都考虑进来后，他必须实现对生活的重新定位，这个定位的视野要比他自愿走出荒野接受灰狸为他的主人时更宽广。那时他还只是一只小狗，刚经塑造，还没定型，做好了让环境的影响对他进行改造的准备。但现在不一样了。环境的改造工作完成得非常漂亮。在环境的影响下，他成了型，被磨炼成凶狠无情的“战狼”，不爱任何人，也不讨人喜爱。完成这样的转变就像让生命之河逆流，他已经失去了年轻时的可塑性，他的性格已经变得桀骜不驯，难以捉摸；他的根基决定了他如金刚石般坚不可摧，残酷而不屈；他的灵魂覆上了一层冷酷的外壳，他所有的本能和生下来就明白的道理都已经形成了固定的规则、警告、反感和欲望。

但在这次新的定位中，是环境的影响将他拉长了，又压扁了，将已经老硬的地方重新弄软，然后重塑成更好的形态。威登·斯科特其实就是这股影响力。他走到了白牙之本性的根部，用善良触发了一度失去活力，几近消亡的生命潜能，其中之一就是爱。爱代替了喜欢，而喜欢曾是他在和神的交往中最让他激动的情感，再没有其他情感能出其右。

但是这种爱不是在一天里就产生了的。它先是从喜欢开始，然后才慢慢地发展成爱。虽然白牙已经脱去了束缚，但他没有逃走，因为他喜欢这个新的神。现在的生活比被关在美人儿史密斯的牢笼里那种生活要好得多，而且他必须有一个神。有一个人类的主人是他天性中的需要。依赖于人类的封印早在他离开荒野，爬回灰狸脚边甘愿受罚的时候便已盖下。那次长长的大饥荒结束后，灰狸的村庄里又有了鱼，他第二次从荒野返回，封印便再次盖下，且再也无法消除了。

就这样，由于需要一个神，而他更愿意选择威登·斯科特而不是美人儿史密斯，他便留了下来。为表效忠，他将守护主人的财产视为己任。雪橇狗睡觉的时候，他就在木屋周围踱来踱去。头一个夜间来访的人用上了木棒才把他打退，直到威登·斯科特过来才解了围。但白牙很快就学会了如何区分盗贼和诚实的人，如何从脚步和仪态对来人进行评估。那些走起路来咚咚作响，径直奔着木屋门来的人，他便放行——但他仍然警惕地监视来人，直到门打开了，主人也让这人进去才罢。但那些脚步轻，兜着圈子过来，小心翼翼地张望，提防着被人看见，还到处找地方躲的人；另外还有那种会忽然掉头走开，慌慌张张不顾形象的人——对这样的人白牙立马就能做出判断。

威登·斯科特给自己定下了对白牙进行救赎的任务，说得更准确些，是对人类在白牙身上犯下的错误进行补偿。这是一个原则和良心的问题。他认为人们对白牙犯下罪行，相当于负了债，必须偿还。于是他竭尽全力对“战狼”好，每天都特地花很长时间轻抚白牙。

一开始还疑心、对此充满敌意的白牙渐渐开始喜欢上了这种抚摸。但有一个习惯他怎么也改不了，那就是低吼。从抚摸一开始他就发出低吼，直到抚摸结束。只是现在的低吼声里出现了一种新的声调，陌生人是听不出这种声调的，在他们听来白牙的低吼表现出的就是原始的野性，听得人心神不宁，毛骨悚然。但自从在狼窝里第一次愤怒地发出幼狼那种粗声粗气的叫声后，多年的凶猛怒吼让他的喉咙变得粗糙，再也无法发出轻柔的声音来表达他感受到的温情。尽管如此，威登·斯科特的耳朵和满满的同情心能足够敏感地捕捉到几乎被暴戾之气盖过的这种前所未有的调子，其中有一种不易察觉的因满足而发出的低吟，除了他以外没人能听得到。

随着日子一天天过去，由喜欢变为爱的步伐加快了。白牙自己也逐渐意识到了，虽然在潜意识里他不知道什么是爱。对他来说，爱是他生命中的一块空白——一种让他感到饥饿、疼痛、渴望的空虚感，吵闹着要求得到填补。这是一种痛，是一种不安，只有在新的神本人的抚摸下，他才能安静下来。在这种时候，爱对他来说就是一种欢乐，一种令他感到欣喜若狂的满足感。但当神离开的时候，那种痛与不安就又回来了，空虚感重新涌上心头，给他无形却又沉重的压力，得不到满足的渴望不停地啃咬着他。

白牙走上了寻找自己的道路。尽管他从年龄上讲早已成熟，还被放在一个刻板到野蛮程度的模子里加以塑造，但他的天性却伸展到了模子外面。一些奇怪的感觉和少有的冲动在他心中迅速成长起来。他过去的行为模式正在改变。以前他喜欢舒适和远离疼痛，不喜欢不适和疼痛，他也就相应地按照这些喜好来调整自己的行为。但现在不同了，由于有了这种全新的感觉，他屡次为了神而宁愿选择不适和疼痛。因此，在清晨，他不会出去漫游或觅食，或躺在一个能躲避风雨的角落，而是几个小时等在阴冷的门廊上，就为了看一眼神的面容。到了晚上，神回家以后，白牙就会从他在雪地上挖出来的温暖的洞里钻出来，觉也不睡了，就为了听到主人打着响指进来，对他说些问候的话语。还有肉，为了和神在一起，得到神的爱抚，或陪着神到城里走一趟，他甚至连肉都可以放弃。

“喜欢”已经被“爱”取代了。“爱”就是那个落入他内心

深处的铅锤，深入“喜欢”从未到达过的地方，在心灵深处传来了回应，铅锤探到了一种新生的感情——爱。他得到了爱，也付出了爱。那的确是一个神，一个充满爱心的神，一个温暖的、散发着光芒的神。在这个神的光芒下，白牙的天性就像阳光下的花儿一样舒展开来。

但白牙不会把感情表达出来。他年纪不小了，已经成型，难以更改，无法适应用新的方式来表达自己的感情。他太沉着含蓄，安于固守自己的孤独。他变得沉默寡言，独来独往，乖张阴郁已经很长时间了。他这一生从来没有像狗一样汪汪叫过，现在当他的神走过来时，他也学不会发出欢迎的叫声。他从来不拦住主人的路，从来不用放纵或愚蠢的方式表达爱意。他从不跑上前迎接神，而是在远处等着——他会一直等，总是在同一个地方。他的爱部分来自崇拜神的天性，是一种说不出口，讲不清道不明，默默无语的崇拜。他只靠坚定的凝视来表达爱意，眼睛一秒钟都不停地追随着他的神。此外，有时当神看着他，对他说话的时候，他心中的爱挣扎着想要表现出来，但身体却无能为力，使得他表现出难为情的样子。

他学会了让自己在许多方面适应新的生活模式。他认识到主人的其他狗是不能去招惹的。但他那必须大权在握的天性却憋不住了，他便用武力让那些狗认识到他和他们不是一个等级，明确了他的领导地位。这事干完后，他和其他狗之间就没什么纠葛了。不管他是来，是去，还是在狗群里走一走，他们都给他让道；只要他表明自己的意愿，他们都会服从。

同样地，他也学会了容忍马特——把他看作主人的财产。主人很少喂他，喂他的是马特，这是他分内的事。但白牙已经猜到，他吃的是主人的食物，是主人让马特代他喂给白牙。试图给白牙戴上挽具，让他和其他狗一起拉雪橇的，也是马特。但马特失败了。直到威登·斯科特把挽具给白牙戴上，并给予引导，他才明白过来，是主人让马特驾他拉雪橇干活，就和马特驾主人的其他狗拉雪橇干活一样。

和麦肯齐河的平底雪橇不一样，克朗代克的雪橇下面装了滑板，驾驭狗的方法也不一样。这里的狗不是以扇形排列的，而是一个接一个地排成纵列，身上系两根缰绳。在这里，克朗代克的领头狗是实实在在的头儿。做领头狗的是最聪明、最强壮的那条狗，整个狗队都服从他、害怕他。于是白牙立刻得到这个位子就成了必然。不把这个位子给他，他就不会满意，这也是马特在遭遇了许多麻烦后才弄明白的。白牙自作主张就当上了领头狗，上雪橇试过以后，马特大加赞赏，对白牙的判断表示了支持。虽然白天要拉雪橇，到晚上白牙也没把守卫主人财产的工作扔到一边。所以他白天黑夜都在岗位上，时刻保持警惕、忠诚，所有狗里数他最有价值。

“讲心里话，”马特一天说道，“我得说你可真英明，花那个价钱就买下了那条狗。你不仅让美人儿史密斯尝了拳头的滋味，还占了他的大便宜。”

威登·斯科特灰色的眼睛里再次燃起了愤怒的火焰，他咬牙切齿地低声说道：“那个畜生！”

到春末时白牙遇上了麻烦：他深爱的主人没有任何预兆地消失了。当然之前是有过预兆的，但白牙没有过这方面的经验，不知道打包行李代表着什么。他事后回忆起来，主人是在收拾好行李之后不见了的，但当时他并没有疑心。那天晚上，他等着主人回来，到了午夜，他不得不到木屋后面躲避寒风。他在那儿打盹，但并不完全睡着，耳朵随时准备着听到第一声熟悉的脚步声响起。但熬到凌晨两点的时候，他在焦虑的驱使下跑到冷飕飕的前门廊，蜷在地上，等待着。

但主人没有回来。到早上门开了，马特走了出来，白牙用不满足的目光凝视着他。他们之间没有共同语言，白牙没法了解到他想知道的东西。白天黑夜来了又走，却总不见主人回来。这辈子都没生过病的白牙病倒了。他病得很重，最后马特只能让他住到木屋里，给雇主写信时，还在信后的附言里为白牙提了一句。

斯科特在环形城[①]读这封信时，看到了下面这一段：

“那该死的狗不干活了，也不吃东西，一点儿精神都没有，所有的狗都能打败他。他想知道你怎么了，我又不知道怎么告诉他。说不定要死了。”

事实正如马特所说。白牙停止了进食，整日丧气，听凭狗队里的任何一条狗来打败他。他躺在木屋里的火炉旁，对食物和马特不闻不问，对生命也失去了兴趣。马特不管是跟他轻声说话，还是对着他骂，结果都一样。他顶多就是抬起头来，用呆滞的目光看看马特，然后以其惯常的姿势把头重新耷拉下来，伏到前爪上。

然后，一天晚上，马特正喃喃地读着东西，忽然被白牙低低

---

①美国阿拉斯加一个随着淘金热而诞生的小城市，当时人们认为这个城市位于北极圈上，于是便取名“环形城”。

地发出的哀鸣吓了一跳。他站起身来，耳朵朝着门口竖起，聚精会神地听着门外的动静。没一会儿，马特听到了脚步声。门开了，斯科特走了进来。两人握了握手，然后斯科特把屋里环视了一圈。

“那头狼呢？”他问。

然后斯科特才发现白牙就在火炉旁，站在刚才躺的地方。他并没有像其他狗一样迎上前来，而是站在原地，看着，等着。

“我的天哪！”马特惊呼道，“你看，他在摇尾巴！”

斯科特穿过半个房间朝他走去，一边走一边呼唤着他的名字。白牙也朝他走过去，不跑不跳，但也很快。白牙觉得有些难为情，但随着距离逐渐拉近，眼里却流露出一种奇怪的神情。这是某种不可言喻的、广博的情感涌上了他的双眼，放射出光芒。

马特表示：“你不在的这段时间他从来没这样看过我！”

斯科特没有听见这句话。他蹲下身去，和白牙面对面，轻轻地抚摸他——揉揉耳朵根，从脖子一直慢慢地爱抚到肩膀，用手指肚轻轻地拍拍他的脊背。白牙回应以咕噜噜的叫声，其中那表示爱的低吟比平时都更清晰可闻。

但这还不是全部。白牙心中的大爱，不断汹涌澎湃，奋力想要将自己感受到的欢乐表达出来，现在终于成功地找到了一种新的表达方式。他忽然把头往前一伸，拱到了主人的胳膊和身体之间。在那里的狭小的空间里，他把脑袋藏得只见耳朵，也不叫了，而是接着又拱啊拱，偎依到主人身上。

两人对望了一眼。斯科特的眼睛闪闪发亮。

“天哪！”马特禁不住赞叹道。过了一会儿，他稳住了情绪，才说：“我一直坚持说那狼其实是一条狗。你看看他！”

心爱的主人回来以后，白牙很快就康复了。他在木屋里过了两个晚上、一个白天。然后，他复出了。那些雪橇狗已经忘了他往日的勇猛，他们只记得他最近的样子，也就是他病得爬起不来的样子。一看见他从木屋里出来，他们就冲了上来。

“这下可有一场恶战了。”马特站在门廊上一边看，一边开心地低声说道。

“给他们点厉害瞧瞧，狼儿！给他们点厉害瞧瞧！再厉害点！”

白牙根本不需要鼓励。心爱的主人回来了，这就足够了。生命力又开始在他体内流淌，他又变得活力充沛，一往无前。他这次打架只是出于纯粹的快乐，他发现战斗能够把他感触颇深，却又无法言传的情感表达出来。结果只可能有一个——狗队耻辱地吃了败仗，四散逃走。直到天黑以后，他们才一个个溜回来，用温和与谦卑表示对白牙的效忠。

学会偎依以后，白牙常常会对此感到有点心虚。这对他来说是一种最终极的表达，他找不到比这更强烈的表达了。在他身上，他一直都最在意的守护，就是他的脑袋了。他从来不喜欢脑袋被触碰的感觉，这是他体内的荒野，那种对伤害和陷阱的恐惧，使他产生惊慌的冲动来避免接触。脑袋不能受到任何控制，这是本能下达的命令。而现在他对心爱的主人的偎依，在他是一种经过思考后的行为，这种行为把他自己置于一个绝望无助的境地。所以，这是一种完全信任的表示，是一种甘心屈从的表示，仿佛是在说："我把自己交到你手中，完全听认你的处置。"

一天晚上，回到家没多久，斯科特和马特在睡前打了一局克里比奇纸牌[①]。"两个十五点，四个十五点，两个加起来就是六个。"马特正在算分数，就听到外头忽然传来一阵喊叫。两个人对看了一眼就立刻站了起来。

"狼把谁给扑倒了。"马特说。

一声包含着惊恐与痛苦的尖叫令他们加快了脚步。"带上灯！"马特边喊边冲了出去。

斯科特拿上油灯紧跟在后，借着灯光他们看到一个人仰面躺在雪地上。他两臂合抱，护着脸和喉咙，想借此抵挡住白牙的利齿。这个动作是绝对有必要的。暴怒中的白牙专拣他身上最脆弱的部位下口。在他交叉的双臂上，从肩膀到手腕的外套袖子、蓝色法兰绒T恤和汗衫都被扯成一条一条，手臂被撕咬得血肉模糊，鲜血直流。

两人刚冲出去便看到了这一幕，斯科特赶紧抓住白牙的项圈，把他拉开。白牙又是反抗又是咆哮，但并没有乱咬，而且主人一

①cribbage，一种将牌通过不同的组合，点数相加后要正好是15点或31点的简单纸牌游戏。

声令下他便安静了。

马特把那人扶了起来。那人站起来以后便把合抱的双手放了下去，露出的居然是美人儿史密斯那张卑鄙下流的脸。马特一把将他推开，那动作仿佛手被着火的棍子烧到了。美人儿史密斯在灯光下眨眨眼，四周看了看。他一看见白牙，脸上立刻露出惊恐之色。

就在这时，马特看到雪地里有两个东西。他把油灯举过去，用脚尖把这些东西指给他的雇主看——原来是一根钢制的链条和一根粗棒子。

斯科特看到后点了点头，谁都没有说话。马特用手掌按住美人儿史密斯的肩膀，把他往右边一推。什么都不用说了，美人儿史密斯乖乖地走了。

这时，充满爱心的主人抚摸着白牙，对他说："他想把你偷走，是吗？你可不干！好了，好了，他想得美，是不是？"

"他身上汇集的肯定是十七个魔鬼。"马特嗤笑道。

白牙还气得不行，耸着毛，吼了又吼，过了一阵之后毛才慢慢伏下去，喉咙里轻轻发出那低吟的调子，一开始遥远而又模糊，随后便越来越强了。

第二十一章　远行

这种感觉弥漫在空气里，即使没有看得见的证据，白牙也感觉到灾难即将来临。他产生了这种模模糊糊的想法：改变即将发生。他不知道是什么样的变化，也不知道变化的原因，但他从两个神的身上感到事情即将发生，两人的意图以某些难以察觉的方式不知不觉地就泄露给了那只在门廊上走来走去的“狼狗”。他从不跑到木屋里去，但也能知晓两人心中所想。

“你听听呀！”一天，在吃晚饭的时候，马特惊呼道。

斯科特听着。门外传来一声低沉、焦虑的哀鸣，仿佛一直压低了嗓子的抽泣终于发出声来。随后是长长的一声含着泪的吸气声，大概白牙知道他的神还在屋里，没有神秘地消失，丢下他自己一个人走掉，于是放了心。

“我敢说那狼知道你要干吗了。”马特说。

斯科特带着几近内疚的眼神看着他的同伴，但他嘴上却不服软。

“我带头狼去加利福尼亚干吗？”他问道。

“我也这么说，”马特回答，“你带头狼去加利福尼亚干吗？”

但斯科特对这个回答并不满意。他的同伴看似不置可否，其实是在批评他。

“白人的狗根本不是他的对手，”斯科特继续说道，“他当场就会把他们杀死。即使我不被赔偿损害搞破产，政府也会把他带走，然后电死他。”

“他是个彻头彻尾的杀手，我知道。”马特评论道。

斯科特心怀疑虑地看着马特。“根本行不通。”他果断地说。

“根本行不通！”马特表示赞同，“而且你还得专门雇个人来照顾他。”

斯科特打消了疑虑，高兴地点点头。接下来两人都没讲话，又听到门口传来低沉的、半是抽泣的呜咽声，之后又是长长的、带着质问语气的吸气声。

“他喜欢你喜欢得要命，这是肯定的。”马特说。

斯科特突然怒冲冲地瞪着他：“闭嘴！我怎么想的我自己知道，我也知道怎么做最好！”

“我完全赞成你的看法，只是……”

“只是什么？”斯科特打断道。

“只是……”马特先是声音很轻，然后改变了主意，忍不住也发起火来，“你没必要为这事火气那么大。你这样子人家会以为你根本没主意。”

斯科特思想斗争了一会儿，最后换了副温和的口气：“你说得对，马特。我的确没主意了，问题就在这儿。”

他又停了一会儿，忽然说道：“可是，把那条狗带上的话，我岂不是成了人家的笑柄？”

“我也这么看。”这就是马特的回答。这下他的雇主又不高兴了。

“我以那了不起的萨丹纳帕路斯[①]的名义发誓，我实在想不通他怎么知道你要走了。”马特继续故作无知地说。

“这我也搞不懂，马特。”斯科特悲伤地摇摇头。

那一天来到了。白牙从开着的木屋门看到了地板上那个代表着灾难的行李箱，他心爱的主人正在往里面装东西。此外他们还进进出出，昔日木屋平静的气氛被一种罕见的不安和骚动打乱了。原来证据明明白白就摆在这儿。白牙早就嗅到有问题了，现在他开始分析。他的神正准备再次从他身边离开。既然上次主人没有带他一起走，那么，这次，他多半也会被抛下不管。

那晚他又一次发出了长长的狼嗥。就像他还小的时候，从荒野逃回村里，却发现村子不见了，只能从一堆垃圾上看出哪里是原先灰狸搭帐篷的地方。现在他也高高地扬起吻部，向空中冷冰冰的星星诉说自己的凄苦。

---

① 亚述帝国的最后一个国王，曾经英勇善战，后来变得骄奢淫逸，专横残暴，国家也随之走向灭亡。

木屋里的两个人刚刚睡下。

“他又不吃东西了。”马特躺在他的床铺上说。

斯科特在床铺上发出一声咕哝，他不安地翻着身，毯子发出窸窸窣窣的声音。

“从你上次走了他就绝食的情况来看，他这次要是绝食而死，我是不会感到奇怪的。”马特说。

另一张床铺上的人暴躁地翻了个身。

“哦，闭嘴！”斯科特在黑暗中吼了一声，“你怎么比女人还能唠叨？”

“我完全赞同你的意见。”马特回答道。但斯科特拿不准他是不是在偷笑。

第二天，白牙的焦虑和不安愈发明显了。每次主人一离开木屋，他就寸步不离地尾随着，主人在屋里的时候，他就在前门廊上走来走去。透过敞开的门，他可以看见地板上的行李。那个行李箱旁边还有两个大帆布袋和一个盒子。马特正在把主人的毯子和皮袍子卷起来，放进一个小防水帆布袋里。白牙一边看他们干活一边呜咽。

后来来了两个印第安人。白牙仔细地看着他们把行李扛起来，马特则拿上了铺盖和那个行李箱，带着他们往山下走。但白牙没跟他们走，因为主人还在屋里。过了一会儿，马特回来了。主人走到门口，把白牙叫进去。

“你这个可怜的家伙，”他温和地说，同时揉揉白牙的耳朵，拍拍他的背，“我要去个很远的地方，老伙计，你不能跟去。来，为我叫一声，最后叫一声，声音大点儿，就当是我们道别的吼叫。”

但白牙拒绝了，他用敏锐的眼睛惆怅地看了他一眼，然后拱了过来，把整个脑袋埋到主人的胳膊和身体之间。

“拉汽笛了！”马特喊道，育空河上响起了轮船粗哑的汽笛声，“你得赶紧了，一定要把前门锁起来，我从后门走。快点儿！”

两道门同时砰的一声关了起来，斯科特等马特绕到前面来。门里传来了低声的呜咽和抽泣声，之后就是长长的、深深的吸鼻子的声音。

“你一定要把他照顾好，马特。”斯科特在他们往山下走的时候说，“给我写信，告诉我他过得怎么样。”

“那是当然！”马特回答，“可是，你听啊！”

两人都停了下来。白牙的嗥叫声那么悲伤，就和狗死了主人时叫的一样。他嗥出来的，是最深切的哀痛。他的吼声骤然升高，到了令人心碎的地步，又悲痛地颤抖着降下去，之后又骤然升高，掀起一阵又一阵的悲哀之情。

“极光号”是那年第一艘驶往城外的汽船，甲板上挤满发了财的探险家和破产的淘金者，就和当年发了疯似的想来城里一样，他们现在又都发了疯似的想要去城外。斯科特和马特站在跳板旁边握握手，然后马特就该回到岸上了。马特的目光望到斯科特身后，然后眼睛定定地盯住了什么东西，他握着斯科特的那只手也忽然一松。斯科特扭头看了看。蹲坐在几英尺外的甲板上，用渴望的眼神看着他们的，正是白牙。

马特轻声骂了一句，但语气里充满了敬佩。斯科特也惊呆了。

“你锁前门了吗？”马特问。斯科特点点头，问：“你后门锁了吗？”

“绝对锁了。”他着急地说。

白牙垂着耳朵，一副讨好的样子，但还站在原地，并没有想走上前来。

“我得把他带上岸去。”

马特往白牙那边走了两三步，但白牙从他身边躲开了。马特跑过去逮他，白牙头一低，钻到一群人的腿下，逃开了。躲闪、转弯、加速，他在甲板上溜来溜去，让想抓住他的人每一扑都落空。

但当心爱的主人一开口，白牙就立刻听话地来到他身边。

“我喂了他好几个月，居然不听我的话。”马特愤愤地嘟囔道，“而你，除了刚来的头几天以外你就没喂过他。真该死，我倒想知道他怎么知道你是他主人的。”

正在抚摸白牙的斯科特忽然一屈身，凑近了，把吻部一道新的伤口和两眼间的一道割伤指给马特看。

马特也弯下腰去，用手把白牙的腹部摸了一遍。

“我们都没想到还有窗户。他的肚子下面割开了好几道很深的伤口，一定是撞碎玻璃硬冲出来的。上帝啊！”

但斯科特没有在听他说话，他在迅速地思考着。“极光号”拉响了开船前的最后一声汽笛。人们纷纷走下跳板，回到岸上。马特把围巾解下来，系到白牙的脖子上。斯科特抓住了他的手。

“再见，马特，老伙计。关于这头狼——你不用写信了。听着，我……！”

“什么！”驾雪橇的喊道，“你该不会是说……”

“我就是这个意思。拿好你的围巾。我会写信告诉你他的事情。”

马特在跳板上走到一半的时候停了下来。

“那种天气他根本受不了！”他扭头喊道，“除非你在天气热的时候给他剪毛！”

跳板收起来了，“极光号”驶离了河岸。斯科特挥手做了最后的道别，然后转身弯腰俯向站在他身边的白牙。

“现在再叫啊，你这个家伙，再叫啊！”说着他拍了拍白牙那对他的话做出回应的脑袋，揉了揉他垂下的耳朵。

第二十二章　南方

白牙在旧金山下了船。他被吓坏了。在他心底，还没用到任何推理过程或有意识的行为，他就已经把力量和神的脑袋联系在一起。当他走在旧金山泥泞的街道上时，他感到白人神从来没像现在一样神奇非凡。他熟悉的小木屋被高耸的建筑所取代。街上危机四伏——挤满了马车、运货的大车、汽车；高大的马拼命拉着巨大的货车；巨兽般的缆车和电车鸣着喇叭从大街当中呼啸而过，那种尖叫声时时都在宣示着威胁，那样子就和他在北地森林里见识过的猞猁一样。

这一切都是力量的体现。贯穿这一切，支撑这一切的，是人，他们一如既往地通过对其他事物的掌控展现着自己的力量。眼前的一切都硕大无比，令人眩晕。白牙感受到了震撼，恐惧压倒了他。正如小时候他离开荒野，第一次来到灰狸的村子里的那一天，曾经顿感自己是那么渺小而又羸弱；现在，他在体格上已经完全成熟，拥有了自豪的体力，但依然感到渺小而又羸弱。而且这里有那么多的神！他们如潮流般地涌动着，看得他头晕目眩。街上隆隆的喧嚣撞击着他的耳膜。一切熙熙攘攘，不停地运动，让他不知所措。他从未感到过如此依赖心爱的主人，他紧紧地跟在主人身后，无论发生什么，都没有让主人走出自己的视野。

但白牙只不过看到了这个城市一个梦魇般的幻象而已，这是一场噩梦一样的经历，虚幻而又恐怖，很久之后都在他的梦里惊吓着他。他被主人放进一辆行李车，拴在大堆的箱包之间的一个角落里。这儿管事的是一个矮胖结实的神，他弄出很大的声响，把箱子和盒子扔来扔去，或者拖进门，甩到一堆行李上，或者连摔带砸地丢出门外给其他在等着它们的神。

白牙就被主人抛弃在这么一个行李的地狱里。至少白牙以为他是被抛弃了，直到他嗅到身旁就是装着主人衣服的帆布袋，于是当起了这几个包的守护者。

一个小时后，当斯科特出现在门口时，车上的神吼道：“你总算来了，你那条狗一指头也不让我碰你的东西。”

白牙从车里钻出来，他感到很惊讶，噩梦城市不见了。那辆车对他来说顶多相当于一座楼里的一个房间，他进去的时候周围就是城市。就过了这么一段时间后，城市却消失了，他的耳朵里不再有喧嚣的轰鸣。现在眼前是欢乐的乡村，阳光普照，寂静慵懒。但他没费心对这大变样感到惊奇，他只是接受了这个转变，就好像他接受了神们所有无法解释的行为和表现一样。神们就是这样。

有一辆马车在等他们。一个男人和一个女人朝着主人走过来。那女人举起双臂，搂住了主人的脖子——这是个敌意的行为！紧接着斯科特就从她的怀抱里挣脱出来，跟狂怒的恶魔般低吼着的白牙缠斗在了一起。

“没事的，妈妈。”斯科特一边紧紧抱住白牙，安抚他，一边解释，“他以为你要伤害我，而他是不会让这种事情发生的。没事了，没事了。他以后就知道了。”

虽然被吓得脸也白了，脚也软了，那女人还是笑道：“那现在我只能等狗不在的时候才能去爱我儿子了。”她看着白牙，白牙对着她咆哮，毛也奓起来了，目光也变得恶狠狠的。

“他得学习，而且他会学好的，这就开始学。”斯科特说。

他轻声对白牙说话，直到白牙安静下来，然后他的声音就变得严厉起来。

“躺下，先生！你快趴下！”

这是主人教过他的很多事情之一。白牙服从了，虽然趴下的时候不情不愿，很不高兴的样子。

“来，妈妈。”斯科特对着她张开双臂，但眼睛还一直盯着白牙。

“躺下！”他警告道，“趴下！”

白牙没发声，但毛还是竖了起来，身子刚起来一半，又趴了下去，看着那个恶意的行为重演一遍。但这个动作没带来伤害，之后斯科特又和一个男性神拥抱后也没事。接着装衣服的布包被放上了马车，陌生的神和心爱的神跟着上去了，白牙也紧跟在后，警觉地跟着车跑。现在他对着那些拉着他的神飞快地在路上奔跑的马竖起了毛，警告他们，有他在旁边看着，他的主人不能受到任何伤害。

十五分钟过后，马车转进一道石头大门，里面道路两边各有一排核桃树，树枝成拱形交错，形成一道连绵的绿荫。路两边都有大片的草地，大片的绿色上偶尔在这里或那里冒出一棵棵很高的、枝干粗壮的橡树。离这儿不远的地方，在太阳照耀下呈现出褐色和金色的草料场与修剪过的嫩绿色草坪形成鲜明的对比；再远处还有黄褐色的小山和高地牧场。在草地的最前头，山谷的第一个小山包下面，是一座有长长的门廊和很多窗子的房子。

但白牙并没有得到多少机会来看这些。马车驶入这片地界后没多久，一头义愤填膺的牧羊犬就对他发起了愤怒的攻击，那狗两眼炯炯有神，长着尖尖的嘴巴，跑到他和主人之间，拦住了他。白牙没有发出咆哮警告对方，只是毛发一竖，便无声地发起致命的冲刺。但这冲刺没冲到底，他手忙脚乱地来了个急刹车，前腿伸直挡住全身的冲击力，差点摔一大屁股墩，就为躲开他先前的攻击目标。那是一条母狗，狼族的法则在他们之间树起了一道屏障，对她发起攻击等于是要去违背自己的本能。

对那条牧羊犬来说可不是这么回事。作为雌性，她的本能中没有不能攻击雄性这一条。从另一方面来说，作为牧羊犬，她本能地惧怕荒野，这种恐惧在遇上狼的时候变得更加强烈。在她看来白牙是狼，是掠食者的后代。在她的先祖刚开始放牧、保护羊群的年代里，狼就开始对他们的羊群进行捕杀。于是，她一看白牙半途而返，碰都没碰到她，便朝着他猛扑出去。当他感到她的牙齿咬进自己的肩膀时，他忍不住咆哮起来，但除此之外没有要伤害她的意图。他向后退去，有点害羞地把腿上的肌肉绷紧，绕着圈躲开她。他钻进钻出，绕圈拐弯，但都没用。她总能挡住他的去路。

“柯莉，过来！”马车里一个陌生的男人喊道。

斯科特笑了。

“没事的，爸爸，正好让他学学守规矩。白牙要学的还多着呢，最好让他现在就开始，他会适应过来的。”

马车继续往前，柯莉还是不放白牙走。他跑出车道，到草地上绕了一圈，想超到她前面，但她跑了距离更短的内圈，每次都能用两排闪光的牙齿把他迎面挡住。他又掉头绕圈，横穿过车道到另一块草坪上，但还是被她迎头截住了。

马车把主人带走了。白牙在奔跑间瞥见马车正逐渐消失在树林里，这有点让他感到绝望。他又试着兜了一圈，柯莉敏捷地小跑着跟了上来。然后他忽然杀了个回马枪，使出了打架时的惯用伎俩。双方肩膀相撞，他把她结结实实地撞了一下。她不仅被撞翻，而且由于她跑得很快，一撞就被撞得滚了出去，一会儿背部着地，一会儿侧腹着地，终于挣扎着停下来以后，她又气又愧，爪子深深地扣进了沙砾里，厉声尖叫。

白牙一刻也没耽搁，障碍已经扫除，他要的也就是这个。她不住地咆哮着跟了上来。前路笔直，到了拼速度的时候，白牙可要给她点颜色瞧瞧了。她发了狂，歇斯底里地使出最大的力气，每一跃都表现出她已经使了全力。但每次追上去，白牙都能无声无息地将她超过，像个飘浮在地面上的幽灵一样毫不费力地就溜到前面去了。

当他绕到前门廊上下车的地方的时候，他追上了马车。马车停了下来，主人正在下车。他仍保持着最快速度在奔跑，就在这时，他忽然感到侧面遭受了攻击，原来是一条猎鹿犬冲了过来。白牙想转过来面对他，但他速度太快，猎鹿犬离得又太近，他的一侧被击中，猛烈的向前的冲击力再加上突如其来的撞击，让他摔着跟头滚了出去。他起身跃出，摆脱纠缠，随即面露凶相，耳朵往后夹紧，掀起嘴唇，皱着鼻子，牙齿上下一碰，一对尖牙差一点儿就咬到了猎鹿犬柔软的喉咙。

主人跑了过来，但距离还是太远，后来还是柯莉救了猎鹿犬的命。白牙想纵身跃起发出致命一击，柯莉就在他刚跃起时赶到了。她被白牙设计甩开，追捕时又被甩在了后面，更别提在沙砾里打滚的那一跤摔得有多狼狈，所以现在她带着被冒犯的尊严、正当合理的愤怒和对荒野掠食者的仇恨如龙卷风般杀将过来。她和半空中的白牙形成直角，撞得他又一次四仰八叉，滚了出去。

这时主人到了，他用一只手抓住白牙，而他父亲则把其他狗叫开了。

“我说，对于一头从北极来的没亲没友的狼来说，这接待可真够热情的。”主人说，此时白牙在他温柔的抚摸下安静了下来，“他这一辈子，我只见他被打翻过一次，但在这里的三十秒内他就摔倒了两次。”

马车驶走了，其他陌生的神从屋子里走了出来，有些敬重地站在远处，但有两个女人竟然做出敌意的动作，搂住了主人的脖子。但白牙逐渐开始忍受这种行为。看来这个动作并没带来伤害，而且那些神发出的声音也没有威胁。这些神还想对白牙示好，但他用低吼把他们吓退了，主人也对他们做出了口头的警告。在这种时候，白牙就会靠向主人，紧紧地贴着他的腿，让主人拍拍他的头，安慰他。

那条猎鹿犬在“迪克，趴下！”的命令下上了台阶，在门廊一侧趴下了，但还是怒吠不停，沉着脸注视着入侵者。一个女性神把柯莉领了过去，伸开双臂搂着她的脖子，爱抚她。柯莉感到很困惑又担心，呜呜叫着，烦躁不安，对允许这头狼留下来感到愤愤不平，她确信这些神们犯了一个错误。

所有神都上了台阶，走进屋子，白牙紧紧跟在主人身后。走廊上的迪克咆哮起来，走到台阶上的白牙也耸着毛吼了回去。

“把柯莉带进去，让他们两个打个明白，”斯科特的父亲建议道，“之后他们就能做朋友了。”

“然后白牙为了表示友情，只能到她的葬礼上去做主祭人。”主人笑道。

比斯科特年长的那个有点不相信，他先看看白牙，又看看迪克，最后看着他儿子。

“你的意思是……”

斯科特点点头：“我就是这个意思。只要一分钟，最多两分钟，你的迪克就死定了。”

他转向白牙：“来吧，狼崽，看来只能是你进屋了。”

白牙绷着腿走上台阶，穿过门廊，尾巴紧邦邦地竖着，眼睛盯着迪克，以防侧面受袭，同时也准备着对付任何可能从屋子里扑出来的未知的险恶。但并没有恐怖的东西扑出来。他进了屋便仔细地巡视了一番，到处找，什么也没找到。然后他满意地咕噜了一声，在主人脚边躺下，观察着周遭的一切，随时准备一跃而起，和他认为必定潜伏在这处居所里的危险进行生死相搏。

第二十三章 神的领地

白牙不仅天生适应能力强，而且游历广，知道顺势而为的含义和重要性。在这里，谢拉维斯塔庄园，也就是法官斯科特的家里，白牙很快就舒舒服服地安顿下来。他和那些狗也再没有太大的冲突。他们对南方的神更加了解，在他们看来，当他陪着神一起进屋的时候，就相当于神在家里给了他一席之地。他的确是狼，这种事情也的确没有先例，但神认可了他的存在，而他们，隶属于神的狗也只能认同他的存在。

迪克呢，不用说，一开始和白牙相处时不得不经历了一段磕磕绊绊，之后还是平静地将白牙作为大宅子的一部分接受了。如果迪克的做法得到回应的话，他们本可以成为很好的朋友。但白牙对友谊并不感兴趣，他对其他的狗只有一个要求，那就是离他远点儿。他的一生都孤立于同类之外，现在他仍然希望能继续独处。迪克的示好令他烦恼无比，所以他低吼着把迪克赶跑。在北方他就学会了主人的狗是不可以去招惹的，现在也没忘记。但他坚持独处，不和别的狗打交道，彻底无视迪克，迪克这个好脾气的家伙最后只能放弃，再也不多看他一眼，只把他看作马厩旁拴马的桩子一般。

柯莉却不然。在神的命令下，她接受了他，但这并不代表她就该让他过上太平日子。他那些掠食者祖先对她的祖先犯下了无数罪恶，她天生就有这些不可磨灭的记忆。那些惨遭血洗的羊圈不是用一天，或一代就能遗忘的。这些都像马刺一样刺激着她去报复。神允许他留下，她不能公然反抗神，但这并不代表她不能做些小动作让他苦不堪言。他们之间有一段源远流长的世仇，而她自己至少算一个，将确保随时提醒他记住这一点。

于是柯莉占着自己是雌性，每每挑起事端，让白牙吃苦头。他的本能不允许他攻击雌性，但她不断地挑事，让他又不能当她不存在。在她向他扑来时，他就用厚厚的皮毛来挡一下她的利齿，然后绷着腿傲然离去。她要是逼得太紧，他只得跑去绕圈，用肩膀挡一挡，头扭向一边，表情和眼神都表示出万般忍耐，已经不胜其烦。但有时要是他的后腿被咬上一口，他就会逃得更快一些，那时就顾不得傲气了。他习惯性地保持着一种几近肃穆的尊严感。在有可能的情况下，他总是无视她的存在，必定处处躲着她。一看见或听见她来了，他就站起来走开。

在其他方面，白牙还有很多要学的。北地生活很简单，相比之下，谢拉维斯塔庄园的事务则纷繁芜杂。首先，他必须搞清楚主人的家人。在某种程度上，他是打过基础的。就像米沙和克鲁库奇属于灰狸的家人，分享灰狸的食物、篝火和毯子一样，在谢拉维斯塔庄园，所有的居民都属于心爱的主人。

这是不同的两种情况，有很多不同之处。谢拉维斯塔庄园是一个比灰狸的帐篷大得多的东西，里面有很多人需要白牙弄清楚：有斯科特法官和他的妻子，有主人的两个姐妹——贝丝和玛丽，还有主人的妻子爱丽丝和两个孩子——威登和莫德，一个四岁，一个六岁。任何人都不可能来给他解释谁是谁，况且他根本不懂，也永远都无法了解的亲属关系。但他很快弄明白了——这些人都属于他的主人。通过各种机会，他观察他们，研究他们的行为举止、言语和语调，慢慢搞清楚了每个人和主人在亲戚关系上的亲疏程度和情感上的亲密程度。他根据这些弄清楚的标准，对每个人区别对待。主人最为珍视的，也就是他最珍视的；主人最疼爱的，白牙也会加以珍惜，小心呵护。

对那两个孩子就是这样。他一生都不喜欢小孩，对小孩的手又恨又怕。他和小孩相处得到的教训都不是闹着玩的，在印第安村子的岁月里，他就见识过他们的专横和残酷。当威登和莫德第一次朝他走去时，他低吼着发出警告，摆出凶狠的样子。被主人打了一掌，呵斥了一句以后，他只得被迫接受他们的爱抚。他们的小手一边摸，他一边低吼，而且这低吼声中没有低吟的调子。之后，他观察到男孩和女孩在主人眼里都是珍贵的宝贝，于是就再也不用等打了骂了之后才肯让抚摸了。

白牙从来没有将内心的柔情袒露出来。他屈从于主人的孩子们，虽然苦着脸，但老老实实地任他们摆弄，就和病人忍受痛苦的手术一样。等他再也忍不下去了，就站起来，坚定地大步离开。过了一段时间后，他甚至慢慢有点喜欢孩子了，还是不会把这份感情表露出来。他不会主动去找他们，也不再一见他们就走开，而是等他们走过来。再后来，人们发现，当他看见孩子们过来的时候，他的眼里会闪现出愉悦的光芒；当他们抛下他去找别的乐子的时候，他就会用一种少有的带点遗憾的神情目送他们离去。

这些都是需要时间来一天天改善的。在他重视的人里，排在两个孩子之后的，就是斯科特法官。其中大概有两个原因：首先，他显然是主人的所有物里很宝贵的一件；其次，他也很含蓄。他在宽阔的门廊上看报时，白牙喜欢卧到他脚边；他时不时好心地看白牙一眼，或跟白牙说句话——轻描淡写地便表示出他认可白牙的存在，也同意白牙躺在这里。但只有主人不在的时候白牙才这样，主人一出现，其他任何人在白牙眼里就都不存在了。

白牙允许全家人抚摸他，跟他亲热，但有些东西，他只为主人保留。不管家人怎么抚摸，他都不会从喉咙里发出饱含爱意的低吟声；而且，不管他们再怎么努力尝试，都不可能让他偎依到他们怀里。这种以绝对信任为前提的完全屈从和献身，他只为主人一个人保留。实际上，家人们在他眼里不是别的，只是心爱的主人的所有物罢了。

白牙早就能够把家人和家里的仆人区分开来。仆人们都很怕他，而他也只是能忍住不去攻击他们而已。因为在他看来，他们也一样是主人的所有物。他们和白牙之间的关系仅限于互不干涉。他们给主人做饭、洗碗，干其他杂事，也就是马特在克朗代克做的那些。简单来说，他们就是家里的附属品。

在家庭之外还有更多东西等着白牙去学习。主人的领地又大又复杂，但也有界限和范围。土地的边界止于本县公路，公路之外就是所有神共有的区域，包括大小马路和街道。其他围栏内的是其他神独有的领地。这些地方有无数的法则来管辖，如何行为都由法则决定。他不懂神的语言，除了经验以外，也没有其他办法来学习。他按自然冲动行事，直到这些冲动触犯了某些法则为止。这样重复几次之后，他学会了那些法则，以后就遵守这些法则。

但对他最有效的教育还是主人的掌掴和大声训斥。由于白牙爱得深切，主人的掌掴比灰狸或美人儿史密斯对他的毒打感觉更疼。毒打只造成肉体上的疼痛，肉体之下的精神依然愤怒，桀骜不屈。主人的掌掴虽很轻，根本不会让肉体感到疼痛，却伤得更深。因为掌掴代表了主人对他的批评，白牙挨了批评就会变得垂头丧气。

其实掌掴难得发生一次，主人的声音就足够有效了。白牙能听出自己的行为是对是错，然后对行为进行修正，对举止进行调整。主人的声音就像罗盘一样指引着他，在新的土地和新生活中培养出正确的礼仪。

在北地，唯一被驯化的动物就是狗。其他的动物都生活在荒野中，那些不太凶猛的都是狗的合法捕猎对象。白牙一直都以捕食活物为生，所以到了南方以后，他没想过这里的事情竟然不是这样的。但这一个问题，他在刚住进圣克拉拉谷的时候就弄清楚了。一个清晨，他闲逛的时候在房子一角遇到一只从鸡舍逃出来的鸡，他的本能冲动就是吃掉它。他上前几步跃了过去，利齿一闪，在一声惊恐的咯咯叫之后，他就把这只爱冒险的鸡吞下了肚。这只鸡是农场里长大的，又肥又嫩，白牙舔舔嘴，觉得这是一顿美餐。

当天晚些时候，他又在马厩旁边碰上了一只离群的鸡，一个马夫跑过来捉那只鸡。马夫不知道白牙的血统，所以只拿了一根很轻的马鞭当武器。鞭子一抽，白牙就把鸡一放，转过来扑人。木棒也许能制止住白牙，但鞭子可没什么用。他不吼不叫，虽然在往前冲时又挨了一鞭，却毫不畏缩，飞跃起来，对着喉咙就要咬。马夫一边惊呼“我的上帝！”一边跌跌撞撞地往后退。他扔下鞭子，用手臂护住喉咙。结果，他的上臂被咬开了，骨头都能看得见。

那人被吓坏了。与其说白牙的凶残，倒不如说是他进攻时的沉默把马夫吓得招架无力。他一边仍用被咬伤、鲜血直流的手护住喉咙和脸，一边试图逃到谷仓里去。要不是柯莉出现了，他可就有大麻烦了。当初她救了迪克一命，现在又救了马夫一命。她

怀着狂暴的怒火冲向白牙。她一直都是对的，她比那些粗笨的神知道得更清楚，她所有的怀疑都得到了证实——这个有着古代掠食者血统的家伙又干起了他的老本行。

马夫逃进了马厩，白牙则躲避着柯莉凶狠的利齿，躲不过了就用肩膀抵挡，然后转着圈与她周旋。但柯莉一如既往地在追了足够长的时间后依然不肯罢休。非但如此，她还越追越来劲儿，越追越愤怒了。直到最后，白牙把尊严抛到九霄云外，从战场上败下阵来，穿过田地逃跑了。

“他会学会不去碰鸡的。”主人说，“但我只能在把他逮个现行的时候才能教训他。”

两天后的晚上，案情又发生了，但规模却比主人预料的要大得多。白牙对鸡舍和鸡的生活习惯进行了近距离的观察。到了晚上，鸡都回窝后，他爬到刚拉来的一堆木料顶上。再从那里跳到鸡舍顶上，爬过横梁，跳到鸡舍的地面上。片刻之后他就钻进了鸡窝，开始大开杀戒。早晨，当主人出门来到门廊上时，第一眼看见的，就是五十只白色来航鸡[①]被马夫一排排摆在地上。他轻轻地吹了一声口哨，先是觉得很意外，最后却感到钦佩。之后他就看到了白牙，但白牙没有一点儿惭愧或内疚的样子，他看上去很是得意，说真格的，他立了大功，真该得到奖赏。他一点儿也

① 原产于地中海地区的一种个小但健壮的家禽，以下蛋多而闻名。

没意识到自己犯下了罪行。面对这么一件糟心的事情，主人把嘴唇抿得紧紧的，然后他厉声指责那个根本不知错在何处的凶手，声音里充满了神的愤怒。他还把白牙的鼻子按到被杀死的鸡上面，啪啪啪地掴了他一顿。

从此白牙再也没扫荡过鸡舍，那样做是违反法则的，他已经学到了。然后主人把他带到养鸡场里。白牙看见活着的食物就在他鼻子底下拍着翅膀跑来跑去，按捺不住本能的冲动，想要扑过去。他依从了本能的冲动，却被主人的声音阻止了。他们继续在鸡场里待了半个小时。白牙又数次想要扑食，每次向冲动屈服后，他都会被主人的声音阻止。他就是这样学会了这条法则，在离开鸡的领地之前，他就学会了忽视他们的存在。

“你永远都不可能扭转他杀鸡的本性。”斯科特法官在午餐桌上遗憾地摇着头说道。他儿子正在讲述他给白牙上的一课。“一旦他有了这种习惯，尝到了血的滋味……”他又遗憾地摇摇头。

但斯科特并不同意他父亲的看法。

最后，他发出了挑战：“让我来告诉你我的打算。我要把白牙和那些鸡在一起关一个下午。”

“你得为那些鸡想一想。”法官反对道。

“还有，”儿子接着说，“他每杀死一只鸡，我就赔你一块金币。”

“但爸爸要是输了也要有惩罚。”贝丝打断他道。她的妹妹也支持他，桌上大家异口同声地表示赞同。斯科特法官点点头表示同意。

“好吧。”斯科特沉吟了片刻，“如果，到了下午结束的时候，白牙都没有伤害一只鸡，那么他在鸡场里每待的十分钟，你就要对他说一句‘白牙，你比我想象的要聪明’，而且必须说得严肃、不敷衍，就像你坐在法庭上庄严地做出判决一样。”

家人找了个方便观察又隐蔽的地方，全程观看了表演。但演出没有出彩的地方。白牙被关在鸡场里，接着主人离他而去，他就躺下来睡觉。有一次，他站起身来，去水槽里喝了点水，很平静地完全没有理睬那些鸡。对他而言，他们就跟不存在一样。到了四点钟，他助跑后跳起来，爬到鸡舍的楼顶上，又跳到外面的地上，然后一本正经地踱着回去了。他已经学会了那条法则。在门廊上，斯科特法官在笑嘻嘻的家人面前，面对面看着白牙，缓慢、郑重地说了十六遍：“白牙，你比我想象的要聪明。”

但法规的多样性还是把白牙搞糊涂了，经常让他丢面子。他必须学会，属于其他神的鸡是不能碰的。还有猫、兔子和火鸡，这些他也不能碰。其实，在他还没把法规完全学透的时候，曾一度有过这样的印象，即所有活物都坚决不能碰。在屋后的牧场上，鹌鹑飞到他鼻子底下都没事。焦急和渴望让他浑身紧张，发起抖来，但他还是控制住了本能的冲动，站着一动不动，因为他是在服从神的意志。

之后的一天，同样是在后牧场上，他看见迪克从草里惊出一只长耳大野兔，然后在后面紧追不舍。主人一直看着，却没有干涉。不仅如此，他还鼓励白牙也加入追捕中去。就这样，他明白了长耳大野兔不在捕食的禁忌之内。最后，他把整套的法规都搞清楚了。他和家养动物之间不能有敌对行动，如果不是建立友好关系，也至少得是互不侵扰。但其他的——松鼠、鹌鹑和棉尾兔——都是荒野的动物，从来没有向人类效忠，任何一只狗都可以把他们当合法的猎物。只有驯养动物才能得到神的保护，而驯养动物之间不能发生致命冲突。神掌握着这些臣服者的生杀大权，而且竭力守护这个权利。

经历过北地的简单生活后，圣克拉拉谷的生活就显得十分复杂。文明的各种细节要求你首先要控制、忍耐——一种自我的平衡，微妙得如同扇动幻影的翅膀，但同时又像钢铁一样坚硬。生活有千张面孔，白牙觉得他有必要全都见识一遍。所以，每次进城到了圣何塞，不管他是跟在马车后面跑的时候，还是马车停着他在街上闲荡的时候，他都在长见识。生活的河流从他身边流过，深邃、宽广、变化多端，不断地冲击着他的感官，不断地要求他做出迅速的改变来应对，并且几乎总在强迫他压抑本能的冲动。

他经常看见肉店，里面挂着的肉随手可得，但这些肉他不能碰。主人拜访的人家里有猫，那些猫也要离远一点儿。到处都有狗对他龇牙咆哮，那些狗他也不能攻击。还有，在拥挤的人行道上有无数的人被他吸引，他们会停下来看他，互相对着他指指点点，仔细地打量他，跟他说话，还有最糟糕的，跑上来拍他。这些和陌生的手之间发生的危险的接触他也必须忍受。这些他都忍了。此外，他不再表现得尴尬与害羞了。他以一种高傲的方式接受了众多陌生的神的关注，屈尊接受了他们居高临下的爱。而在另一方面，白牙身上有某种让人无法亲近的感觉，于是他们拍拍他的头就继续往前走了，满足并欣喜于自己的大胆举动。

但这些对于白牙来说并不容易。他跟着马车跑到圣何塞的郊区时，就碰上一些小男孩总要拿石头打他。但他知道法则不允许他追那些男孩并把他们按翻在地。这种时候他就得被迫违背自我保护的本能，但他也做到了，因为他正在变得温顺，让自己有资格生活在文明社会。

然而，白牙对这样的解决方法并不满意。他无法抽象地去理解正义和公平，但生命中天然就寄寓着一些平等的意识，他身上的这种意识让他对不可以反抗那些对自己扔石头的人感到愤怒。他忘记了他和神签订契约时，他们承诺过会照顾他、保护他。但有一天，主人从马车上冲下去，手里拿着鞭子，把那几个扔石头的小孩抽了一顿，之后他们再也不扔石头了。于是白牙懂了，感到很满意。

这样类似的经历他还有过一次。在进城的路上，有三条狗在一个位于十字路口的酒吧门口晃荡，每逢他路过时便冲过来攻击他。主人知道他一动手就能致命，所以每次都提醒他牢记不可打架的法则。白牙把教诲记得很牢，结果每次到十字路口的酒吧时都被逼得走投无路。每次都是三条狗先冲上来，然后被白牙的咆哮阻止在一定的距离之外，但他们一路跟在后面，对他发出尖叫，跟他斗嘴，侮辱他。这样持续了一段时间。酒吧里的人甚至怂恿那些狗攻击白牙。一天，他们公然唆使那几条狗来咬他，主人把马车停下。

“咬他们去。”主人对白牙说。

但白牙一时还不敢相信。他看看主人，又看看那些狗，然后又转过头来，急切地、满眼疑问地看着主人。

主人点点头。“咬他们去，老伙计。去打败他们。”

白牙不再犹豫了。他转过身去，默默无语地跃到敌人身边。三条狗和他对峙。接下来是好一场咆哮与吼叫、牙齿的撞击与身影的冲撞交叠。地面上的灰尘被扬起，形成一团云雾，遮蔽了战斗的情形。但几分钟过后，只看见两条狗躺在地上挣扎，第三条正在全速仓皇逃去。那狗跳过水沟，钻过栅栏，穿过一片田地。白牙紧追不舍，以狼的矫健身姿和狼的速度掠过地面，迅捷无声地追到田野中央，一下便把那条狗扑倒，一招便取了他的性命。

一口气杀死三条狗后，他和狗之间的麻烦不复存在了。他的故事传遍了山谷地区，人们都回去小心关照自家的狗，千万别去骚扰那条“战狼”。

第二十四章　同类的呼唤

几个月的时间匆匆而过。南方有着充足的食物而没有工作，白牙长胖了，日子过得很滋润，很开心。他在地理意义上的南方并不感到孤单，因为他身处在一种南方式的温暖生活之中。人类的善良像太阳般照耀着他，他像一株种在沃土中的花朵般茁壮生长。

然而他还是跟其他的狗有些不同。他对法则的理解比那些不知道其他生活方式的狗还要好，他对法则的遵守也更加一丝不苟。然而他周身上下依然显示出一种潜伏着的凶猛，就好像荒野依然在他身上残留，好像狼性只是沉入了休眠而已。

他从来不跟其他的狗交朋友。对他的同类而言，他独自孤零零地生活着，并且还将继续孤零零地生活下去。在他的童年时期，他曾受到过唇唇和小狗帮的欺凌，后来他又跟美人儿史密斯度过了一段充满格斗的时光，这使得他对狗形成了一种顽固的厌恶。他生活的自然轨迹发生了偏转，使得他跟自己的同类无法相处，反倒是跟人类更加亲近。

而且，所有南方的狗都用带着怀疑的眼光看他。他激起了他们身上对于荒野的本能恐惧，于是他们总是待之以低吼、咆哮和好斗的敌意。而在另一方面，他知道自己不需要用牙齿来对付他们，他那露出的利齿和扭曲的嘴唇同样管用，几乎每次都能把一条吠叫着朝他奔来的狗吓得退回去老老实实地蹲坐在地上。

但在白牙的生活中还有一劫在等着他，那就是柯莉。她从来不肯给他片刻的安宁。她对于法则并不像他那样顺从。尽管主人做出种种努力，想要让她和白牙成为朋友，但她对所有这些努力全都不予理睬。他耳边传来的总是她那尖利而又紧张的吠叫。她一直都不原谅他杀死养鸡场里的小鸡那件事，坚持不懈地认为他做任何事都居心不良。还不等他犯下罪行她便已认定他有罪，并且按罪犯的待遇来对待他。她成了他的天敌，整天像个警察一样跟着他——他去马厩，她跟过去；他去庭院，她也跟过去。只要他哪怕只是朝着一只鸽子或是小鸡好奇地瞥上一眼，她便要义愤填膺或是怒气冲冲地发出一声大叫。他最喜欢的一种忽略她的方法就是趴下，把脑袋搁在前爪上假装睡觉。这总是能令她目瞪口呆并且发不出声音来。

除了柯莉之外，白牙在其他方面一切顺利。他学会了控制和冷静，也知道了法则。他已然具有了一种沉着、平静和哲学家式的宽容，他不再生活在充满敌意的环境里了，危险、伤害和死亡不再潜伏于他的四周。经过了一段时间后，以往那种以即将来临的恐怖和威胁之面目出现的未知已渐渐消逝了。生活变得温和而又舒适，它和顺地流淌着，不再一路埋伏着恐惧与敌人。

他怀念雪，但他自己并没有意识到这点。即使他想到这事，出现在他脑子里的念头也只是“夏天长得有点过分”。事实上，他只是以一种朦朦胧胧的、潜意识的方式在怀念雪。同样地，特别是在太阳底下的暑热中，他会对北地产生淡淡的向往。不过即便如此，他唯一的表现也只是有点没来由的躁动不安而已。

白牙从来都是喜怒不形于色的，除了舒舒服服地蜷伏着和在表示喜欢的嘟囔中加进一个柔情轻哼的音符之外，他没有其他表达喜欢的方式。然而在外部的作用下，他倒是发现了第三种表达方式。一向以来，他对他的神所发出的笑声很敏感。笑声会让他发脾气，让他变得怒气冲天。但他是不会对他喜欢的主人生气的，当那位神选择以一种友善的、戏谑的方式对着他笑时，他就有点糊涂了。他能够感受到原来那种怒气在他身上升腾，在刺激着他，但这是与爱背道而驰的。他不能生气，但他必须做点什么。刚开始的时候他摆出一副有尊严的样子，这使得主人笑得更厉害了。然后他试图摆出更有尊严的样子，结果主人笑得比之前更厉害了。到了最后，主人不断地笑终于让他收起了他的尊严。他的双颚微微分开，嘴唇抬起来了一点点，摆出一个令人好笑的表情，眼神中更多的是爱而不是怒气了。他学会了笑。

同样地，他还学会了与主人嬉闹，被主人推倒在地，滚来滚去，成为无数种粗糙把戏的受骗上当者。作为回应，他也故意装出生气的样子，竖起毛发，发出凶狠的低吼，上下牙相碰咬合，怎么看怎么像是要玩命的样子。但他从来也没有忘乎所以，那些装模作样的撕咬只是对着空气。到了这样一番嬉闹的末尾，当击打、撕咬和咆哮都变得又快又猛之时，他们会突然停止，然后隔了几英尺站开，目光炯炯地瞪着对方。这时，突然间，如太阳升起在暴风骤雨的海上，他们会开始大笑起来。接着主人会展开双臂搂住白牙的脖子和肩膀，而白牙则用夹杂着轻柔哼哼的咕噜来表达心中的亲爱之情，嬉闹总是以这样的方式达到高潮。

但是没有别的人跟白牙嬉闹过，他不会允许这样的事情发生。他总是一副凛然不可犯的样子，当有人尝试要跟他嬉闹时，他那警告的低吼与奓起的鬃毛一点儿也不像要跟人玩耍的样子。允许主人对他有这些无礼并不意味着他应该成为一条普通的狗而到处扮可爱，成为每个人嬉闹和消遣的对象。他只对一个人付出爱，拒绝让自己或自己的爱变得廉价。

主人经常骑马外出，陪伴他是白牙生活中主要的责任之一。在北地他已经通过在挽具中的劳作表明了自己的忠诚，但南方没有雪橇，也没有狗队把负担放到自己的背上。于是他以新的方式来表达忠诚，那就是跟着主人的马一起跑。再长的一天跑下来也不会令白牙累垮。他的步法是狼的步法，柔滑、不易疲劳、毫不费劲，在跑完五十英里之后他还可以得意扬扬地跑在马的前头。

在与骑马相关的事情中白牙实现了又一种表达方式，这种表达方式很不平凡，因为他一辈子也就只用了两次。第一次发生在主人调教一匹精力充沛的纯种马的时候，主人想让马学会在无须骑手下马的情况下开门和关门的方法。主人一次又一次地策马来到门边教马关门，每次马都会害怕、退缩，然后跳开。马变得越来越紧张，情绪越来越激动了。在马后退的时候，主人用马刺刺马，让马把前腿落回到地面上，可马又开始用后腿踢开了。白牙看着马的表现，越看越着急，终于忍不住了，他跳到马跟前，冲着马凶狠地、满含警告地吠叫了起来。

尽管自那以后他常常想要试着吠叫，而主人也鼓励他这么做，但他只成功了一次，而且当时主人并不在旁边。事情的起因是这样的：什么东西蹦蹦跳跳地掠过牧场，一只长耳大野兔突然从马蹄下面冒了出来，马猛然一转向，一个失足，倒在了地上，主人的腿断了。白牙一怒之下朝着惹下大祸的马儿的喉咙扑了过去，但被主人制止了。

“回家！快回家去！”主人在确认了自己的伤情后命令道。

白牙不愿意撇下他。主人想要写一张字条，但找遍了口袋也没有找到铅笔和纸。他再一次命令白牙回家去。

白牙依依不舍地看着他，开始迈步离开，然后又回转身来轻柔地呜呜哀叫。主人平静却也严肃地又跟他说了几句，他竖起耳朵，专心致志地听着。

“没事的，老伙计，你只管跑回家去就是了。”主人继续说道，“回家去，告诉他们我发生了什么事。我会跟你回家的，狼崽，你先走一步！”

白牙知道“家”的意思，尽管他并不明白主人说的其他话的意思，他知道主人的意愿是要他回家去。他转过身去，带着不情愿小跑离开了。然后他又停了下来，犹豫不决地扭头看了看。

“回家去！”传来的是厉声的命令，这次他服从了。

白牙到家的时候，一家人都在门廊上，乘着下午的凉风。他来到他们中间，大口喘着粗气，身上满是尘土。

“威登回来了。”威登·斯科特的母亲宣布道。

孩子们欢呼着跑过来迎接白牙。他避过他们，想要直接上门廊，但孩子们把他逼到了背靠一把摇椅和门廊栏杆的死角里。他发出低吼，努力要从他们身边挤过去。他们的母亲忧心忡忡地朝那个方向看着。

“我承认，他跟孩子们在一起让我好紧张。”她说，“我害怕哪一天他会出人意料地对孩子们发起攻击。”

白牙凶狠地低吼着从角落里冲了出来，把男孩和女孩撞倒了。母亲把他们叫到身边安慰他们，叫他们别去惹白牙。

“狼就是狼。”斯科特法官评论道，“总是叫人不敢信任哪。”

“可他不全是狼。”贝丝反驳道。她是站在她不在场的哥哥一边的。

“你这全都是威登那一套。”法官再次回答道，“他只是推测白牙身上有一点儿狗的血统，他虽然这么告诉你，但其实一无所知。从他的外表来看——”

他没能把这句话讲完。白牙站在了他的面前，狠狠地咆哮着。

“走开！趴下，先生！”斯科特法官命令道。

白牙又转过去向主人的妻子求助。她吓得尖叫起来，因为白牙用牙齿叼住了她的裙子，用力地拽着，直到把轻薄的布料给扯破了。这时，他成了人们关注的中心。他停止了咆哮，站在那里，昂着头，盯着众人的脸。他的喉咙痉挛似的颤动着，但没有发出声音。他用整个身体挣扎着，身子因为要拼命消除那阻止他发出声音的不知为何物的东西而震动不已。

“我希望他不会发疯。”威登的母亲说，“我跟威登说过，我担心温暖的气候不适合一只北极地带的动物。”

“他是想要说话，肯定的。”贝丝说。

这时说话的能力来到了白牙身上，从他口中迸出了一阵吠叫。

“威登出事了。”他的妻子决然地说道。

这下大家全都站起身来了，白牙从台阶跑了下去，不时回头看看，等着大家跟上。在他的生命中，这是他第二次也是最后一次开口吠叫，并且让人明白了他的意思。

经过了这一事件之后，白牙在谢拉维斯塔庄园所有人的心中拥有了更温暖的地位，就连那个胳膊曾被他咬伤过的马夫也承认，就算他有狼的血统，他还是一条聪明的狗。斯科特法官依然维持他原来的看法，就算大家对他都很不满，他也还是拿着从百科全书和各种自然史著作里看来的数据与描述证明自己的论断。

日子一天天过去，每天都把毫无中断的阳光照射在圣克拉拉山谷之上。但等白天渐渐变短，白牙在南方的第二个冬天渐渐临近时，他有了一个奇怪的发现——柯莉的牙齿变得不再尖利了。她虽然还会咬他，但其中有了一丝玩耍的意思，而且咬得很轻，不可能真正对他造成伤害。他忘记了她曾经令他不胜其苦，当她在他身边自己玩耍时，他的反应很是犹豫：他竭力想要做出轻松自若的样子，结果却只是显得滑稽可笑。

一天，她引领着他展开一番长长的追逐，来到了后面的牧场并进入了树林。这时是下午，主人要去骑马的，白牙知道。马已经上好了鞍具，正在门前等着。白牙犹豫了。但在他身上有着比他学到过的法则、塑造了他的习俗、他对主人的爱、过好自己的生活的愿望都更为强烈的东西。而在他犹豫不决的时候，柯莉轻轻咬了他一下然后跑开了，他转身跟了上去。那天主人一个人去骑马了，而在树林里，肩并肩，白牙和柯莉一起奔跑着，就像他母亲克什和独眼老狼许多年前在寂静的北地森林中奔跑一样。

第二十五章　沉睡的狼

大概就是在这个时候，报纸上已经满是一个罪犯从圣昆廷监狱大胆脱逃的消息了。他是一个凶恶的人，他在成长的过程中步入了歧途。他一生下来就是个错误，而社会在随后对他的塑造中也没有向他提供帮助。社会的手是残酷的，而这个人就是其作品中引人注目的一个样品。他是一个野兽——一个人形的野兽，的确如此——他是如此可怕，乃至对他最贴切的描述竟然是肉食性野兽。

在圣昆廷监狱他已经证明了自己是无可救药的，惩罚无法摧毁他的精神。他有可能死于极度疯狂，也有可能与人打斗至生命的尽头，但他不可能活着被人打败。他斗得越是凶狠，社会对他的手段便越是严酷，而严酷的唯一作用就是使他变得更凶狠。穿紧身衣，不给饭吃，用拳头打，用棒子敲：这些对于吉姆·霍尔来说都是错误的对待方式，但这就是他所受到的对待方式。这是自他孩童时期生活在旧金山贫民窟起就一直受到的待遇——那时他还只是社会之手中软软的黏土，准备要被塑造成某样东西。

他在监狱里服第三个刑期时遇到了一个警卫，这人几乎是一个和他一样了不起的野兽。这个警卫对他很不公，向监狱长诬告他，让他失去信誉，还用各种手段迫害他。他们之间的区别只在于警卫带着一大串钥匙和一把左轮手枪，吉姆·霍尔只有赤裸的双手和自己的牙齿。但有一天，他跳到了这个警卫的身上，像任何丛林动物那样，用牙齿咬断了他的喉咙。

自那以后，吉姆·霍尔住进了给不可救药的犯人专用的囚室。他在那儿一住就是三年。囚室是铁做的，地板是铁的，墙是铁的，天花板也是铁的。他从来没有离开过囚室，他从来没有见到过天空和阳光。白天对他来说是熹微的光，夜晚则是黑色的死寂。他身处一个铁的墓穴，被活埋着。他见不到一张人脸，也没有人可以说话。在食物从外面塞进来给他的时候，他发出野生动物般的吼叫。他恨所有的东西。他会整日整夜地用痛苦的咆哮来宣泄他对天地万物的怒火。他也会几个星期几个月地不发出一点儿声音，躲在黑暗的寂静中吞噬自己的灵魂。他既是个人，也是个怪物，可怕得如同一个疯狂的头脑所能感受到的幻影。

后来，一天晚上，他逃跑了。监狱长说这不可能，但不管怎么说囚室空了，地上躺着一个警卫的尸体，一半在门里，一半在门外。另两具警卫的尸体标示了他从监狱来到通往外面的大墙的轨迹。为了不发出声音，他是用双手杀死他们的。

他身上带着那两个被杀死的警卫的武器——他成了活的武器

库——逃进了山里，有组织的社会权力在后面紧追不舍。政府重金悬赏，要他的脑袋。贪婪的农夫们拿上霰弹枪投入了对他的狩猎,他的血或许能用来付清抵押贷款或是把一个儿子送去上大学。有公益心的公民们拿下墙上的猎枪出去追捕他。一群寻血的猎犬循着他滴血的足迹追踪而去。而法律的猎犬警探，这些拿报酬的社会斗兽们，靠着电话、电报和专列，日日夜夜地跟着他的踪迹死死不放。

有时候他们遇上他了，这些人像英雄一般面对着他，或是不畏艰险地蜂拥而上，脑子里只顾想象着大众在早餐桌上读到报道时的快乐。每逢这样的遭遇之后都会有死伤者被车子拉回到镇上，他们的位子自有热衷于搜捕的人去顶上。

接下来吉姆·霍尔就消失了。寻血猎犬徒劳地围着断了的踪迹打转转。偏远山谷中那些无辜的牧场工人们被武装人员拦下，被迫证明他们自己的身份。而吉姆·霍尔的尸体在十几处山区被人发现，那是贪婪的人想要冒领血腥钱。

与此同时，谢拉维斯塔庄园的人们也在看报纸，他们看报纸时不安多过了兴趣。女人们感到了恐惧。斯科特法官嗤之以鼻，但他这么做并不理智，因为正是在他最后的一段法官任期中，吉姆·霍尔站在他面前接受了宣判。在公开的法庭之上，在大庭广众之下，吉姆·霍尔宣称总有一天他将对宣判他的法官施以报复。

至少这一次，吉姆·霍尔是对的。他并没有犯下他被宣判的罪行。这是一桩用小偷和警察的话来说叫“铁路直通”，也就是草率判决的案子。吉姆·霍尔就这样为了一桩他并没有犯下的罪行给“铁路直通”进了监狱。因为之前还有两项针对他的指控，所以斯科特法官判了他五十年的徒刑。

斯科特法官并不了解全部实情，他也不知道自己成了一桩警方阴谋的同谋，这桩案子的证据都是警方炮制出来的，吉姆·霍尔根本没有犯下他被指控的罪行。而在另一方面，吉姆·霍尔也不知道斯科特法官是无辜的。他认定了法官知道所有的内情，并且和警方沆瀣一气，共同实施了这桩令人发指的枉法行为。于是，当五十年徒刑这个不是死刑的死刑判决从法官口中道出时，恨透了社会待他不公的吉姆·霍尔站起身来，在法庭上大发雷霆，直到六个穿着蓝制服的他的敌人把他拖了下去。对他来说，斯科特法官便是他那不公之门的拱心石，他对斯科特法官发泄了所有的愤怒，丢下了要在将来对他进行报复的威胁。接下来吉姆·霍尔就去受他的活死刑，再接下来……他就逃跑了。

白牙对这一切一无所知，但在他和主人的妻子爱丽丝之间有一个秘密。每天晚上，在整个谢拉维斯塔庄园的人都上床睡觉后，她会起来把白牙放进来，让他睡在大厅里。现在白牙还不是一条房子里的狗，也不被允许睡在房子里，所以每天早上，她早早地就溜下床，在全家人醒来之前把他放出去。

在这样做之后的一天晚上，整个屋子都睡着之后，白牙醒了过来，静静地趴在那里。他非常安静地嗅闻着空气，读到了其中蕴含的讯息：有一个陌生的神存在，而且他从耳朵里听出来这个陌生的神在移动。白牙发出一声并不带有愤怒的吼叫，这并不是他惯常的做法。陌生的神走路的动作很轻，但白牙走得比他更轻，因为他没有衣服来和他的肉体相摩擦。他静悄悄地跟在后面。在荒野中他狩猎活物时那些猎物都是非常容易受惊的，所以他知道出其不意的好处。

陌生的神在大楼梯面前停下来听了听，白牙看着、等待着，一点儿动作都没有，简直就像死了一样。沿着那道楼梯向上通往的是他亲爱的主人和主人最珍视的财产。白牙的鬃毛竖了起来，但他等待着。陌生的神的脚抬了起来，他开始往上走了。

这时白牙发起了攻击。他没有发出任何警告，没有用低吼来预告自己的行动。他腾身而起跃到空中，再落下来时正好落到了陌生人的背上。白牙的两个前爪紧紧搭在那人的肩膀上，与此同时他的利齿已经咬进了男人的脖子后面。他搭了有一会儿，直到已经足够把那人向后扯倒了。一人一狗双双倒在了地板上。还没等那人挣扎起身，白牙已经朝旁边跃开，并随即又亮出利齿跃了进来。

谢拉维斯塔庄园被惊醒了。从楼底下传来的声音就像是有二十多个魔鬼在打斗，其中有几下左轮手枪的响声。一个男人尖叫起来，叫声带着恐惧与痛苦。有好大一阵低吼与咆哮，还传来家具和玻璃被砸碎的声音。

但骚动就像突然响起那般很快又轻了下去，整个打斗持续了不超过三分钟。惊恐万分的全家人一齐来到了楼梯顶端。从下面的一片漆黑的深渊中传来一个咕噜咕噜的声响，就是气泡冒出水面的那种声音。有时候这咕噜咕噜的声音会变成咝咝声，几乎像是一只哨子。但这声音也很快轻了下去并停止了。然后什么也没有从黑暗中传上来，除了一种沉重的喘息声，像是某种生物在挣扎着想要呼吸。

威登按下了一个开关按钮，楼梯和楼下的大厅一下就被涌进来的灯光照亮了。然后他和斯科特法官两个手握左轮手枪，小心翼翼地往楼下走去。其实这番小心并无必要，白牙已经把他的工作做完了。在推翻与砸烂的家具当中躺着一个人，身子微微侧着，脸被一条胳膊给遮住了。威登弯下身去把那条胳膊拿开，然后把那人推得脸朝上。敞着大口子的喉咙解释了他的死亡方式。

“吉姆·霍尔。”斯科特法官说，然后父子俩意味深长地对看了一眼。

然后他们把目光转向了白牙。白牙也侧躺在地上，双眼紧闭着，但当他们朝他弯下身子来的时候，他微微抬起眼帘，想要看着他们，他的尾巴在动，但只是刚能被感觉到，离他想做的摇尾巴动作还差着好远。威登拍了拍他，他从喉咙里滚出一声咕哝表示感谢，但这充其量也只是一声弱弱的咕哝，很快就停了下来。

他的眼睑垂了下来，闭上了，整个身体似乎也放松了下来，平摊在了地板上。

“他累垮了，可怜的家伙。”主人小声咕哝道。

“我们会处理的。”法官说完就拿起了电话。

“坦白说吧，他有千分之一的机会活下来。”外科医生在给白牙治疗了一个半小时后宣布道。

渐明的曙色从窗外照了进来，令电灯渐渐暗淡了。除了孩子们之外，全家人都聚到医生周围来听他的诊断。

“一条后腿断了。”他接着说道，“肋骨断了三根，其中至少有一根刺进了肺里。他差不多流光了所有的血，还很有可能有内伤。他肯定是被人跳起来后压在了身下，更不用说还有三颗子弹穿透了他的身体。说有千分之一的机会都还是乐观的，其实连万分之一的机会都没有。”

“但只要能对他有一点儿帮助，就请不要放过任何机会。”斯科特法官大声说道，“别在意钱。给他照X光——随便什么。威登，马上给旧金山拍电报找尼克尔斯大夫。不是信不过你，大夫，请你理解，但一定不能让他错过任何机会。”

医生宽容地笑了笑：“当然，我理解。他值得人们为他不惜一切。他一定会得到对人那样，对一个生病的孩子那样的看护。别忘了我跟你说的关于体温的事。十点钟我会再回来的。”

白牙得到了护理。斯科特法官要请一个训练有素的护士的提议被家里的女孩们气呼呼地否决了，她们自己接过了这份工作。白牙最终赢得了连医生都不认为他能得到的那万分之一的机会。

医生不该为他的判断失误而受到批评。他这一辈子照料的、动手术的都是娇弱的、文明的人类，他们过的是有固定居所的生活，而且上溯很多代也都过的是这样的生活。和白牙相比，他们虚弱、肌肉松弛，而且生命力也没有那么顽强。白牙是直接从荒野里来的，在那里弱者早早地就消亡了，也没有任何一个能被赐予有固定居所的生活。他父亲和母亲身上没有一丝的软弱，在他们之前的历代的身上也都没有。铁一般的体格和荒野的活力是他继承得来的遗产，而且他对于生命有着顽强的信念：完整的他是如此，他身上的每个部分也是如此；精神上如此，肉体上也是如此。这种坚韧不拔从前曾属于所有的生物。

被石膏和绷带捆得像个囚犯，连一动都不能动的白牙度过了非常艰难的几个星期。他每天都睡很长时间，做很多梦，在他的脑海里如同无休止的游行般闪过许多北地的景象。所有的鬼魂都浮现出来，陪伴着他。他又一次和克什一起生活在狼窝中，又一次浑身颤抖着爬到灰狸的膝前去表示他的忠诚，又一次在唇唇和嗷嗷疯叫的小狗帮的追逐下狂奔逃生。

他又一次在寂静中奔跑，捕猎活物以度过几个月长的饥饿期。他又一次奔跑在狗队的最前面，米沙和灰狸那驯鹿肠线做成的鞭子从后面咬来，当行至狭窄的通道时狗队随着父子俩口中喊着的

“勒啊！勒啊！”像扇子收拢般收缩队形以通过。他又经历了与美人儿史密斯在一起的生活和格斗。每到这些时候，他就会在睡梦中呜咽和低吼，在旁边看护他的人就会说他又做噩梦了。

但有一个特别的噩梦总是令他深受其苦——那些叮叮当当地响着的电车怪物，对他来说那就是巨大无比的尖叫着的猞猁。他会趴在一道灌木的屏风后面，看一只小松鼠贸然走到离大树庇护所足够远的地方。然后，等他跳出来向小松鼠扑去时，小松鼠突然变身成了一辆电车，那样可怕，那样咄咄逼人，像一座大山般矗立在他的面前，尖叫着发出叮叮当当的声音，向他喷出火来。在他挑战那从天空落到地面来的老鹰时，情形也是一样。当老鹰突然从空中落下，停到他面前时，老鹰突然变身成了那无所不在的电车。再或者，他会来到美人儿史密斯关他的围栏里。围栏外面，人们在聚集，他知道一场格斗即将上演。他盯着那扇自己的对手将要进来的门。门会打开，然后猛然冲到他面前的还是那辆可怕的电车。这样的情形发生了一千次，每一次这场景所引发的恐惧都是那么栩栩如生，丝毫不曾消减。

终于有一天，最后的绷带要解下，最后的石膏要拆除了。这天俨然成了一个节日。谢拉维斯塔庄园的全体成员都聚集在了他的身边。主人摩挲着他的耳朵，他轻柔地发出示好的咕噜声。主人的妻子管他叫“圣狼”，大家都说这个名字叫得好，于是所有的女人都管他叫“圣狼”了。

他想尽力站起身来，在尝试了几次后还是因为虚弱而倒了下来。他躺得太久了，肌肉失去了灵巧，所有的力量都溜走了。他为自己的虚弱感到有点羞愧，就像，说老实话，他因为没有能向他的神提供应有的服务而令他们失望了似的。正因为如此，他奋力一搏站了起来，并终于用四只脚站住了，然后摇摇晃晃地走了起来。

“圣狼！”女人们齐声赞叹道。

斯科特法官得意扬扬地用目光扫了她们一遍。

“这回是你们亲口说的了吧。”他说，“我可是一直都这么说的，纯粹的狗可干不出他干的那些事儿来，他是一头狼。”

“一头圣狼。”法官的妻子修正道。

“对，圣狼。”法官附和道，“从今往后我就这么叫他了。”

“他必须学习重新走路。”医生说，“那还不如索性就从现在开始吧，不会对他造成伤害的。带他到外面去吧。”

于是他来到了外面，像一个国王一般，谢拉维斯塔庄园的所有人都围着他，照料着他。他非常虚弱，在抵达草坪后他躺下来休息了一会儿。

接着队伍又向前行进了。随着他对肌肉的运用，一股股小小的力量进入了肌肉之中，血也开始从肌肉上涌过。牲口棚到了，柯莉就趴在牲口棚的门口，六只沐浴在阳光中的胖乎乎的小狗正在她身边玩耍。

白牙吃惊地瞪大了眼睛望着这一切。

柯莉朝他发出了警告的低吼，他小心翼翼地保持着距离。主人用脚指头把一只摊手摊脚躺在那里的小狗朝他推过来。他怀疑地竖起了鬃毛，但主人提醒他安然无事。柯莉被女人中的一个抱在了怀里，她用嫉妒的眼神望着他，并用一声低吼警告他，并非安然无事哟。

小狗在他面前摊开手脚地趴着。他的耳朵竖了起来，好奇地望着小狗。接着他们的鼻子碰到了一起，他感到小狗那温暖的小舌头在舔他的下颌。白牙的舌头伸了出来，他也不知道是为什么，舔了舔小狗的脸。

见到这一幕，旁边站着的神们拍起了手来，发出了欢呼。他有点吃惊，用疑惑的目光望着他们。这时他感到了虚弱，便躺了下来，耳朵竖起，头侧向一边看着小狗。其他的小狗不顾柯莉的不快，摇摇晃晃地向他爬来。他表情严肃地允许他们爬到他身上，从他身上滚过去。刚开始的时候，在神们的掌声中，他不禁流露出一点点往日的害羞与尴尬。但随着小狗们在他身上不停地耍宝，不停地折腾，他的尴尬渐渐消失了。他躺在那里，眼睛半开半闭，眼神中满满的都是耐心。太阳暖暖地晒在身上，他渐渐地打起了瞌睡来。

译后记

吴刚

《白牙》是美国现实主义作家杰克·伦敦所作的一部著名的动物小说。该作品发表于1906年，是其发表于1903年的《野性的呼唤》的姊妹篇。这两部作品构成了一对有趣的镜像，在《野性的呼唤》中，一条生活在美国加州某法官家的大狗巴克被拐卖到了天寒地冻的阿拉斯加，在经过了残酷现实的连串打击与磨炼后，最终摆脱了人类文明，回归到了狼群的原始生活之中。而《白牙》则正好相反，它讲述的是一条出生于冰寒北地的具有狼血统的狗白牙从蛮荒的自然之中经历各种机缘慢慢回到人类的文明社会之中，并最终成为一条以生命捍卫主人家园（同样是位于美国加州的一所法官家的大宅）的忠犬。令人感到有意思的是，杰克·伦敦不仅以其富有魅力的文字把这相反的两个过程写得同样真实可信，而且还用这相反的两个过程揭示了相同的主题，即讴歌自然与生命的伟大，讽刺人类社会的虚伪。

要想了解这两部小说的创作背景，便不能不提到杰克·伦敦的淘金经历。1897 年时，阿拉斯加发现金矿的消息传到美国，顿时在美国掀起一股淘金热。当时身无分文的杰克·伦敦也和朋友一起东拼西凑地弄够了装备，踏上了淘金之旅。尽管在这趟旅程中，他凭借着自己的航船技能挣下了几千美元，然而到达阿拉斯加后没多久便由于生病而被迫返回了。虽然没有淘到一点儿金子，但是回过头来看，他倒是获得了比金子更加珍贵的东西，那就是丰富的经历。在他一生所创作的 19 部长篇小说和 150 多部中短篇小说中，有相当一部分来自这段经历，而《野性的呼唤》与《白牙》则无疑又是其中的佼佼者。

《白牙》的开篇便扣人心弦：两个在茫茫冰原上跋涉的旅人陷入了饥饿狼群的追击，这是一场智谋与毅力的角逐——旅人的狗队被狼群用计诱出后各个击破；旅人之一承受不住压力，在打光了猎枪中最后的三颗子弹后命丧狼口；另一旅人在精疲力竭、绝望地放弃了抵抗的千钧一发之时被过路人救下。这段开场大戏写得惊心动魄，但细心的读者可以发现，在这场人狼大战中，虽然我们出于思维与情感的惯性，将自己的立场摆在了人的一边，但作者的笔触其实是中立的，并没有以人类为中心。杰克·伦敦笔下的狼展现了顽强的生命意志，他们与人之间的争斗完全是出于生存的需要，作者对他们的计谋与坚持不懈的毅力不仅表示了理解，甚至颇为欣赏。这种宣扬大自然中动物与人平等的思想贯穿了整部小说的始终，而正是这种立场差异所产生的陌生化效果，使得我们对人类与动物相处时的种种行为展开反思，这也是动物小说所能够也应当起到的积极作用。

开场戏过后，杰克·伦敦便把笔墨放到了狼群上，而当带有狼血统的小狗白牙——也就是本书的主人公——诞生后，作者渐渐地以白牙的主观视角代替了原来的第三人称全知视角，完全进入了白牙的头脑，见其所见，想其所想，带我们见识了一个我们以前所没有见识过的世界。虽然我们清楚，其中许多内容出自作者的想象，但这样的一个崭新视角还是能给我们带来许多启迪。从作者的角度来看，这样写的难度是颇大的，所以我认为书中对白牙在狼穴中的生活和它对世界最初认知的描写堪称这部小说最为精彩的部分，这不仅是对作者想象力的考验，也展现了作者对摆脱人类中心立场的一种较为彻底的尝试。

小狗白牙的生命历程可谓充满了坎坷：先是父亲死去，接着随着母亲回到了印第安人的营地，过起了陌生的狗的生活；之后是与母亲分离，受到营地中其他小狗的欺凌，然后是被主人灰狸卖给了一个狠毒的人——美人儿史密斯，受尽虐待并以格斗为新主人牟利。这一系列的描写由于大都通过白牙的主观视角展开，使得读者有着很强的代入感。白牙的形象在文学上完全是独立的，他不是人的宠物和人的陪衬，而完全是他自己。一条有血有肉的狗，以他自己的生命历程打动着我们，使我们对他的苦难感同身受。

当然，在一个由人这种比狗更加具有智慧的生物主宰的世界里，一条狗想要完全掌控自己的命运是不现实的，所以发生在白牙身上的故事更多反映的不是他的主动选择，而是环境对他的塑造和改变。这在他从美人儿史密斯手上转到威登·斯科特手上这一过程中表现得尤为明显。美人儿史密斯为了将白牙训练成一条凶猛的斗犬，以虐待来激发他的兽性；而性情温良的威登·斯科特则出于代人类向白牙赎罪的觉悟，一次次对他温柔以待，最终赢得了白牙的信任。在这里我们看到了杰克·伦敦想要表达的另一个主题：无论是人还是动物，都是环境的产物，受着环境的塑造与改变，理性与兽性、善良与暴虐并不是一成不变的，某种状态与性情的形成必有其原因，任何简单的贴标签行为都是不负责任的，也是有害的。在小说的最后一章中，仿佛觉得先前对白牙的描述还不够把自己心中的想法讲明似的，杰克·伦敦又引入了一个逃犯的角色，对他遭遇社会不公的命运表达了极大的同情，但由于这部分展开不够，所以在展现主题的效果上并不如白牙的故事那么好。作者对社会不公和人性卑劣的揭示，更多还是通过白牙的故事以一种隐喻的方式来实现的。这种通过狗性与人性的互动，引发道德关注与思考的笔法使得杰克·伦敦的动物小说上升到了一种新的精神境界，为传统的涉及动物的文学作品开拓出了一片新天地。

《白牙》的翻译对我来说是一次愉快而又极有教益的经历。

我之前对动物小说涉猎不多，对文学作品中的动物形象基本停留在寓言与童话的层面，翻译完《白牙》后我对动物小说的认识提高了不少，其中最根本的一点就是：以动物为主人公的小说在精彩程度上并不比以人类为主人公的小说差，而且它们还具备一种特别的价值，那就是能向我们揭示这样一条特殊的讯息——人只有放弃以为自己是万物中心的偏见，把自己放到与其他生灵平等的地位，才能造就一个更加和谐美好的大自然。

（本文作者系上海翻译家协会副会长，上海外国语大学高级翻译学院副院长，翻译过《霍比特人》《我们的村庄》《动物家庭》《野性的呼唤》《神秘之眼》等作品。）

附录一

作家档案

杰克·伦敦是美国著名现实主义作家和记者，1876年1月12日出生在美国加利福尼亚州的旧金山市。杰克·伦敦拥有一个动荡的童年。

杰克·伦敦从十岁起就半工半读，干过各种各样的活计，并把大部分业余时间都用在读书上。十七岁时他上了一艘捕猎船做水手，经过朝鲜、日本，到白令海一带去猎海豹。这些都成了他的海洋小说的宝贵素材。《海狼》描写的猎海豹船的丰富生活便是一个精彩的例子。他于1897年3月踏上了淘金之旅。他后来把这段经历写了出来，为自己赢得了不朽的名声，也让克朗代克的一些人和狗的故事广泛流传，其中便有《野性的呼唤》里名叫巴克的那条狗和其他一些人。

1903年杰克·伦敦的第二部小说《野性的呼唤》出版，立即为他赢得了声名与财富。此后他不停地写作，以作品换取高额的稿酬，成为文学史上最早的商业作家。在美国作家中，杰克•伦敦可谓多产，在前后十六年的创作生涯中，他出版长篇小说十九部、剧作三部、短篇小说集几十部，以及政论、随笔、特写等文集多部，留下了丰富的文学遗产，其中创作于1903年的《野性的呼唤》和创作于1906年的《白牙》是两部别具一格的动物小说，在世界动物小说中具有举足轻重的地位。

杰克·伦敦的作品不仅在美国本土广泛流传，而且受到世界各国人民的欢迎。他在现代美国文学和世界文学都享有很高地位。

附录二

作品万花筒

《白牙》出版于1906年，是杰克·伦敦正式出版的第五部小说，一问世便大获成功，尤其受到年轻读者的欢迎。有的评论家认为该书是杰克·伦敦最有趣、最野心勃勃的作品，帮助杰克·伦敦奠定了在美国文坛畅销作家的地位。

该书的背景是19世纪90年代克朗代克淘金热期间加拿大西北边陲的育空河地区。这部作品是《野性的呼唤》的姊妹篇，其主题与后者的主题构成镜像式的对称：《白牙》讲述的是出生于蛮荒世界的狼得到了爱，进化成了狗，进入了文明世界；而《野性的呼唤》讲述的是狗从文明世界被绑架，扔进了蛮荒，在残酷的生存竞争中受到祖先的呼唤，重新恢复了野性。

《白牙》全书包含三个层面。第一个层面即表层或叙述层面。它讲述了一条名叫白牙的狼狗从蛮荒走向文明的故事。第二个层面是传记层面。从这个层面来看，它反映了杰克・伦敦的童年时代。在这一时期，他在充满敌意的环境中挣扎，为了生活而苦苦打拼。从书中我们可以看到，白牙的小狗时期是非常悲惨的，由于身上有着四分之三的狼的血统，它受到了营地内其他小狗的排挤与打击。书中所描写的白牙的坎坷经历与它的心路历程都可以在杰克•伦敦的童年生活中找到对应。最后一个层面是作品的哲学层面。杰克・伦敦想在作品中传递的思想是：人类能够从兽性升华到文明。书中的狼在得到了来自人类的爱以后获得了重生，最后被驯化成了一条狗。根据这一逻辑进行推演：既然狗能因为爱而听从“来自驯顺的呼唤”，那么人为什么就不能呢？白牙是因为威登•斯科特的爱而发生转变的，而杰克・伦敦也是因自己的意志行为和非物质的动机而令自己的生活模式发生了从狼到狗式的巨大变化。

《白牙》曾多次被改编成影视作品，其中较近也较为有名的版本之一是好莱坞拍摄于 1991 年的电影，由伊桑・霍克主演；另一部作品是于 1993 年拍摄于新西兰箭镇的电视连续剧；三是 2018 年法国由亚历山大・埃斯皮加雷斯执导的动画电影。